Eifler Zorn

Elke Pistor, Jahrgang 1967, ist in Gemünd in der Eifel aufgewachsen. Nach dem Abitur in Schleiden zog es sie zum Studium nach Köln, wo sie nach einem Zwischenstopp am Niederrhein bis heute lebt. Sie arbeitet als freie Seminartrainerin in der Erwachsenenbildung und leitet Schreibworkshops. Im Emons Verlag erschienen die Eifelkrimis »Gemünder Blut« und »Luftkurmord« sowie der Mysteryroman »Das Portal«.

ELKE PISTOR

Eifler Zorn

EIFEL KRIMI

emons:

Bibliografische Information der Deutschen Nationalbibliothek
Die Deutsche Nationalbibliothek verzeichnet diese Publikation
in der Deutschen Nationalbibliografie; detaillierte bibliografische
Daten sind im Internet über http://dnb.d-nb.de abrufbar.

© Hermann-Josef Emons Verlag
Alle Rechte vorbehalten
Umschlagfoto: Elke Pistor mit freundlicher Genehmigung von Martha
Reif-Kändler und Wolfgang Kändler, Café Nohner Mühle, Nohn
Umschlaggestaltung: Tobias Doetsch
Druck und Bindung: CPI – Clausen & Bosse, Leck
Printed in Germany 2013
Erstausgabe 2012
ISBN 978-3-95451-013-9
Eifel Krimi
Originalausgabe

Unser Newsletter informiert Sie
regelmäßig über Neues von emons:
Kostenlos bestellen unter
www.emons-verlag.de

Für meine Töchter

So still,
dass jeder von uns wusste,
das hier ist
für immer.
Für immer und ein Leben.

Jupiter Jones: »Still«

Auszug aus dem Protokoll des Deutschen Reichstags vom 4. März 1910 (Seite 1700)

»(...) Die Handwerker-Bildungsanstalt zu Gemünd ist eine Anstalt, in der durchschnittlich etwa 140 bis 150 Jungen Fürsorgeerziehung genießen. In der Anstalt wird Schlosserei, Schreinerei, Schuhmacherei, Gärtnerei und Landwirtschaft betrieben. Direktor der Anstalt ist ein Herr M. Seine Fau spielt eine Hauptrolle bei der unmenschlichen Behandlung der wehrlosen Knaben. Ein Drittel der Zöglinge sind Elberfelder. Die Prügelstrafe ist das Universalerziehungsmittel der Anstalt. Für die geringsten Vergehen gibt es Prügel. In einem Buch wird das Betragen verzeichnet. Sonnabends wird für die ganze Woche die Züchtigung vorgenommen. Eine geradezu zum Himmel schreiende Barbarei besteht in dem sogenannten Jungfernkranz. Dieser wird so ausgeführt, dass die Zöglinge am Kopfende vom Tisch mit Stricken derartig festgebunden werden, dass sie sich nicht bewegen können. Dann wird ihnen ein Knebel in den Mund gesteckt und so geht das Schlagen los, bis 100 bis 150 Schlag aufgebrannt sind.

In dieser Bestialität scheint die Frau Direktor, die doch als christliche Hausmutter gelten soll, eine gottgewollte Wohltat zu sehen. Äußerte sie doch gegenüber einem Dienstmädchen, welches über die gröblichen Misshandlungen der armen Menschen weinte: ›Was, Sie weinen noch darüber, da könnte ich selbst mit draufschlagen, bis das Blut spritzt.‹

(...)

Dem Zögling Spörer gab (Aufseher) Stöcker 27 Schläge mit einem Schwarzdornstock, an dem die Dornen noch einen Zentimeter lang steckten.«

Prolog

Speichel läuft aus seinem rechten Mundwinkel den Hals hinab bis unter das Hemd. Der ölige Leinenstoff füllt seinen Mund, lässt ihm keine Luft zum Atmen. Metallischer Geschmack. Würgereiz. Er hebt den Kopf, schiebt mit der Zunge, zerrt und stemmt sich über den stechenden Schmerz in seinem Kiefer hinweg gegen den Widerstand des Knebels. Er schließt die Augen. Sie haben ihn fest verschnürt. Ein Tier vor dem Schlachter. Er hat sich nicht gewehrt. Schweigend nachgegeben, als sie seine Arme weit über die Platte nach vorne zogen, die Beine spreizten und ihn an allen vier Gelenken mit groben Seilen festbanden. Jetzt schlagen sie ihn, wahllos gehen die Hiebe auf seinen Kopf, seinen Rücken und auf seinen Hintern nieder, während er ihren Blicken ansieht, dass sie auf ein Stöhnen warten. Einen Laut, den er von sich gibt, als Reaktion auf das, was sie ihm antun. »Die Ordnung wiederherstellen«, so nennen sie es. Eine Ordnung, die sie bestimmen, die ihren Grundsätzen gehorcht, nicht den Regeln, die er kennt, und gegen die er verstoßen hat. Deswegen ist er jetzt hier. An seiner Leiste spürt er die harte Kante des Tisches. Zwischen den Schlägen scharren Schritte über den Boden, nähern sich ihm langsam. Jemand herrscht Befehle, einen Namen. Das kann nicht sein. Er versucht, den Kopf zu drehen, zu sehen, ob es stimmt. Ob er gekommen ist, um ihm noch mehr Leid zuzufügen. Aber es gelingt ihm nicht. Und es hat auch keine Bedeutung mehr, denn sie ist da. Steht neben der Tür in ihren Kleidern, die sie von den anderen unterscheiden. Ihren Rang deutlich hervorheben und für jeden sichtbar machen, damit keine weiteren Grenzen überschritten werden. Sie haben sie hierher gebracht, damit sie zusieht, was mit einem wie ihm geschieht, bevor sie sie verjagen. Er riecht sie, ihren Geruch nach Sommer, der in diesem Haus so fremd und falsch ist. Verzweifelt presst er seine Wange gegen die Tischplatte und spürt die Nässe. Seinen Speichel und die Tränen seines Vorgängers. Er möchte weinen dürfen. Aber diesen Triumph gönnt er ihnen nicht. Er wird stark bleiben, nicht jammern und bitten und Besserung geloben, er wird ... Der nächste Schlag trifft ihn auf den Oberschenkel. Die Dornen fressen sich in sein Fleisch wie die Zähne eines kleinen Tieres. Spitz und scharf und unnachgiebig. Schwarzdornäs-

te. Daumendick. *Er versucht sich zu erinnern, wie der Busch im Frühjahr ausgesehen hat, aber das Bild zerplatzt in einer Blase aus Schmerz, als die Schläge immer schneller kommen und er den Mann hinter sich keuchen hört. Ob vor Anstrengung oder vor Genuss, wie er manchmal denkt – er kann es nicht unterscheiden. Rücken, Beine, Arme. Rohes Fleisch. Jemand schreit mit seiner Stimme. Dumpf. Unterdrückt. Er ringt nach Luft, windet sich, sucht einen Ausweg aus alldem, will weg, nur weg von diesem Schmerz, der ihn umhüllt, ihn schluckt und verschlingt. Er spürt, wie sein Körper zuckt, als die Schläge ausbleiben. Stille. Er hört sie weinen. Schritte scharren. Zögern. Befehle. Neue Dornen brennen ihn. Ungezählt. Jagen sein Herz, bis es stolpert. Ihr Schluchzen wird zu einem Wimmern. Sein Blick sucht das Fenster. Der Hof. Dahinter, über dem flachen Dach des grauen Anbaus, der Wald. Dunkel und grün. Saftig und voller Leben. Kühle. Schatten. Geborgenheit. Hier hat er sie geküsst. Hier hat sie ihn geküsst. Hier haben sie einander die Welt versprochen, wie sie für sie nie sein würde. Er schließt die Augen. Spürt nichts mehr. Die kühlen Schatten des Waldes nehmen ihn auf. Tragen ihn weich.*

EINS

Die schwere Maschine unter ihr schwankte, glitt wie ein Lebewesen vorwärts. Bianca spürte die Vibrationen des Dieselmotors, die kleinen Zuckungen des Schwenkarms und hörte das Knirschen der Ketten. Feinarbeit. Die Hydraulik zischte, als sie den Steuerknüppel umlegte, den Arm ausfuhr und das Ende positionierte. Ihre Fingerspitzen kribbelten, als ob ihre Nerven eine direkte Verbindung zu den Metallzähnen am vorderen Ende der Baggerschaufel eingegangen wären. Sie grinste. Das war es, was Udo, ihr Lehrer, gemeint hatte. »Wenn du es richtig drauf hast, *bist* du der Bagger.« Sie hatte es drauf. Entgegen aller Skepsis und unzähliger hochgezogener Augenbrauen, denen sie begegnet war. Rehaugen, eine Lockenmähne und zierliche ein Meter fünfundfünfzig stellten nicht die idealen Voraussetzungen dar, um sich auf einer Baustelle zu behaupten. Aber nach einem halben Jahr hatten alle Kollegen in der Firma begriffen, dass man ihrem Mundwerk die fehlende Größe nicht vorwerfen konnte, und sie ohne Einschränkung als »einen der ihren« akzeptiert, der eine früher, der andere später.

Ihr Vater hatte getobt, als er von ihren monatelangen Lügen und ihrem Doppelleben erfahren hatte. Warum der Studienabbruch?, wollte er wissen. So kurz vor dem Abschluss. Mit diesen glänzenden Perspektiven. Er hatte keine Chance, es zu verstehen, selbst wenn sie versucht hätte, es ihm zu erklären – dass er und sein Verhalten ein Teil von allem waren. Der Druck, das immer enger werdende Korsett, die Fassade, die um jeden Preis aufrechterhalten werden musste, koste es, was es wolle. Sie war die erfolgreiche Tochter des erfolgreichen Vaters. Darunter ging es nicht. Bianca hatte ein Schulleben und beinahe ein komplettes Studium gebraucht, um zu verstehen, was daran nicht stimmte: Es war nicht ihr Wunsch, sondern seiner. Seine Erwartungen, die sie nicht enttäuschen durfte und wollte. Seine Vorstellungen, seine Werte. Er hatte ihr nie den Raum gegeben, zu entdecken, was ihr Eigenes hätte sein können. Es hatte wehgetan, sich ihm zu widersetzen, aber als sie ihre fixe Idee in die Wirklichkeit getragen und den Baggerführerschein gemacht hatte, fühlte sie sich zum ersten Mal richtig. Selbst.

Ab und an missverstand ein neuer Kollege die Blicke, die sich die anderen unter den Helmen zuwarfen, und tappte in die Falle. Wenn ihm aufging, dass die freudige Erwartung in den Augen der anderen seinem sicheren Abblitzen bei ihr galt und nicht ihrem Hüftschwung, war es meist zu spät, und er hatte sich bis auf die Knochen blamiert. Trotz der schweren Arbeitsschuhe, der weiten Hosen und Warnwesten als Schutzkleidung – im doppelten Sinn.

Die Zähne der Schaufel schoben sich unter den Rand eines Eisenträgers. Bianca bewegte sacht den Steuerknüppel und hob sich ein Stück aus ihrem Sitz. Eine gute Übung für sie, auch wenn es für den Auftrag keinen Unterschied machte, wie kunstfertig sie vorging. Seit vierzehn Tagen kämpften sie das alte Haus im Gemünder Industriegebiet nieder, schoben, rissen und stießen von allen Seiten. »Anwesen«, so nannte man es, und das lapidare Schulterzucken der Ortsansässigen offenbarte unter der offen zur Schau getragenen Gleichgültigkeit ein spürbares Maß an Erleichterung über den Abriss. Das Haus schien kein gutes Haus gewesen zu sein. Heute nicht und nicht in den Jahren vorher. Bianca war neugierig. Sie hätte gern mehr erfahren über das, was das Haus zu einem schlechten gemacht hatte, aber ihre Kollegen kamen alle nicht aus dem Ort. Waren wie sie Fremde, die nichts wussten, nichts ahnten und – im Gegensatz zu ihr – nichts wissen wollten. Für die war es ein Job. Nicht mehr. Sie würden weiterziehen, ohne bleibende Erinnerungen an ihr Tun. Nur der Platz für das Neue zählte, auch wenn es genauso gesichtslos blieb wie das Alte.

Mehr als hundert Jahre Geschichte hatten sich durch diese Räume gelebt und Spuren hinterlassen. Trotz der leeren Fensterhöhlen, der Risse im Putz und der verbarrikadierten Türen strahlte das Gebäude Stolz aus, den es auch im Fallen nicht verloren hatte. Was blieb, war ein Gefühl der Enttäuschung über die schnelle Nachgiebigkeit der alten Mauern, das Freigeben seines Wesens, dessen, was ihm innegewohnt hatte. Ein Gefühl, das sie von ihren Kollegen unterschied, durch ihr Interesse an dem, was gewesen war, an dem, was die Fassaden verbargen, an den Seelen der Ruinen. Sie versteckte sich hinter diesem Unterschied, ließ niemanden an sich heran. Daran änderten auch ihre wechselnden Liebhaber nichts, die sie sich suchte, mal für eine Nacht, mal für etwas länger. Mehr konnte sie nicht geben. Und mehr gab man ihr nicht, auch wenn sie mehr wollte. Der Letzte gestern Abend, auf den ersten Blick der Typ braver Familienvater, auf den zweiten ein unterhaltsamer Bettgenosse, hatte sie in Versuchung geführt, es zu wollen. War ihr zugewandt gewesen, seine Achtsamkeit nur bei ihr. Vielleicht hätte sie ihm von der Vergewaltigung erzählen sollen? Vielleicht hätte das in ihm ein Verständnis für die Oberfläche geweckt, auf die sie ihn hatte blicken lassen. Vielleicht hätte sie eine ihrer unzähligen Häute abstreifen, sich ihm nackter zeigen können, als es ihr unbekleideter Körper war. Bis ins Innere vorzudringen, gestattete sie niemandem, sogar sich selbst nicht. Der Kern, das Wesen ihrer selbst, lag in einer Tiefe, an die sie nicht rühren wollte, weil sie wusste, einige Dinge blieben besser begraben.

Sie war nicht überrascht gewesen, als es passiert war. Ein Aushilfsarbeiter hatte sich genommen, was sie ihm verweigert hatte. Hinter dem Bürocontainer einer anderen Baustelle. Nach Feierabend. Beinahe hatte sie damit gerechnet, so als ob es angemessener wäre, wenn die Leute und ihr Vater recht behielten und die Ordnung der Dinge durch den ihr zugefügten Schmerz wiederhergestellt würde. Eine Frau wie sie gehörte nicht auf eine Baustelle, und ganz sicher nicht in das Führerhäuschen eines Baggers. Sie gehörte bestraft, und er hatte diese Strafe vollzogen.

Wie Wurzeln eines Baumes winkelten sich die deckenlosen Wände durch den Boden, öffneten Türlöchern neue Räume und fundamentierten eine nicht mehr vorhandene Last. Mauern, die vorher Räumen und Fluren Kontur gegeben hatten, verloren sich nun in einem sinnlosen Labyrinth. Das letzte Stück der Kellerdecke musste noch abgetragen werden, dann war sie für heute fertig. Wenn es ihr gelang, alles auf die Schaufel zu laden und so wenig wie möglich in die Tiefe hinabbröckeln zu lassen. Vorsichtig bewegte Bianca den Steuerknüppel. Kleine Steinbrocken lösten sich und fielen in die Grube vor ihr, die Schaufelzähne suchten Halt, drangen vorwärts und brachen den Widerstand.

»Mist«, murmelte sie, als mit einem Teil der verbliebenen Decke gleichzeitig ein Drittel der Wand einstürzte, die einen der letzten Räume hinter sich verbarg. Ein Schwall dunklen Wassers ergoss sich, den stürzenden Steinen folgend, in die Baugrube, wirbelte Schutt und Holzstücke durcheinander und versickerte mehr und mehr, je weiter es sich in die umliegenden Räume ausbreitete. Das hätte ihr nicht passieren dürfen. Sie musste sich besser konzentrieren. Sie spielte mit den Fingern auf den Steuerknüppeln. Erneut hob sie die Schaufel über die Deckenreste, senkte sie sanft und suchte neuen Halt. Sie blinzelte. In den Schatten des alten Kellerraumes war etwas. Ein Fass, eine Kiste, zu groß, um mit den anderen Sachen hinausgespült zu werden. Nicht genau zu erkennen.

Während er sie festgehalten und in sie gestoßen, sie verwundet und benutzt hatte, hatte sie die ganze Zeit auf das Erste-Hilfe-Plakat über ihr an der Wand des Containers gestarrt. Der grüne Rand um die Zeichnungen, die braunen und gelben Haare der gezeichneten Menschen, wie Helme, starr und steif. Er mühte sich in ihr ab, keuchte, spreizte sie. »Ruhe bewahren«, las sie, der oberste Grundsatz. Immer wieder und wieder und wieder. Atmete. Las. Zählte die Zeichnungen. Es waren sieben. Seine Finger rissen an ihrem Mund. Zwängten sich zwischen ihre Lippen, drangen in ihre Mundhöhle. Sie würgte. Jegliches Gefühl verließ den Teil ihres Leibes, dessen er sich bemächtigt hatte, wurde taub und löste sich von ihrem Selbst. Sie spürte nur die Finger, die von ihrem eigenen Speichel feuchten Hände in ihrem Gesicht. Rang nach Luft. Ekel. Am Ende des Plakates hatte der Braunhaarige dem Gelbhaarigen vermutlich das Leben gerettet. Mund-zu-Mund-Beatmung, Herzmassage, stabile Seitenlage. Als er von ihr abließ, sich wegrollte und die Hose über seine staubigen Knie hochzerrte, rollte sie sich zusammen, die Beine am Körper, unfähig, ihren Blick von dem Plakat zu lösen. »Erste Hilfe muss immer wieder trainiert werden«, stand ganz oben, zwischen dem weißen Kreuz und dem Quadrat. Ein falsches Lachen suchte sich den Weg durch ihre Brust. Sie würde es nie wieder vergessen.

Ihr Chef hatte sie gefunden, auf dem letzten seiner täglichen Kontrollgänge über die Baustelle, sie aufgerichtet und schweigend ins Krankenhaus gefahren. Auch als es vorbei war, die Spuren des Vergewaltigers gesichert, ihre Erinnerungen protokolliert, und sie sich von allem reingewaschen hatte, hatte er nichts gesagt, zu fassungslos über das, was man ihr angetan hatte. Danach hatte er sie eine Zeit lang nur bei den kleineren Projekten eingesetzt, denen mit minimaler Besetzung, wo jeder jeden kannte und wo die »personelle Unwägbarkeit«, wie er es nannte, von vorneherein ausgeschlossen war.

Mit einer gleitenden Bewegung aus dem Handgelenk zog sie die Schaufel nach oben. Die große Deckenplatte folgte, stellte sich senkrecht und kippte nach hinten über. Im Fallen zerbrach sie in viele kleinere Stücke. Der Rest der Mauer zerbröselte förmlich unter den nächsten Stößen und gab den Blick auf die Kiste endgültig frei. Dunkles Holz, vom Wasser verquollen.

Sie hatte mit niemandem darüber reden wollen, es nur mit sich allein ausgemacht, wie sie fast alles mit sich ausmachte. Ihr Arzt und seine Bücher behaupteten, dass es sie einholen würde. Sie schlaflos machen, die Bilder wieder vor ihren Augen abspulen, ihr Herz rasen und sie selbst nicht mehr ohne Panik an einem Baucontainer vorbeigehen lassen würde. Dabei war das einzige Gefühl in ihr nicht die Furcht davor, dass es erneut geschehen könnte, sondern die Wut darüber, dass es geschehen war. Dass sie es hatte geschehen lassen. Dass sie die Kontrolle verloren hatte.

Sie biss die Zähne zusammen, blinzelte und konzentrierte sich. Sie würde die Kiste im Ganzen herausheben und auf den Boden der Abrissgrube stellen. Behutsam senkte sie die Schaufel von hinten an das Holz, winkelte sie an und schob sie sachte bis zu den Mauerresten vor. Ihre Zunge drückte sich zwischen ihre Zähne, Zeichen höchster Konzentration. Die Hydraulik zischte, und die Bewegungen setzten sich bis zu ihrem Führerstand fort, als sie die Kiste langsam anhob, den Baggerarm streckte, die Maschine nach links schwenkte und ihre Last ablud. Sie seufzte. Mit einer kurzen Drehung der Zündung verstummte der Motor. Die Stille auf der Baustelle war beinahe mit den Händen zu greifen. Außer ihr war niemand mehr hier. Die Mitarbeiter der umliegenden Firmen hatten die Jalousien heruntergelassen und die Rolltore verriegelt, bevor sie nach Hause gefahren waren. Hinter ihr reihten sich Autos auf der B266 zu einem leisen Hintergrundsurren auf. Sie öffnete die Tür des Führerhäuschens, stieg die beiden Stufen hinunter und ging auf die Kiste zu. Hier lockte eines dieser Geheimnisse, die sie so liebte. Das Holz glänzte wie lackiert. Schwarzbraunes Wasser lief immer noch aus den Ritzen und versickerte im Boden. Bianca fasste die Kiste an zwei Ecken und hob sie an. Sie war schwer, machte einen äußerst stabilen Eindruck. Die dunklen Flecken am Rand des Deckels schienen tief ins Holz der Seitenwände getriebene Nagelköpfe zu sein. Ein Versuch, den Deckel mit bloßen Händen zu öffnen, schien ihr von vorneherein zum Scheitern verurteilt. Sie sah sich um, entdeckte aber nichts als penible Ordnung. Natürlich hatten die Kollegen alle Werkzeuge, die ihr das Leben jetzt erleichtern könnten, weggeräumt und eingeschlossen. Den Schlüssel für den Werkzeugschrank hütete der Chef. Sie ging zum Schuttcontainer und zog eine Eisenstange heraus.

Das Holz gab ächzend nach, Stück für Stück, als ob es sein Geheimnis hüten und nur widerwillig freigeben wollte. Sie arbeitete sich langsam vor, schob das Eisenstück wie eine Brechstange unter der Kante entlang. Hier hatte jemand sorgfältig sein Handwerk ausgeübt, die Nägel im immer gleichen Abstand ins Holz getrieben. Mit dem Brechen des letzten Metalls verrutschte der Deckel und gab den Inhalt der Kiste frei. Bianca richtete sich auf, wischte sich mit dem Handrücken den Schweiß von der Stirn. Ihr Körper reagierte schneller als ihr Verstand. Sie hörte sich schreien, während sich das Erste-Hilfe-Plakat vor ihr inneres Auge schob. »Ruhe bewahren«, flüsterte sie und spürte, wie das Zittern wieder in ihr aufstieg. Wie die Angst in ihr hochkroch und ihr die Luft nahm. »Ruhe bewahren«, flüsterte sie und lauschte ihrem Atem und den eigenen Worten nach, »Ruhe bewahren!«

***

»Dat jeht evver nittesu ejnfach, wie der sich dat denk, Frau Wachtmeister. Ich möht ja och enns schloofe künne meddachs.« Die alte Dame ballte die Hände zu Fäusten, machte sich so gerade, wie ihr gebeugter Rücken es zuließ, und blitzte mich energisch an. Ich lehnte mich an die Wand des Hausflurs und tauschte über ihren

Kopf hinweg einen Blick mit Sandra Kobler, meiner Kollegin, mit der ich heute Streife fuhr. »Un wiesu hatt ihr su lang jebruch, bis ihr herjekomme sett? Mer han jo fass att Ovend.« »Frau Jansen, vielleicht beruhigen Sie sich erst einmal«, versuchte Sandra ihr Glück. »Ich bin mir sicher, dass Herr Hilgers Sie nicht von Ihrem Mittagsschlaf abhalten will, wenn er …« »Der soll de Mussik nett esu laut drähe. Un och immer dann, wenn ich meng Musikantfess loofe han. Un dann sunne Krach. Dat es doch keen Mussik. Hüürt doch enns.« Gertrud Jansen wies mit der Hand zur zweiten Haustüre auf der Etage. Ich lauschte. Ein Hauch von Rockmusik. Sicher nicht der Geschmack einer Zweiundachtzigjährigen.

»Frau Jansen«, sagte ich ruhig und schaute auf meine Uhr, »es ist gerade mal halb vier. Wir sind so schnell gekommen, wie es uns unsere Arbeit erlaubt hat.« Ich unterdrückte ein Grinsen. »Herr Hilgers darf in seiner Wohnung die Musik hören, die ihm gefällt, auch wenn Sie sie nicht mögen.«

Die kleine Frau mit den sorgfältig ondulierten Löckchen bebte vor Entrüstung bis in die letzte Haarspitze. Ihre Lippen bewegten sich auf der Suche nach Worten.

»Sie haben die Polizei in dieser Woche schon zum dritten Mal gerufen, weil angeblich die Musik zu laut war. Die Kollegen haben bereits mit Herrn Hilgers gesprochen, und er hat versprochen, die Musik immer nur so laut zu stellen, dass sie nur in seiner Wohnung zu hören ist. Und wie es aussieht, hält er sich auch daran.«

»Der lüch doch. Wenn ihr weg sett, Frau Wachtmeister, dann iss dat Jejaule em Rubbeldidupp at wedder laut.«

Ich sah sie zweifelnd an. Marc Hilgers hatte keinen schlechten Eindruck auf mich gemacht, als ich bei ihm geklingelt und nachgefragt hatte, im Gegenteil. Er schien freundlich und zuvorkommend und mit der nötigen Spur Geduld ausgerüstet zu sein, wie man sie älteren Damen wie seiner Nachbarin gegenüber gut gebrauchen konnte. Gertrud Jansen lebte allein, und ich hatte den Verdacht, dass sie jede Möglichkeit ergriff, Kontakt zu anderen Menschen zu bekommen, egal, auf welche Art und Weise. In dem kleinen, abgelegenen Höhendorf in der Nähe von Gemünd wohnten gerade mal dreihundert Leute. Wenn man die abzog, die tagsüber zur Arbeit fuhren, und die Kinder, die vormittags die Schule besuchten, konnte ich mir gut vorstellen, dass sie hier nicht viel Gesellschaft fand. Ein Besuch der Polizei stellte in ihrem Tagesablauf mit Sicherheit ein echtes Highlight dar. Aber Senioren-Entertainment war nicht unsere Aufgabe, auch wenn ich mit jedem Monat, den ich meinen Dienst auf der Schleidener Wache tat, mehr das Gefühl hatte, als eine Art Bürgerbetreuerin zu arbeiten. Die meisten Delikte des Kreises passierten, wenn man der Statistik glauben konnte, in der Stadt Euskirchen selbst, und was sich in Schleiden und den umliegenden Orten abspielte, beschränkte sich zumeist auf Fälle wie diesen. Die richtigen Täter, die uns in Schleiden beehrten, waren auf unserer Dienststelle keine Unbekannten. »Jahrelange Geschäftsbeziehung« nannte man das in anderen Branchen. Mir war es recht. Über zwanzig Jahre bei der Kölner Mordkommission hatten mich mein neues, mehr oder minder ruhiges Leben als Schutzpolizistin in der Eifel schätzen gelehrt.

»Wir können ja kurz reinkommen und prüfen, wie laut es in Ihrer Wohnung ist«, bot ich ihr an.

»Du denkst an die Sache oben im Wald?«, erinnerte mich Sandra.

»Ja, ja.«

»So wie der Förster sich anhörte, solltest du ihn dringend zurückrufen.« Sandra schob ihren Ärmel hoch und drehte das Zifferblatt ihrer Armbanduhr so, dass ich es sehen konnte. »Das war vor zwei Stunden, Ina. Jetzt haben die in der Nationalparkverwaltung bestimmt Feierabend.« Ihr Handgelenk war rot und angeschwollen. Das Band der Uhr schnitt ins Fleisch, aber es schien sie nicht zu stören.

»Ich habe seine Handynummer«, gab ich zur Antwort und murmelte leise: »Und seine Privatnummer auch.« Wobei ich nicht wusste, ob ihr dieser Umstand nicht sowieso bekannt war. Von mir hatte sie es jedenfalls nicht. Unsere gemeinsamen Dienste hatten sich bisher auf wenige Schichten beschränkt, und wenn wir doch zusammen Streife fuhren oder auf der Wache Dienst taten, kamen wir über fachliches Geplänkel meist nicht hinaus. Freundlich und kollegial, aber unpersönlich. Ich wusste nicht viel von

18

Sandra. Ungefähr in meinem Alter, lebte sie doch ein komplett anderes Leben als ich. Verheiratet, eine Tochter. Familienglück. Dass meine chaotische und nicht mehr existierende Beziehung zu Steffen Ettelscheid, dem »Förster«, wie sie gesagt hatte, Gesprächsthema am Kobler'schen Abendbrottisch war, wagte ich zu bezweifeln. Im Gegenteil. Oft hatte ich das Gefühl, Sandra grenzte sich bewusst von mir ab. Misstraute mir. Jetzt zuckte sie mit den Schultern, nickte, und wir folgten Frau Jansen durch den engen Flur in ihr Wohnzimmer.

Innen erwartete uns plüschig-rustikale Gemütlichkeit und eine auf Hochtouren laufende Heizung. Alle Vorurteile, die gegenüber älteren Damen je gesammelt worden waren, fanden hier ihre Bestätigung. Ein riesiger, hochfloriger Perserteppich füllte den Raum aus und hielt die Sitzgarnitur zusammen. Häkeldeckchen in Pastellfarben bevölkerten Sideboard, Kommoden und, in größerer Form, die Sofalehnen. Alpenveilchen stritten sich mit Kakteen und kleinen Porzellanfiguren auf der Fensterbank um die letzten Reste des Lichtes, das durch die dicht gewebten Gardinen und die schweren Samtstores ins Zimmer sickerte. Von schwarzen Sechzigerjahre-Hornbrillen gezeichnete Kindergesichter hinter zu langen Ponys ließen ihre mittlerweile erwachsen gewordenen Träger vermutlich bei jedem Besuch beim Anblick der Fotos an den Wänden erschaudern. Ich lockerte den Kragen meiner Uniformbluse gegen die allgegenwärtige Enge und spürte, wie die Hitze sich bis unter meine Achseln ausbreitete. Bitte nicht schon wieder! Seit einigen Wochen kämpfte ich dagegen an. Zuerst hatte ich die Hitzewellen für einen Grippevirus gehalten, mich aber, als es sich nicht besserte, den Tatsachen stellen und schauen müssen, wie ich damit klarkam. Wechseljahre. Hurra. Zum Glück konnte man mit der Uniform eine Art Zwiebelsystem praktizieren. Ich zog die Jacke aus. Besser.

Eine sehr dünne grau gestromerte Katze lag lang ausgestreckt quer über dem Sofa neben der Tür und erhob deutlich ihre Besitzansprüche. Ihre dunkel umrandeten Augen blitzten mich an. Ich beugte mich vor, ließ sie an meinen Fingern schnuppern und kraulte sie dann zwischen den Ohren und unterm Kinn. In einem Ansatz von Abwehr zuckte eine Pfote nach oben. Die Katze verharrte und verfiel unvermittelt in lautes Schnurren, während ihre Pfote langsam nach unten sank. Gertrud Jansen beobachtete das Manöver ihres Hausgenossen und nickte.

»Die iss nich eijnfach, die alte Dame hier. Hätt ihren eijenen Kopp. Mäht, watt se will, und läht sich nix sahre. Bliev nitt jähn allein. Wehe, ich möht inkoofe jonn, dann schimpft se janz furchtbar.« Sie verschränkte die Arme vor der Brust. »Do muss mer en Händchen für hann, junge Frau.«

»Ich mag die Viecher«, murmelte ich und ging neben der Couch in die Knie. Ich dachte an meinen Kater Hermann, dessen Tod vor einigen Monaten eine Art Wendepunkt in meinem Leben symbolisierte, und ließ meine Fingerspitzen an der vibrierenden Katzenkehle ruhen. In Steffens Vorstellung über unsere Zukunft, die ich nicht mit ihm teilen konnte, hatten ein Haus und vielleicht sogar gemeinsame Kinder eine Rolle gespielt. Für ihn stellten dabei die acht Jahre, die er jünger war als ich, kein Hindernis dar. Für mich schon. Mein Vater hatte mich zur selben Zeit erst gar nicht nach meiner Meinung gefragt, sondern seine Umsiedlung ins Altersheim hinter meinem Rücken eingefädelt und mir den Schlüssel zu seiner Wohnung in die Hand gedrückt, in der ohnehin bereits die meisten meiner Sachen standen. Meine Entscheidung war in dem Moment gefallen, als Hermann auf meinem Arm starb. Ich musste mir mein neues Leben aufbauen. Ohne Steffen.

»Wolldr ejnen Kaffee?«, fragte unsere Gastgeberin und schaltete ihr Radio ein. Schlagermusik füllte wenig dezent den Raum, und ich überlegte, wie viel davon wohl bei ihrem Nachbarn durch die Wände drang, ohne dass er sich beschwerte. Gertrud Jansen wies auf die beiden freien Sessel. »Sätz üch doch!«

Mein Handy klingelte. Eine unterdrückte Nummer. Ich nahm ab.

»Ja?«

»Frau Weinz?« Eine Frauenstimme.

»Ja.«

»Reichl hier, Gymnasium Schleiden. Es geht um Henrike.«

»Ist etwas passiert?« Während ich angestrengt auf die Worte aus dem Hörer lauschte, sah ich Gertrud Jansen an, hob abwehrend die Hand und versuchte, meine Unruhe zu unterdrücken. Henrike war die größte Veränderung in meinem Leben. Von sporadischer Patentanten- auf ständige Mutterersatzfunktion. Ihre Mutter war meine beste Freundin. Gewesen. Nun war sie tot, und ich hatte ihr versprochen, mich um ihre Tochter zu kümmern. So einfach war das. So traurig. So schwer. Und so kompliziert. Seit Henrikes Einzug bei mir schwankte ich ständig zwischen übergroßer Sorge um das Mädchen und dem Drang, den Komplikationen, die das Leben mit einem Teenager mit sich brachte, zu entfliehen. Von einem Tag auf den anderen mit einer Dreizehnjährigen zusammenzuwohnen, war eine Herausforderung der ganz besonderen Art, mit der ich so nicht gerechnet hatte, und ich musste oft an mich halten, um nicht auszurasten. Die ungeheure Bedeutung der richtigen Klamotten zu den richtigen Anlässen, die Notwendigkeit täglichen viermaligen Umziehens und stundenlangen Schminkens im morgendlichen Badezimmer, das alles erschloss sich mir einfach nicht, auch wenn ich mir Mühe gab, mich darüber zu freuen, dass sie sich wie ein normaler Teenager benahm. Ihre Trauer war nicht weg, sondern kam in Wellen, verebbte mit jedem Mal mehr und wandelte sich zu einer Wehmut, die sie ihr Leben lang im Guten begleiten und sie letztlich bereichern würde.

»Am besten wäre es, wenn Sie herkommen und wir miteinander sprechen könnten, Frau Weinz.« Ein Räuspern. Ein heiseres Husten. »Am Telefon lassen sich solche Dinge nur schlecht diskutieren.«

»Ich bin noch zwei Stunden im Dienst, Frau Reichl. Danach ...«

»Es wäre gut, wenn Sie sofort kommen könnten, Frau Weinz.«

Am anderen Ende der Leitung hörte ich die Direktorin atmen. Sie wartete.

»Frau Reichl, ich befinde mich in einem Einsatz und kann nicht einfach alles stehen und liegen lassen, wenn ich noch nicht einmal weiß, was geschehen ist. Ist Henrike krank oder verletzt?«

»Nein, das ist sie nicht.«

»Gut, dann werde ich mich bei Ihnen melden, sobald ich kann.«

»Henrike hat das Handy einer Mitschülerin zerstört«, kam es nun im Stakkato-Ton.

»Das tut mir leid. Wir werden es selbstverständlich ersetzen. So etwas kann passieren.«

»Sie hat es von ganz oben den Hang hinuntergeworfen, nachdem sie auf das Fensterbrett geklettert war, die Verriegelung aufgebrochen und das Fenster geöffnet hatte. Das war kein Versehen, Frau Weinz.«

Nein, das war es wohl nicht, dachte ich und lehnte mich an die Wand, während Sandra und Gertrud Jansen mich mit besorgten Blicken bedachten. Laut erwiderte ich: »Ist Rike jetzt bei Ihnen?«

»Sie wartet hier mit mir auf Sie, Frau Weinz.«

»Kann ich sie bitte sprechen?« Es knackte in der Leitung, raschelte, und dann hörte ich ein anderes Geräusch. Es klang wie Zähneknirschen. »Rike?« Etwas klirrte leise am Hörer entlang. Ich erinnerte mich an die langen Ohrringe aus Metall, die sie mir heute Morgen beim Frühstück präsentiert hatte und die mich zu Fragen im Hinblick auf angemessene Kleidung im Unterricht und sie, als Reaktion darauf, zu verdrehten Augen und genervtem Schulterzucken veranlasst hatten.

Ich hörte Henrike atmen.

»Es gibt sicher einen Grund dafür?«, fragte ich in ihr hartnäckiges Schweigen hinein, ohne mit einer Antwort zu rechnen. Ich wusste, solange sie im Büro der Direktorin saß, würde sie, wie ihre Mutter früher, kein Wort von sich geben. »Hör zu, Rike«, fuhr ich fort, ging ein Stück in den Flur und zog die Türe hinter mir bis auf einen Spaltbreit zu. »Ich bin im Dienst und kann auf keinen Fall jetzt kommen. Bitte fahr nach Hause und warte da auf mich. Wir reden heute Abend darüber, in Ordnung?« Stille. »Gib mir bitte Frau Reichl noch mal.« Ich wartete. Wieder raschelte und knackte es. Dann hörte ich die Stimme der Direktorin.

»Ja?«

»Ich melde mich später bei Ihnen, Frau Reichl, sobald ich kann. Henrike soll nach Hause fahren. Ich kümmere mich um die Angelegenheit.« Ich hatte keine Lust auf weitere Diskussionen, die nichts änderten. Aus den Augenwinkeln sah ich mich im Garderobenspiegel, umrahmt von Gelsenkirchener Barock, und musste grinsen, weil mich das an eine dieser Vorabendkrimiserien erinnerte und ich so wunderbar dem gängigen Bild der Landpolizistin entsprach. Nicht mehr ganz neu, praktische aschblonde Kurzhaarfrisur, leicht übergewichtig und gestresst von ihrer Doppelrolle als berufstätige Frau und verantwortungsvolle Mutter, schlägt sich die tapfere Fernseh-Beamtin durch die Eifel und nimmt ihr Schicksal und die Ureinwohner mit Humor und Gottergebenheit. Nur dass es im Leben nicht immer so locker flockig zuging.

»Ärger?«, fragte Sandra knapp, aber mitfühlend, als ich ins Wohnzimmer zurückkehrte. Ihre Tochter Luisa ging in dieselbe Klasse wie Henrike, und sie kannte vermutlich die harsch-herzliche Art der Direktorin. Ich schüttelte mit Blick auf die alte Dame den Kopf.

»Danke für Ihr Angebot, Frau Jansen, aber wir können leider keinen Kaffee mit Ihnen trinken. Wir sind im Dienst und müssen gleich weiter.« Ich reichte ihr zum Abschied die Hand.

Gertrud Jansen fiel merklich in sich zusammen, verbarg die Enttäuschung aber hinter einer verständnisvollen Miene und einem sehr geraden Rücken. Sie tat mir leid, aber mehr als die Zeit, die wir schon bei ihr verbracht hatten, konnten wir nicht aufbringen. Unsere Aufgabe als Polizisten war hier erledigt. Mehr blieb nicht zu tun.

Sandras Diensthandy klingelte. Sie ging voraus in den Flur und nahm das Gespräch entgegen. Ich hingegen wandte mich erneut der alten Dame zu, mir war noch etwas eingefallen.

»Wenn Sie Musik so mögen, Frau Jansen«, sagte ich und lächelte, »dann sollten Sie vielleicht einmal runter nach Gemünd zum Seniorentanztee fahren. Das würde Ihnen bestimmt Spaß machen.«

»Bin ich do nitt zo alt für, Frau Wachtmeister?« Gertrud Jansen schüttelte den Kopf. »Un wie soll ich dann do hinkumme?«

»Vielleicht kann ja Herr Hilgers …«

»Ina?«, unterbrach Sandra mich und gestikulierte Eile. »Es ist dringend.«

»Sag Herrn Ettelscheid, ich rufe zurück, wenn wir im Auto sitzen.«

Sandra steckte ihr Telefon ein. »Es ist nicht der Förster. Es ist die Wache in Schleiden. Wir haben einen Toten.«

ZWEI

Paul drückt Emmas Bein zur Seite, dreht sich behutsam, um sie nicht zu wecken, und zieht das Heft unter der dünnen Matratze hervor. Im fahlen Licht erkennt er die Zahlenreihen nur schlecht. Im Nebenbett hustet sein Vater. Trocken und hart, wie seit Wochen schon. Die Mutter stöhnt leise. Ist sie wach? Paul wendet den Kopf, versucht eine Regung hinter dem Deckenberg zu erkennen. Aber alles bleibt ruhig. Vielleicht macht sie es wie er, stiehlt sich einige Minuten, bevor der Tag beginnt. Sie leben zu sechst in diesem Zimmer, die Eltern, seine Geschwister und er. Von der Tür bis zum einzigen Fenster sind es acht Schritte, von der Wand, an der Emmas Bett steht, bis zu dem kleinen Schrank mit der Waschschüssel sieben. Sie haben es ausprobiert, als sie zum Beginn des neuen Jahres herzogen. 1903 begann mit einer Verbesserung. Das Zimmer, in dem sie vorher gehaust hatten, gehörte ihnen nicht allein. Ein Kreidestrich auf dem Boden teilte es zwischen ihnen und der anderen Familie auf. Die Frauen hatten Bettlaken aufgehängt, aber diese behelfsmäßigen Trennwände hielten nur die Blicke, nicht die Geräusche und den Gestank ab. Nicht das Stöhnen und Husten der alten Frau im Bett gegenüber. »Sie sollte sich beeilen mit dem Sterben, bevor wir noch alle krank werden«, hatte Mutter leise gesagt und das Laken auf der Leine gerade gezogen. Irgendwann, mitten in der Nacht, war Paul erwacht, weil etwas fehlte. Die alte Frau hatte aufgehört zu husten. Und zu atmen. Am nächsten Morgen hatten die Männer sie nach unten getragen, steif wie ein Brett, ganz bleich. Leicht hatte sie sich angefühlt, als Paul sie an den Schultern gefasst und den Männern geholfen hatte. Trotzdem ist sie nicht früh genug gestorben. Drei Tage nachdem sie in ihr neues Zimmer gezogen waren, hustete der Vater. Und jetzt, nach drei Monaten, sieht er so aus, wie die alte Frau ausgesehen hatte, und fühlt sich auch so an. Leicht. Federleicht.

Paul konzentriert sich auf das, was vor ihm liegt. Haben und Soll. Spalten, wie mit dem Lineal ausgerichtet, senkrechte Zahlenkolonnen wie Soldaten, in Reih und Glied, keinen Jota zur Seite ausweichend. Heinrich hat ihm das Heft gezeigt, als sie gemeinsam aus der Fabrik nach Hause gegangen sind, ganz so, wie sie bis vor ein paar Wochen immer zusammen aus der Schule heimgingen. Schon da waren sie Freunde, auch wenn Paul mit jedem Tag, den sein vierzehnter Geburtstag näher rückte, klarer wurde, dass sich ihre Wege trennen würden. Heinrich durfte in die Lehre, durfte lernen zu rechnen, mit dem Geld, das Arbeiter, wie er einer werden würde, der Fabrik einbringen.

Emma rollt sich zusammen und legt ihren Kopf auf sein Knie. Die Stirn seiner Schwester fühlt sich heiß an, sie hat wieder Fieber. Er streicht ihr über die feuchten Haare. Sie ist nur ein Jahr jünger als er. Er hat ihr seinen Traum anvertraut. Dafür, dass sie ihn nicht ausgelacht, ihn nicht entmutigt hat, liebt er sie. Sie glaubt an ihn. Hofft für und mit ihm, auf ein neues und besseres Leben. Aber auch sie wird im Sommer endgültig in die Fabrik wechseln. Schon jetzt haben die Eltern den Lehrer darum gebeten, sie am Nachmittag aus der Schule zu entlassen, damit sie in die Werkstatt gehen und bei den Frauen, die dort im Schein der Petroleumlampen die Papiertüten falten und kleben, für den Nachschub an Papier und Kleister sorgen kann. Sie teilen sich das alte Bett mit Johann und Anna. Die beiden sind noch zu klein, um einer bezahlten Arbeit nachzugehen. In der engen Schlafstatt liegen die Mädchen zum Kopfende, die Jungen zum Fußende hin. So ist mehr Platz, und trotzdem können sie sich gegenseitig wärmen.

Paul schiebt die Decke über Emmas Schultern und konzentriert sich wieder auf die Zahlenreihen. Er bemüht sich zu verstehen. Heinrich hat versprochen, es ihm zu erklären, wenn sie sich das nächste Mal begegnen.

»Mach dir keine falschen Hoffnungen, Junge.«

Er zuckt zusammen und fährt herum. Die Mutter sitzt mit hängenden Schultern in ihrem Bett. Hastig versucht er, seinen Schatz zu verbergen.

»Einer wie wir wird niemals ein Gelernter werden«, sagt sie mit einem Blick auf die Kladde und lächelt müde.

»Ich kann gut rechnen.«

»Ich weiß.« Sie schlägt die Decke zurück und steht auf. Unter ihrem weißen Nachthemd wölbt sich ihr Bauch weit nach vorn. Ein weiterer Mitschläfer für ein paar Tage oder Monate. Ob es Jahre werden, wagt Paul nicht zu fragen. Schon dreimal sind die schreienden Bündel nicht aus dem Bett der Eltern bis zum Bett der Kinder gelangt.

Die Mutter stemmt ihre Fäuste ins Kreuz und streckt sich. »Du bist gescheit, Paul. Das warst du immer. Trotzdem müssen wir satt werden. Jetzt.«

»*Ich lerne abends oder wie jetzt am Morgen, bevor ich in die Fabrik gehe.*«

»*Junge.*« *Der Ton der Mutter wird schärfer.* »*Du wirst keine Kraft haben, und wenn doch ...*« *Sie hebt die Hand, um den Einwand, den er auf den Lippen hat, abzuwehren, noch ehe er ihn aussprechen kann.* »*Es ist uns nicht bestimmt. Schlag es dir aus dem Kopf! Du wirst Ärger bekommen und deine Arbeit verlieren.*«

»*Aber ...*«

»*Kein Aber. Stell dich an deinen Platz in der Fabrik.*« *Sie macht eine Pause und holt tief Luft, bevor sie weiterspricht.* »*Dein Vater kann es nicht mehr.*«

Mit den anderen Jungen drängt Paul sich durch die schmale Tür, die zur Wollkammer führt. Schmutzig graue Ballen von Schafswolle türmen sich übereinander und warten darauf, auseinandergezupft und von kleinen Ästen, Gräsern und Kletten befreit zu werden, bevor sie in großen Körben zum Wolfen gebracht werden. Paul mag diese Arbeit. Keine schnellen Spulen, die sich drehen und die ausgewechselt werden müssen. Keine Hakenwalzen an den dicht an dicht stehenden Maschinen, die die eigene Kleidung mit der gleichen Gier mit sich reißen wie die Wollvliese, wenn man nicht jeden Moment achtgibt. Hier kann er seine Finger die Arbeit allein machen lassen. Und nachdenken.

»*Wir müssen schneller sein, sonst bekommen wir Ärger*«, *sagt er zu einem Jungen, den er bisher noch nie hier gesehen hat.* »*Wie heißt du?*«

»*Gustav.*« *Der Junge lächelt ihn zaghaft an und greift in den Wollberg. Seine Finger huschen über die Haarbüschel, ziehen, zerren und reißen, und er senkt den Kopf. Paul erkennt den Abdruck von fünf Fingern auf Gustavs Wange. Rot und glühend auf der blassen Haut.*

Er schaut in Richtung des Aufsehers. »*Der da versteht nicht viel Spaß.*«

Gustav nickt.

»*Ihr seid zum Arbeiten hier, nicht zum Reden!*«, *dröhnt es, und die Jungen erschrecken. Der Aufseher steht im Türrahmen. Er muss seine Schultern beugen und den Kopf einziehen, sonst stößt er in dem niedrigen Raum an die Decke. Eine dichte Schicht der Wollfasern, die über-*

all in der Luft schweben, bedeckt sein Gesicht und verleiht ihm das Aussehen eines Tieres. »Du da.« Er zeigt auf Paul. »Nimm den Korb und komm mit.«

Paul steht auf und hebt sich den halb vollen Korb auf die Schulter. Der Aufseher wirft einen Blick hinein und schnaubt verächtlich, bevor er sich wieder zu den anderen Jungen umdreht und sie weiter antreibt. Paul geht an ihm vorbei. Er kennt den Weg und weiß, an welche Maschine die Wolle gebracht werden muss. Die Maschinen faszinieren ihn. Er will die Mechanik verstehen, die Logik, nach der sich die Walzen drehen, viel schneller, als es Menschen mit ihrer Hände Arbeit bewerkstelligen können. Solche Maschinen zu bauen, würde ihm noch besser gefallen, als in einem Büro zu sitzen.

»Jetzt halt hier nicht Maulaffen feil.« Der Aufseher schiebt ihn in Richtung der Tische, die vor der Maschine aufgestellt sind, und zeigt auf einen leeren Platz zwischen drei Arbeitern. Der Lärm ist ohrenbetäubend, die Luft stickig. In einer immer gleichen Bewegung beugen sich die Männer vor und führen die Wollbündel den rotierenden Walzen zu, darum bemüht, überall die gleiche Menge in der gleichen Zeit aufzubringen. Wie Zähne bohren sich die Haken in die Fasern, führen sie mit sich und übergeben sie an die nächsten Rollen, deren Durchmesser Paul auf beinahe einen Meter schätzt. Schweigend reiht er sich ein und greift zu. Er ist kleiner und muss sich weiter vorbeugen als seine Kollegen. Vor und zurück. Immer weiter. Sein Rücken schmerzt, und die Muskeln in seinen Armen brennen. Schweißtropfen rinnen in seine Augen. Er blinzelt.

»Pass auf, Junge!« Der Arbeiter rechts neben ihm zerrt seinen Arm zurück. Ein Ruck, und der Ärmel seines dünnen Hemdes reißt, bleibt an einem der Krempelhaken hängen und verschwindet zwischen den Walzen. Paul zuckt zusammen und reibt über die nackte Haut seines Arms.

»Glück gehabt«, knurrt einer der anderen, ohne die Arbeit zu unterbrechen. Paul rührt sich nicht. Er hat schon miterlebt, wie die Maschinen Finger oder Arme einquetschen, und die Schreie der Männer gehört. Er starrt auf die stetig weiterwandernde Wolle vor ihm.

»Wir sollten uns anders aufstellen, wenn wir die Wolle in die Maschine eingeben.« Er geht an die Seite des Tisches, packt eines der weißlichen Bündel und führt es mit einer leichten Bewegung nach links an die Walze. »So müssen wir uns nicht so recken, und wenn auf jeder Seite zwei Mann stehen, geht es schneller und besser.« Er blickt die drei auffordernd an. »Los, ihr beiden auf die rechte Seite, wir beide«, er weist auf den ihm am nächsten stehenden Mann, »übernehmen die linke Seite.«

»Red keinen Unsinn, Junge. Wir machen es so, wie sie es uns sagen, und nicht anders. Klar?«

»Aber die Arbeit würde ...«

»Was würde die Arbeit?« Der Aufseher steht mit vor der Brust verschränkten Armen hinter ihm, ohne dass Paul sein Kommen bemerkt hat.

»Sie würde uns schneller machen! Wir könnten schneller und sicherer arbeiten.« Paul vergisst seine Angst, die ihn sonst einen großen Bogen um den Mann machen lässt, so sehr ist er von seiner Idee begeistert.

»So. Könntet ihr das?« Leise. Monoton.

»Ja. Ich habe darüber nachgedacht. Wenn man den Tisch nicht mit der Querseite, sondern mit der Längsseite hinstellen würde, könnten zwei Helfer am Kopfende die Wolle aufladen und jeweils zwei Männer die Walzen mit der Schur bedienen«, rattert Paul atemlos. Dann verstummt er und wartet auf ein Urteil.

Der Aufseher bewegt seinen Kopf langsam in den Nacken und wieder zurück. Als ihre Blicke sich wieder begegnen, löst er die verschränkten Arme, hebt langsam eine Hand und glättet seine störrischen Haare. »Nein.«

»Aber«, entfährt es Paul, während ihm gleichzeitig klar wird, dass Widerspruch ein Fehler ist. Er schlägt sich die Hand vor den Mund.

»Wie heißt du, Junge?« Wieder dieses Lauernde. Ein Raubtier.

»Paul Weber«, flüstert er mit heiserer Stimme.

»Oh, ein Weber! Da weißt du ja, wie die Arbeit richtig geht, was Junge?« Der Aufseher breitet die Arme aus und dreht sich wie ein Zirkusdirektor. »Dann kannst du uns ja sicher sagen, was wir alles falsch machen?«

»Nein, ich ...«, stammelt Paul.

»Hör zu, Junge.« Der Aufseher beugt sich zu ihm hinunter, bis ihre Nasen sich beinahe berühren, und zischt leise: »Einer wie du ist zum Arbeiten hier und nicht zum Denken! Vergiss das nie, Paul Weber.«

***

»Wir machen uns grade sehr beliebt«, murmelte ich nach einem Blick in den Rückspiegel, schaltete die Musik aus und wartete darauf, dass das Radio meine CD ausspuckte. Mit einem leisen Surren glitt sie in meine Hand, und ich reichte sie Sandra. »Die Hülle liegt da«, sagte ich und zeigte auf die Ablage neben dem Schaltknüppel. »Kannst du sie bitte einpacken?« Sandra grinste. »Du und deine Eifelpunker.«

Ich zuckte mit den Schultern. Auf den langen Strecken, die ich oft während des Dienstes zurücklegte, sorgte die Musik für gute Laune. Zumindest bei mir. Nicht jeder Kollege teilte meine Vorliebe für die Eifel-Punkband Jupiter Jones, deren Lieder ich gern und laut mitsang. Mit Sandra hatte ich mich auf eine Art freundliche Toleranz ihrerseits und eine moderate Lautstärke und verschlossene Lippen meinerseits geeinigt. Ich schaute über die Schulter zurück auf die Straße, wo sich hinter uns die Autos stauten. Seit vier Minuten standen wir mit gesetztem Blinker auf der Kölner Straße in Richtung Ortsausgang und hofften auf eine Lücke im entgegenkommenden Verkehr, über die wir nach links in eine kleine Seitenstraße abbiegen und zur Abrissstelle gelangen konnten, in der die Leiche gefunden worden war. Pendlerheimkehrstunde. Aber niemand hupte, und niemand versuchte, sich über den schmalen Seitenstreifen an unserem Wagen vorbeizudrücken, wie ich es bereits erlebt hatte, als ich mit meinem Käfer einige Meter weiter vorne gestanden hatte, um ihn mal wieder in die Werkstatt zu karren. Einen verkehrshinderlichen Polizeiwagen respektierte man dagegen klaglos.

In diesem Teil von Gemünd saß die örtliche Industrie. Aufgereiht wie Perlen an einer Schnur lagen Firmen, Handwerksbetriebe und Fabriken. Die Autowerkstatt, der ich meinen Käfer schon öfter, als mir lieb war, anvertraut hatte, eine Bierdeckeldruckerei, ein Autohändler. Ein Stück weiter die Gemünder Brauerei. Ich hatte mich oft gefragt, welchen ersten Eindruck die Touristen von ihrem Urlaubsort erhielten, wenn sie aus Richtung Köln kommend in Gemünd eintrafen. Die Fahrt durch das lang gestreckte, von einer schnurgeraden Bundesstraße geteilte Tal ließ jedem Neuankömmling genügend Zeit, erste Zweifel an einem Besuch des Ortes aufkommen zu lassen. Von Eifelidylle und werbetauglichen

Postkartenansichten war hier nicht viel zu spüren. Der Wald begann abseits der Strecke und bildete nur die Kulisse. Immerhin trug der Abriss des alten, maroden Anwesens, zu dem wir wollten, sicher zu einem freundlicheren Entree bei.

»Wer hat uns eigentlich angerufen?«

»Die Baggerführerin, eine gewisse Bianca Friese.«

»Das könnte sie sein.« Ich zeigte auf eine schmale Gestalt, die neben dem Baustellenschild stand und in unsere Richtung starrte, und hätte dabei beinahe die Lücke zwischen zwei Autos verpasst. Mit quietschenden Reifen jagte ich den Wagen über die Straße. Die Schlange hinter uns setzte sich langsam in Bewegung. Köpfe wandten sich, und im Rückspiegel erkannte ich die aufflackernde Neugier in den Gesichtern.

Ich parkte, und wir stiegen aus.

»Fürs Protokoll: Es ist siebzehn Uhr dreißig«, sagte ich, bevor ich mich der Zeugin zuwandte. »Frau Friese?«

Schweigen. Ich ging zu ihr und berührte sie leicht am Ärmel. »Frau Bianca Friese?«, fragte ich ein weiteres Mal.

»Er ist dahinten«, sagte sie, drehte sich um und setzte sich in Bewegung, den Rücken sehr gerade. Ihre Arme hingen wie Stricke an ihrer Seite. Zielsicher kletterte sie von einem Schutthaufen auf den nächsten, wie ein Bergsteiger, der seine Route kennt und den der sichere Tritt vor dem endgültigen Absturz bewahrt.

Ich folgte ihr und hörte auch Sandra hinter mir über das Geröll stapfen.

»Da unten.« Sie war unvermittelt stehen geblieben und zeigte mit ausgestreckter Hand in die Tiefe.

Der Boden der Grube schimmerte schwarz von Feuchtigkeit, und überall lagen Mauerbrocken, Holzbalken und anderes Schuttmaterial herum. Es roch nach Staub, Beton und Moder. Reste einer Mauer bildeten einen Winkel, dessen Spitze herausgebrochen war. Es dauerte einige Sekunden, bis ich die Leiche erkannte. Weißes Fleisch. Nackte Glieder. Eine Schulter und eine hagere Brust. Quer über Leib und Kopf lag ein breites Brett, das vielleicht als Deckel gedient hatte, dunkel und feucht wie der Boden, und verdeckte den Toten. Die Füße waren sichtbar, in unnatürlichem Winkel zueinander verkantet. Die Haut des jungen Mannes schien im

Dunkel der Baugrube zu leuchten. Über die Entfernung hinweg konnte ich keine Einzelheiten erkennen.

»Er war in der Kiste.« Ich sah, wie ihre Hand zitterte. »Ich wollte noch diese letzte Ecke niederlegen, und da war diese Kiste im Wasser.«

»Waren Sie unten?«

Sie nickte.

»Haben Sie etwas angefasst oder verändert?«

»Er ist nicht frisch.« Sie wandte den Kopf, sah auf die Leiche und dann wieder mich an. »Er ist alt.«

»Der Tote ist ein alter Mann?«

»Nein.« Sie erwachte aus ihrer Starre, sah mir zum ersten Mal bewusst in die Augen. »Ich habe damit nichts zu tun.«

»Niemand beschuldigt Sie, Frau Friese. Sie haben uns angerufen und hier auf uns gewartet.«

»Ich habe ihn nur gefunden.«

»Frau Friese«, ich legte meine Hand auf ihren Arm und schob sie ein Stück von der Grube weg, »möchten Sie sich einen Moment setzen? Ich kann Sie zum Wagen bringen.«

»Der Notarzt ist unterwegs.« Sandra hatte Bianca Frieses Zustand und meine Besorgnis erkannt und bereits gehandelt. Hier brauchte zuerst die Zeugin Hilfe. Die Frau stand unter Schock. »Ich kümmere mich solange um sie«, fügte sie hinzu und fasste Bianca Friese sacht am Arm, um sie zum Wagen zu geleiten.

»Gut. Ich sehe mir das mal an«, antwortete ich und fischte meine Gummihandschuhe aus der Innentasche meiner Jacke, während ich an den beiden vorbei zum Wagen ging, um die Taschenlampe aus dem Kofferraum zu nehmen. Es dämmerte, und ich wollte wissen, wohin ich in der Grube trat oder auf was. »Kannst du bitte versuchen, die Nummer ihres Chefs oder des Bauleiters herauszubekommen? Wir müssen jemanden vor Ort haben, der sich hier auskennt.« Ich lächelte Bianca Friese zu, die gerade von Sandra auf den Rücksitz verfrachtet und mit einer Decke versorgt wurde.

»Die Leiter nach unten steht hinten links.« Kein Blickkontakt. Nur diese tonlose Stimme. War es nur der Schock über den Leichenfund, der die Frau so mitnahm? Sollten die Kollegen der Kripo bis dahin nicht angerückt sein, würde ich mit ihr sprechen, sobald es ihr besser ging und wir wussten, ob sie mehr mit der Sache zu tun hatte, als es jetzt den Anschein hatte.

Ich roch, was Bianca Friese mit »nicht frisch« gemeint hatte, je näher ich der Leiche kam. Es war nicht der gleiche Geruch, den ich während meiner Zeit bei der Kölner Kripo bei Wohnungsöffnungen erlebt hatte und den ich auch nach vielen Malen nur schwer ertragen konnte, weil ich nicht wie einige Rechtsmediziner, die ich kannte, abgestumpft und »nasentaub« war. Es roch muffig, nach alter Erde und nach noch älterem Käse. Die Haut hatte aus der Entfernung einen unversehrten Eindruck gemacht. Jetzt erkannte ich ihre seltsame Struktur und Ausformung genauer. Sie erinnerte an Wachsfiguren, deren Konturen unter der Wärme verlaufen waren, ohne ganz zu verschwinden, die Glieder gelblich weiß aufgedunsen.

Ich stieg die beiden letzten Stufen der Leiter hinunter, bemüht, nicht in die überall stehenden Pfützen zu treten und mir gleichzeitig den Weg zu merken, den ich nahm. Ich musste es später angeben, wenn die Kollegen von der Spurensicherung ihre Pfade zwischen den Beweisstücken anlegten.

»Sandra?«, rief ich nach oben, erhielt aber keine Antwort. Sicher war sie noch mit Bianca Friese beschäftigt. Dann eben ohne unsere offizielle Kamera, die ich im Wagen vergessen hatte. Selbst schuld. Ich zog mein neues schlaues Handy aus der Innentasche meiner Jacke, tippte auf dem Bildschirm herum und suchte das kleine Symbol mit dem Fotoapparat. Henrike hatte einen Nachmittag damit verbracht, das Handy einzurichten, und es mit jeder Menge Sinnvollem und mit einer noch größeren Menge Unsinnigem gefüllt. Die Kamera war eine der Funktionen, die ich sofort verstanden hatte und sowohl privat als auch im Beruf wunderbar gebrauchen konnte.

So gut es ging, nahm ich die Leiche in der Kiste und den Fundort aus verschiedenen Blickwinkeln auf. Am rechten Arm fehlte die Hand. Sie war knapp oberhalb des Gelenks abgetrennt. Den losen Deckel anzuheben, um zu sehen, ob die linke Hand ebenfalls fehlte, war Aufgabe der Spurensicherung. Ich kletterte die Hälfte der Leiter hoch und sah die Fotos noch einmal durch, um mich von meinem erhöhten Standpunkt aus zu vergewissern, dass ich nichts übersehen hatte. Dann wählte ich die Nummer der Wache in Schleiden. »Ruf in Bonn an«, sagte ich zu dem Kollegen am anderen Ende der Leitung. »Die Kripo muss her.«

***

»Sie haben sich über Ihren Mann geärgert?«

»Ja.« Die Frau auf dem Stuhl schob die Hände seitlich unter ihre Beine und wiegte sich langsam vor und zurück. Judith Bleuler beobachtete sie, schwieg und wartete. Die Frau kaute auf ihrer Unterlippe, die Aufmerksamkeit nach innen gekehrt, auf etwas gerichtet, dessen Schrecken sie paralysierte. Ihre fahle Gesichtshaut wirkte im Licht der Deckenlampe gelblich, die Augen gingen unter im Grau der Haare, die kurz und strähnig ihr Gesicht umrahmten. Rote Flecken wanderten den Hals hinauf. »Da war so ein Hass in mir in dieser Sekunde«, stieß sie atemlos hervor. »Das war nicht ich. So bin ich nicht.«

»Wie sind Sie nicht, Frau Lenzen?«

»So, so …« Sie verstummte. Ihr Blick mäanderte durch den Raum, über die Stühle, das Fenster, und glitt über Judith genauso hinweg wie über die Akten auf dem Tisch und das halb volle Wasserglas.

»Können Sie uns den Ablauf der Tat schildern?« Horst Sauerbier lehnte sich zurück und legte seinen Arm über die Rückenlehne von Judiths Stuhl. Sie rutschte auf der Sitzfläche einige Zentimeter nach vorne und beugte sich zu Edith Lenzen vor, die den Kriminalkommissar mit gerunzelter Stirn ansah.

»Was ist passiert, Frau Lenzen?«, fragte sie leise, so als ob sie mit einem verängstigten Kind sprechen würde, das Angst vor dem großen Monster unter seinem Bett hat. »Warum waren Sie so wütend?«

»Er wollte mit mir schlafen.« Sie sah Judith zum ersten Mal direkt an, befreite ihre Hände vom Gewicht der Schenkel und schob sie mit nach oben gerichteten Handflächen über die Tischplatte auf sie zu. »Können Sie sich das vorstellen? Nach all den Jahren? Nachdem er mir das alles angetan hatte, wollte er mit mir schlafen. Als ob er sich an mir bedienen könnte wie an einer, einer …« Sie suchte nach Worten. »Er hat mich nie angesehen. Ich meine, so richtig. Als Frau, verstehen Sie? Er hat mich gequält, mit Tellern nach mir geworfen, wenn ihm das Essen nicht schmeckte. Er hat meinen Vogel umgebracht – ihn auf den Balkon gestellt und das Tierchen einfach erfrieren lassen!« Sie schluchzte. »Er war so ein schlechter Mensch, Frau Kommissarin, so ein schlechter Mensch.«

»Warum haben Sie ihn nicht verlassen?«

»Das ging doch nicht.« Edith Lenzens Pupillen weiteten sich. Von der Farbe ihrer Iris blieb nur ein kleiner Rest zu sehen. Lila, dachte Judith, wie ungewöhnlich.

»Warum nicht?«

Ein schiefes Lächeln verzerrte ihre Mundwinkel. »Er war doch mein Mann.«

»Sie haben Ihren Mann getötet, Frau Lenzen.« Sauerbier. Worte wie Peitschenhiebe. Er stand auf. Die Stuhlbeine krachten auf dem nackten Linoleum. »Mit sechsundfünfzig Messerstichen. In den Bauch, in den Hals, ins Gesicht. Das rechte Schulterblatt des Toten war durchstoßen, sein Nasenbein war gebrochen. Sie haben eine ungeheure Kraft aufgewendet, um ihn zu töten.«

Judith versuchte, das Bild einer Rasenden im Blutrausch mit der Frau übereinzubringen, die ihr gegenübersaß. Es gelang ihr nicht. Zu zart die Handgelenke, die Arme, die ganze Gestalt.

»Ich kann mich nicht mehr richtig erinnern.« Edith Lenzen wiegte sich wieder langsam vor und zurück, während sie mit beiden Händen die Stuhlkante umklammerte. »Wir waren über zwanzig Jahre verheiratet. Ich habe ihn ertragen, mich nicht gewehrt, wenn er so war. Niemals. Und dann war da plötzlich dieser Gedanke, der mich nicht losließ und für den ich mich geschämt habe. Ich wollte es nicht tun, hab es mir immer wieder verboten, weil es schlecht ist. Ich wollte kein schlechter Mensch sein.« Sie zog stockend die Luft ein. »Ich wollte wieder atmen können. Leben. Frei sein. Verstehen Sie? Sie sind doch eine Frau.« Wieder suchte sie Judiths Blick, bat stumm um Verständnis, um vergebende Zustimmung und sank, als sie sie nicht fand, in sich zusammen.

»Hat er Sie vergewaltigt?«

Edith Lenzen schüttelte den Kopf. »Nein.«

»Hat er Sie bedroht? Mit dem Messer vielleicht?«

»Nein.«

»Wir haben seine Fingerabdrücke am Messergriff gefunden.«

»Er hat damit seine Wurst in Stücke geschnitten.«

»Hat er Sie geschlagen?«

»Nein.«

»Der Körper wies Einstiche im Rücken auf. Sie haben Ihren Mann hinterrücks überfallen«, mischte sich Sauerbier wieder in das Gespräch.

Edith Lenzens Kopf ruckte zur Seite. Sie blinzelte, fixierte Sauerbier und fuhr sich mit der Zunge über die Lippen.

»Ich wollte abwaschen. Hab seinen Teller, das Glas und das Messer genommen und bin in die Küche gegangen. Ich war so wütend.« Ihre Hände ruckten hoch, zu Fäusten geballt. »Es ist in mir hochgekrochen, der Hass und die Wut, wie ein Feuer in meinem Kopf. Ich konnte nicht ... Ich wusste nicht, was ich da tat.« Sie streckte wieder eine Hand in Richtung Judith aus. »Ich habe so gezittert, mein Herz hat gerast, und ich konnte nichts anderes denken als ›Jetzt ist es genug‹. Und dann habe ich auf ihn eingestochen. Immer und immer und immer wieder.«

Sauerbier drückte den Rücken durch und stemmte gebieterisch die Hände in die Hüften. »Sie geben also zu, dass Sie Ihren Mann Helmut Lenzen am 27. Oktober diesen Jahres mit sechsundfünfzig Messerstichen getötet haben?«

Edith Lenzen schloss die Augen. »Ich habe es doch nie geleugnet.«

»Also geben Sie es zu?«, hakte Sauerbier nach.

»Ja.« Dann begann sie zu weinen.

Judith blieb am Verhörtisch sitzen, nachdem Edith Lenzen von einer Kollegin abgeführt worden war, und starrte auf die Stelle auf dem Tisch, an der die ausgestreckten Hände der Frau gelegen hatten. Graue Hände. Feine Falten in der Haut. Die Finger ein wenig geschwollen. Nicht ungepflegt. Ihre Mutter hatte solche Hände. Sauerbier lehnte ohne Regung am offenen Türrahmen. Sie wollte, dass er ging und sie allein über den Fall nachdenken ließ. Aus dem psychiatrischen Gutachten, von denen erstellt, die es gewohnt waren, in die letzten Winkel der Seele vorzudringen, würde sie mehr über die Gründe erfahren, die diese kleine, schmächtige Frau dazu gebracht hatten, nach zwanzig Jahren ihren Ehemann umzubringen. Sie selbst hatte ihre Arbeit erledigt, die Mörderin gefangen und Beweise vorgelegt. Den Rest übernahmen andere.

Sie versuchte, die Bilder vom Tatort aus dem Kopf zu bekommen, das Blut, die verrenkten Glieder, die umgestürzte Bierflasche, deren Inhalt sich über den Teppich ergossen und mit dem Blut vermischt hatte. Edith Lenzen war ganz ruhig gewesen. Sie hatte ihnen die Tür geöffnet, sie wie gute Freunde in Empfang genommen, die man zum Essen eingeladen hat oder zu einer Bridgepartie. Sie hatte das Team der Bonner Mordkommission durch den Flur ins Wohnzimmer geführt und war zur Seite getreten, um ihnen den Vortritt zu lassen.

»Sie versucht, uns glauben zu machen, dass sie es im Affekt getan hat«, riss Sauerbier sie aus ihren Überlegungen.

»Was?«

»Sie will uns verarschen.« Sauerbier kam zum Tisch, setzte sich neben Judith und zwirbelte an einem Ende seines Schnäuzers. Er strömte einen Duft nach altmodischem Rasierwasser aus, der sie an etwas erinnerte, was sie nicht zuordnen konnte.

»Ich weiß es ehrlich gesagt nicht. Da sind sehr viele Aspekte, die wir berücksichtigen müssen.«

»Mädchen, glaub einem alten Mann wie mir. Sie tut nur so hilflos und überrascht.« Sauerbier griff nach der Wasserflasche, setzte sie an und trank den letzten Rest in großen Schlucken aus.

»Overkill«, murmelte Judith, mehr um ihre eigenen Gedanken zu sortieren, denn als Antwort auf Sauerbiers Bemerkung. »Sie hat gesagt, sie sei wie in einem Rausch gewesen. Ich habe einen Bericht darüber gelesen, dass solche Reaktionen vorkommen, dass …«

»Ich halte ehrlich gesagt nichts von dem neumodischen Psychokram«, unterbrach Sauerbier sie. »Sie hat es geplant. Sie hat schon vorher darüber nachgedacht und dann die Gelegenheit genutzt, als sie da war.«

Judith erwiderte nichts darauf. Horst Sauerbier stand kurz vor der Rente. Über vierzig Jahre Polizeidienst, über vierzig Jahre Erfahrung, Fahndungserfolge sowie über vierzig Jahre gemachte Fehler samt gezogener Lehren standen ihren drei Jahren Ausbildung und dem halben Jahr gegenüber, das sie jetzt in Bonn arbeitete.

Dabei trug ihre »Sonderbehandlung«, wie Sauerbier es abschätzig nannte, nicht unbedingt zum guten Klima zwischen ihnen beiden und einem guten Verhältnis zu den anderen jungen Kollegen im Haus bei. Wäre alles nach Plan gelaufen, säße sie jetzt nicht bei der Mordkommission, sondern hätte nach ihrem letzten Praktikum in der Eifel noch mehrere Jahre beim Wach- und Wechseldienst und anschließenden Dienst in der Hundertschaft vor sich. Nur dem Umstand, dass der Altersdurchschnitt der Bonner Polizei bei über fünfzig Jahren lag und die Gewerkschaft der Polizei – wie schließlich auch der Dienstherr – einen erhöhten Bedarf an jungen Polizisten festgestellt hatte, hatte sie die umweglose Punktlandung zu verdanken. Sie hätte nicht gedacht, dass ihr das vor der Ausbildung absolvierte Studium, das sie schrecklich gefunden und so schnell, wie es ging, mit einem in ihren Augen kaum erträglichen Notendurchschnitt abgeschlossen hatte, auf diese Weise doch noch einmal nutzen würde. »Sonderfachwissen« nannte man ihre Kenntnisse in Wirtschaftspsychologie bei der Polizei offiziell. Sie nannte sie Fiasko. Ihr Traum von einer interessanten Stelle im Personalwesen war bald zerplatzt wie ein zu groß aufgeblasener Luftballon. Die Erkenntnis, dass sie für diesen Job ungeeignet war, hatte sie schon im ersten Praktikum ereilt. Die Realität einer Personalabteilung innerhalb eines großen Versicherungsunternehmens mit nicht nachvollziehbaren Kündigungen, Sachzwängen und menschlichen Tragödien hatte ihr die Augen geöffnet. Sie wollte lieber auf der Seite stehen, die den Menschen half. Das Studium als Konsequenz dessen einfach aufzugeben, kam für sie nicht in Frage. Was sie angefangen hatte, wollte sie auch zu Ende bringen. Es war ihr gelungen, auch wenn es letztendlich mehr Disziplin und Selbstüberwindung gekostet hatte, als sie erwartet hatte. Immerhin ersparten ihr diese drei Jahre Studium jetzt die drei Jahre in der Hundertschaft. Und wenn sie den Äußerungen einiger Kollegen Glauben schenken konnte, war das kein schlechter Tausch. Bei der Polizei fühlte sie sich richtig aufgehoben. Die festen Strukturen und Dienstvorschriften gaben ihr Halt. Sie liebte es, Formulare auszufüllen und Berichte zu schreiben, auch wenn sie das aus Angst vor Spott in Gegenwart ihrer gleichaltrigen Kollegen nicht zugab.

»Hörst du mir überhaupt zu, Mädchen?« Sauerbier nahm kopfschüttelnd den Hörer des klingelnden Telefons ab und knirschte ein »Sauerbier« in die Sprechmuschel. Am anderen Ende der Leitung folgte offenbar ein längerer Monolog. Sauerbier lauschte, zwirbelte seinen beachtlichen Schnäuzer und legte die Stirn in Falten. »Unser erweiterter Bereitschaftspool ist derzeit etwas beschränkt«, sagte er schließlich. »Hans-Peter hat sich heute Morgen krankgemeldet, und die anderen beiden Kollegen sind im Einsatz. In Königswinter haben sie einen aus dem Rhein geangelt.« Die Stimme seines Gesprächspartners rasselte wieder durch den Hörer, ohne dass Judith etwas hätte verstehen können. Sauerbiers Blick ruhte auf ihr, während die Enden seines Schnurrbartes unter seinen rollenden Fingerkuppen die Form von Spießen annahmen. Sie fühlte sich unbehaglich. »Gemünd?«, fragte Sauerbier dann und stand auf. »Ja, das passt doch wunderbar. Ich nehme das Fräulein mit. Die kennt sich da ja auch aus.«

Judith zuckte zusammen. Er meinte sie, das war ihr klar, und sie hasste es, so betitelt zu werden. Trotzdem war sie jetzt neugierig. Was war mit Gemünd?

Sauerbier beendete das Gespräch, fischte seinen Trenchcoat vom Garderobenständer und zog ihn an. »Dann komm mal mit, Mädchen«, wandte er sich an Judith, während er ihren dunkelblauen Blazer nahm, um ihr hineinzuhelfen. Wie ein Gentleman alter Schule hielt er ihr die Tür auf und ließ ihr mit einer leichten Verbeugung den Vortritt. »Deine Formulare können warten. Jetzt kannst du was lernen.«

DREI

Der Geruch ist immer da. Er empfängt ihn jeden Abend, wenn er von der Arbeit nach Hause kommt, und verblasst mit jeder Stunde, die er mit den anderen zusammen im Zimmer verbringt, zwischen ungewaschener Kleidung, der dampfenden Kohlsuppe auf dem Ofen in der Ecke und Vaters Krankenbett. Am Morgen trägt er ihn mit sich wie ein unsichtbares Kleidungsstück, das ihn wärmt. Hinaus auf die Straße, wo die anderen, die wie er zur Fabrik gehen, alle ihren eigenen und doch gleichen Geruch mit sich herumtragen. Nach Zuhause. Nach Armut.

»Wie geht es Emma?«, will Paul als Erstes wissen, hängt seine Jacke an den Haken direkt neben der Tür und stellt seine Schuhe zum Trocknen unter den Ofen.

»Das Fieber ist schlimmer geworden.« Seine Mutter sieht vom Tisch auf, an dem sie Kartoffeln schält, legt das Messer aus der Hand und steht auf. »Ich habe kalte Lappen um ihre Beine gewickelt, aber es nutzt nichts.«

Wie zur Bestätigung bellt ein Husten durch den Raum. Paul geht zu Emma und setzt sich auf den Rand ihres gemeinsamen Bettes. »Hallo«, sagt er leise und fasst seine Schwester an den Schultern, um sie ein wenig aufzurichten und ihr das Husten zu erleichtern. Emma ringt mühsam nach Luft. Ihre Haut glüht, und ihr Hals ist an den Seiten stark angeschwollen.

»Geh nicht zu nah an sie heran, sonst wirst du auch krank.« Die Mutter winkt ihn zu sich. »Wir müssen ihr ein Bett auf dem Boden machen, damit sie allein liegen kann.«

»Ich mache das.« Paul streicht Emma über die Haare. Als sie ihm matt zulächelt, erkennt er den bräunlichen Belag auf ihren Lippen und in ihrem Mund. Er zuckt zurück. »Sie hat die Rachenbräune!«

»Ja.«

»Wir müssen sie ins Krankenhaus bringen, damit sie ihr dort helfen können.«

»Bist du verrückt? Weißt du nicht mehr, was dann passiert?« Die Mutter stützt sich mit einer Hand auf den Tisch, mit der anderen hält sie ihren schwangeren Bauch. »Sie kommen sie holen und bringen sie ins

Krankenhaus auf die Isolierstation, und wir sehen sie nie wieder. So war es auch bei deinem Bruder.«

»*Aber wir können ihr hier nicht helfen!*«

»*Wenn sie sie holen, werden sie keinen Stein auf dem anderen lassen.« Sie sieht sich um. »Alles werden sie uns wegnehmen. Die Wäsche, die Vorräte. Und die wenigen Sachen, die uns bleiben, müssen alle nach Vorschrift desinfiziert werden. Ich hab das einmal erlebt, das reicht!« Sie stöhnt und greift sich ins Kreuz.*

Emma hustet wieder und nimmt Pauls Hand. »Ich will hierbleiben, Paul.« Ihre Stimme klingt heiser. Tonlos.

»*Emma, du musst ins Krankenhaus. Da gibt es Arznei, die dir hilft.«*
Sie schüttelt den Kopf und schließt die Augen.

»*Mutter!*«

»*Nein.*«

»*Aber wir können auch nicht einfach zusehen. Wir müssen etwas unternehmen.« Er steht auf, geht zur Tür und reißt die Jacke vom Haken.*

»*Paul!*«

Er hört nicht. Rennt hinunter auf die Straße. Wütend. Überlegt kurz, in welcher Richtung das Krankenhaus liegt, und läuft los.

»*Deine Schwester hat die Rachenbräune, sagst du?« Der Arzt blickt ihn über den Rand seiner Brille hinweg an. Das saubere Weiß seines Kittels wirkt wie ein Fremdkörper in dem Saal. An beiden Seiten stehen Betten in einer Reihe. Darin sieht er bleiche Gesichter. Einige Patienten schlafen, wenige haben die Kraft, Paul überhaupt zu bemerken. Er hat sich an dem Wachmann am Eingang vorbeigeschlichen, nach einem Arzt gesucht und ihn schließlich hier, in einem der Krankensäle, gefunden.*

»*Was macht dich da so sicher?«*

Paul zuckt mit den Schultern. Dass der Arzt ihn nicht wegen seines Eindringens ausschimpft und hinauswirft, ist schon ein großer Erfolg.

»*Ich weiß es nicht.*«

»*Hat deine Schwester Fieber?«*

»*Ja.*«

»*Hat sie Schmerzen im Hals?«*

»*Sie kann nicht schlucken und bekommt keine Luft. Und sie muss husten.*«

»Kannst du sie herbringen?«

»Nein. Die Mutter will es nicht.«

Der Arzt streckt den Rücken durch. »Wenn es wirklich Diphtherie ist, muss ich den Fall der Polizei melden. Wie ist dein Name?«

»Paul.«

»Und weiter?«

»Weber.«

»Wo wohnst du?«

»In der Mülsgasse.« Er fröstelt. Der unvermittelte Befehlston des Arztes schüchtert ihn ein. Hat die Mutter recht gehabt, und es war ein Fehler, hierherzukommen?

»Ah. Dort. Ich werde mich darum kümmern.« Der Arzt zieht seine Taschenuhr hervor, lässt den Deckel auf- und nach einem kurzen Blick auf die Uhr wieder zuschnappen. »Morgen.« Die Art, wie er es sagt, macht Paul unmissverständlich klar, was er denkt: Das Arbeiterviertel. Kein Grund zur Eile.

Er kennt diese Reaktion. Hat sie schon oft erlebt bei denen, die eine andere Stellung im Leben haben als er.

Paul bleibt stehen, unschlüssig, was er nun tun kann. Wut rumort in ihm, verdrängt die Angst um Emma in die hinterste Ecke seines Denkens. Er ballt die Hände zu Fäusten.

»Ja?« Eine hochgezogene Augenbraue, ein Blick aus den Augenwinkeln, fahrig und schon mit Wichtigerem beschäftigt, begleiten die Frage.

Paul spürt das Pochen hinter seinen Schläfen. Er senkt den Kopf. Die Erkenntnis über die Sinnlosigkeit des Widerspruchs trifft ihn wie ein Schlag in den Magen. Er stammelt einen gelogenen Dank, verlässt den Saal und sucht den Ausgang.

Beim Hineingehen muss er durch andere Flure gegangen sein, oder sein Ziel, Hilfe für Emma zu bekommen, hat ihn die Orientierung verlieren lassen. Die Türen und Räume erscheinen ihm fremd und sehen doch alle gleich aus. Er liest die Aufschriften auf den Schildern neben den einzelnen Zimmern. Worte, die nach Krankheit klingen und nach Hoffnung.

Das Schild auf der letzten Tür am Ende des Ganges weist das dahinterliegende Zimmer als Arzneimittelkammer aus. Einem Impuls folgend tritt er ein. Eine Deckenlampe wirft gelbliches Licht auf Regale und Schränke, in deren Glastüren sich sein Gesicht weich spiegelt. Suchend

streicht er die Regale entlang. Aufschriften, die er zwar entziffern kann,
die aber keinen Sinn für ihn machen, als er die Laute leise ausspricht.
Metallisch glänzende Spritzen auf silbern schimmernden Tabletts. Glat-
te Leinentücher, Watte in großen Behältern. Was will er hier? Hat er ge-
dacht, zwischen all den Schachteln, Tiegeln und Glasflaschen das Rich-
tige für Emma zu finden? Lächerlich.
 »Was machst du da?« Eine Frauenstimme. Er zuckt zusammen.
»Wolltest du stehlen? Na warte.«
 Jetzt sieht er die Frau, zu der die Stimme gehört. Sie steht im Tür-
rahmen. Ihr makellos weißer Schürzenrock reicht bis zum Boden, dar-
über die hellgraue Bluse mit weißem Kragen ist manschettensteif. Über
ihren Haaren schwebt wie eine Krone das Schwesternhäubchen.
 »Nein.« Er tritt einen Schritt auf sie zu. Sie ist einen Kopf größer als
er und jünger, als er zunächst gedacht hat. Die steife Tracht macht das
Mädchen zur Frau. »Nein. Ich wollte nichts fortnehmen. Ich habe mich
verlaufen, und als ich hier drin war …« Er hebt die Hände in einer hilf-
losen Geste und lässt sie wieder sinken. »Meine Schwester, sie ist krank«,
murmelt er, »ich hatte gehofft …«
 »Dann mach, dass du hier rauskommst, bevor ich die Pfleger rufen
muss«, unterbricht sie ihn und hält ihm die Tür auf, die Hand fest um
die Klinke geklammert. Er drückt sich an ihr vorbei, rennt den Gang
entlang, ohne sich noch einmal umzusehen, bis er schließlich den Aus-
gang findet.

✱✱✱

Wie ein Sonntagsausflügler auf Reisen lenkte Sauerbier den Wagen vom Präsidium in Richtung Eifel. Meckenheim, Rheinbach
und Euskirchen. Landpartie. Als sie hinter Wißkirchen die A1
überquerten, kannte Judith sich wieder aus. Vor ihnen lag die
Schnellstraße, die sie eigentlich in zwanzig Minuten bis nach Gemünd bringen würde, wenn Sauerbier die Geschwindigkeitsbe-
grenzungen nicht penetrant unterschreiten würde. Gequält drückte sie den linken Fuß gegen ein imaginäres Gaspedal, schwieg aber
und schaute aus dem Fenster auf die Landschaft.
 »Der läuft uns schon nicht weg«, bemerkte Sauerbier mit einem
Seitenblick auf sie und drosselte das Tempo weit vor dem Kreis-

verkehr an der Roggendorfer Sommerrodelbahn auf zwanzig Stundenkilometer.

»Von wem kam die Meldung?«

»Die Wache hat uns informiert.«

»Wer hat Dienst?«

»Du freust dich wohl auf ein Wiedersehen mit deiner Freundin Ina Weinz?«

»Sie ist nicht meine Freundin.« Judith hob die rechte Hand und trommelte mit der Rückseite ihrer Nägel an die Scheibe der Beifahrertür. »Sie ist meine Tutorin.« Sie betrachtete den Ring an ihrer linken Hand. »Gewesen.« Das Einzige, was sie noch mit ihrer Zeit in der Eifel verband, war Kai Rokke Hornbläser, mit dem sie mal mehr und mal weniger zusammen war. Gerade mal wieder weniger.

»Sie ist eine Nervensäge«, stellte Sauerbier fest. Judith biss sich auf die Lippen und unterdrückte ein Grinsen. Das Verhältnis zwischen Ina Weinz und Horst Sauerbier war legendär schlecht. Selbst die Kollegen in Bonn sprachen hinter vorgehaltener Hand davon, wie sich die ehemalige Kriminalhauptkommissarin Ina Weinz trotz ihrer Beurlaubung sehr erfolgreich in die Aufklärung des Mordes an einem Professor eingemischt und, ein halbes Jahr später, als sie offiziell als Polizeihauptkommissarin in der Schleidener Wache Dienst tat, Sauerbiers Ermittlungen in einem neuen Fall ebenfalls nicht im besten Licht hatte dastehen lassen.

»Was wissen wir?«, ignorierte sie Sauerbiers Äußerung und fügte hinzu: »Ist der Arzt schon vor Ort?«

Sauerbier knurrte Zustimmung.

»Und?« Sie beugte sich vor, zog ihren Rucksack auf den Schoß und holte ihr Notizheft heraus. »Welche Informationen haben wir bisher?«

»Gemach, gemach, Mädchen. Wir werden schon früh genug alles Wissenswerte erfahren.« Sauerbier schaltete, und der Wagen ruckelte sich in den nächsten Gang. Judiths Magen verkrampfte. Sie nahm sich fest vor, beim nächsten Mal darauf zu bestehen, selbst zu fahren. »Lassen wir ihnen einen netten kleinen Vorsprung. Bis wir da sind, ist alles Notwendige vorhanden, und wir müssen nicht lange in der Gegend herumstehen.«

Judith schnaubte leise. Sie hasste es, Dinge einfach auf sich zukommen zu lassen. Sie hatte gern die Kontrolle über das, was geschah, und war der Meinung, das am besten durch eine gründliche Vorbereitung gewährleisten zu können. Aber dazu war es jetzt zu spät. Nicht gut.

»Ach, und noch was.« Sauerbier setzte den Blinker und bog nach rechts in eine Baustelleneinfahrt ein. »Halt mir während der Ermittlungen die Weinz vom Hals. Und danach«, er piekste mit dem Zeigefinger in ihren Oberarm, »hältst du dich ebenfalls von ihr fern.«

Ein eher kleiner Bagger hockte wie eine hungrige Giraffe am Rand der Baugrube, den Greifarm nach oben gestreckt. Noch während Sauerbier den Wagen abstellte, blickte Judith sich suchend um. Sie zuckte zusammen, als jemand ans Fenster klopfte. Es war nicht Ina, sondern eine andere uniformierte Polizistin, die sich als Sandra Kobler vorstellte, als Judith die Tür öffnete und ausstieg.

»Ein ungewöhnlicher Fund«, erklärte Sandra Kobler, während sie Judith und Sauerbier den Weg zeigte und mit ihrer Äußerung Judiths nächste Frage vorwegnahm. »Fettwachsleichen sind nicht so häufig, meinte der Arzt.«

»Wo ist er?«

»Noch bei der Leiche unten. Da.« Sandra Kobler war am Rand der Grube stehen geblieben und zeigte auf einen Mann in Jeans und Pullover, der neben dem Leichnam hockte und Fotos machte. Sie wandte sich ab, als ihr Telefon klingelte, und signalisierte Judith und Sauerbier, allein hinunterzusteigen.

Sauerbier betrachtete die Leiter mit einer großen Portion Misstrauen, rüttelte kurz an einem der senkrechten Holme und trat vorsichtig von der Grube zurück.

»Ich schau mich mal hier oben um, du kannst mit dem Arzt sprechen.« Er nickte kurz und stapfte wieder in Richtung Auto davon. Judith seufzte. Auf der einen Seite war sie froh, dass er ihr freie Hand gab, auf der anderen Seite ahnte sie bereits, wie diese Ermittlungen, zu denen er sie ja nur als Assistentin in Vertretung des erkrankten Teamkollegen hinzugezogen hatte, ablaufen würden. Eine Menge Arbeit, wenn nicht alles, würde an ihr hängen bleiben.

»Solche Fettwachsleichen können nur unter ganz speziellen Bedingungen entstehen.« Thomas Breitenbacher stand auf, griff in seine Ledertasche und zog ein Formular mit mehreren Durchschlägen heraus. »Kompletter Ausschluss von Sauerstoff, stehendes Gewässer«, zählte er auf, während er die ersten Zeilen ausfüllte. »Das hat man nicht so häufig.« Er sah auf seine Armbanduhr und trug die Zeit ein. »Wenn ein Friedhof auf feuchtem, lehmigem Gelände angelegt wurde, erleben die Totengräber auch nach dreißig Jahren noch solche hübschen Überraschungen.«

»Meinen Sie, die Leiche ist schon so alt?« Judith betrachtete ihn. Er sah älter aus, als sie ihn in Erinnerung hatte. In den letzten Wochen ihres Praktikums hatte sie Breitenbacher öfter gesehen, wenn er während seiner Hausbesuchsfahrten eine kurze Pause eingelegt und Ina Weinz einen Besuch auf der Wache abgestattet hatte. Auch wenn die beiden es nicht an die große Glocke gehängt hatten, war ihr doch klar gewesen, dass ihn und Ina mehr als nur eine gute Freundschaft verband. Ob er aber tatsächlich nach Steffen Ettelscheid Inas neuer Freund geworden war, wusste sie nicht.

»Kann sein, muss aber nicht. Ich bin kein Rechtsmediziner, sondern Hausarzt. Es dauert jedenfalls seine Zeit, bis ein Toter so aussieht. Mindestens acht Wochen, wenn nicht sogar mehrere Monate.«

»Wo machen Sie das Kreuzchen?« Judith deutete auf die Stichworte auf seinem Formular, die darüber entschieden, ob sie den Heimweg antreten oder hier die Ermittlungen aufnehmen würden.

»Seine Hände fehlen. Sie liegen auch nicht in der Nähe. Ich weiß nicht, ob man bei einer solchen Ausprägung des Wachsleichen-Phänomens noch feststellen kann, ob sie vor oder nach seinem Tod abgetrennt wurden, und wenn ja, mit welchem Werkzeug. Es ist ja kein Weichgewebe im eigentlichen Sinn vorhanden.« Er trat wieder näher zur Leiche hin und signalisierte Judith, ihm zu folgen. »Es wird unter Umständen schwierig werden, etwas Genaues zu sagen. Ich sehe außerdem so eine Art Striemen auf seinem Rücken und den Beinen und eine gewaltige Schädelverletzung, die aber durchaus auch post mortem entstanden sein kann. Das muss auf jeden Fall untersucht werden.« Er lächelte. »Auch wenn man vielleicht auf mein Urteil hätte warten können, bis man Sie ruft – umsonst sind Sie nicht hier.«

»Hatte er irgendein Ausweispapier oder Ähnliches?«

Thomas Breitenbacher schüttelte den Kopf. »Er steckte vollkommen nackt in dieser Kiste. Keine Kleidung, keine Papiere, nichts.«

»Na, hübsch.« Judith strich über ihre ohnehin schon straff zum Zopf gebundenen Haare. »Das kann ja …«

»… interessant werden«, unterbrach sie eine Stimme, die sie sehr gut kannte. »Genau das Richtige für dich, oder?«

»Ina!« Judith drehte sich herum und ging mit halb ausgestreckten Armen auf ihre ehemalige Ausbilderin zu, verharrte dann aber im letzten Moment.

»Was ist los? Hast du Angst, ich beiße?« Ina grinste, kam näher und umarmte Judith herzlich. »Bist du gekommen, um endlich den ewig versprochenen Kaffee abzuholen?«

»Nein. Also ich, Sauerbier meinte …« Judith brach ab und räusperte sich. Was redete sie denn für einen Schwachsinn? »Sauerbiers Teamkollege aus dem Bereitschaftspool ist krank. Also bin ich jetzt hier.« Sie straffte sich. »Als Ermittlerin.«

»Von deiner sagenhaft steilen Karriere hab ich schon gehört. Glückwunsch.«

»Ja.« Judith blinzelte. Ina war keine von denen, die nach vorne eitel Sonnenschein verbreiteten und hinter dem Rücken der Beteiligten Gift versprühten. »Danke schön.«

»Ein bisschen was hat sie ja sicher auch von dir gelernt.« Thomas Breitenbacher zwinkerte Ina zu und stieß sie wie ein Schuljunge in die Seite. Sie lachte und schob ihn weg.

»Nein, nein. Judith macht das schon ganz allein.«

»Die Staatsanwaltschaft muss informiert werden.« Judith beschloss, das Geplänkel zu beenden und ihrer neuen Rolle als leitende Beamtin gerecht zu werden, obwohl sie sich Ina gegenüber darin nicht wohlfühlte. Die private Vertrautheit zwischen den beiden und das, was sie sagten, verunsicherte sie zusätzlich, auch wenn es nur ein Scherz war.

Ina nickte, machte aber keine Anstalten, diese Aufgabe zu übernehmen. »Möchtest du direkt mit der Zeugin sprechen?«, fragte sie stattdessen und wies auf den Metallcontainer, in dem sich laut Schild das Baustellenbüro befand.

»Ja«, sagte Judith knapp, drehte sich um und ging auf den Container zu. Auf dem Weg dorthin wählte sie die Nummer der Staatsanwaltschaft. Die Dame am anderen Ende versprach, dem zuständigen Beamten umgehend Bescheid zu geben und für sein schnelles Erscheinen zu sorgen.

Sie brauchte mehr als eine halbe Stunde, um die Aussagen der Zeugin, die Ina bereits notiert hatte, noch einmal mit ihr durchzusprechen. Es war kein Vergnügen. Die Frau erschien ihr seltsam verstört, ohne dass sie hätte sagen können, warum. War es der Schock über den Leichenfund? Menschen reagierten unterschiedlich auf so ein Erlebnis. Nur wenige schafften es, rein sachlich zu bleiben und das Schreckliche von sich wegzuschieben. Aber hier schien es mehr als das zu sein. Bianca Friese benahm sich abwesend und wirkte fahrig, schaute ihr nicht in die Augen, spie kurze, abgehackte Sätze aus. Als Täterin kam die Frau nicht in Frage, wenn das, was der Arzt über das Alter der Leiche gesagt hatte, zutraf. Mindestens zwei, eher noch sechs Monate oder deutlich länger hatte die in der Kiste gelegen. Die Baggerfahrerin war erst mit der Einrichtung der Baustelle in den Ort gekommen und hatte von Gemünd vorher nie etwas gehört. Was also stimmte nicht? Judith malte hinter den Namen der Zeugin einen dicken Blitz in ihr Notizbuch.

Als sie aus dem Container trat, glich die Abrissgrube einem Termitenhaufen. Von Kopf bis Fuß in weiße Anzüge gekleidete Gestalten kletterten über Mauerreste, knieten und hockten auf dem Boden und arbeiteten nach einem System, das nur auf den ersten Blick für Außenstehende chaotisch wirkte. In Wirklichkeit gingen die Kollegen von der Spurensicherung nach festen Strukturen, Methoden und Abläufen vor, die später die notwendige Orientierung liefern konnten. Ina Weinz und Sandra Kobler lehnten am Dienstwagen und waren in ein Gespräch vertieft. Horst Sauerbier stand, großzügige Gesten um sich werfend, mit Thomas Breitenbacher und einem anderen Mann im gepflegten Freizeitlook und Gummistiefeln am Rand der Grube oberhalb der Leiche. Letzterer machte einen genervten Eindruck, redete und nickte, schüttelte den Kopf und legte Sauerbier schließlich in freundschaftlicher Geste die Hand auf den Oberarm, bevor er in Richtung eines dunkelblauen Wagens verschwand. Als er die Gummistiefel gegen Sneakers austauschte, erkannte Judith im Kofferraum einen Golfcaddy. Der Staatsanwalt hatte wohl schon Feierabend gehabt.

»So.« Sauerbier winkte dem abfahrenden Wagen kurz hinterher, klatschte dann in die Hände und kam Judith entgegen. »Alles klar. Kann losgehen, Mädchen. Der Staatsanwalt hat grünes Licht gegeben. Wo fangen wir an?«

***

»Meinst du, sie brauchen uns noch, oder können wir abrücken?« Sandra schaute auf die Uhr und dann an mir vorbei. Ich drehte mich um. Ein Wagen hielt an der Straße, und ein Mann stieg aus, den ich erst auf den zweiten Blick erkannte. Arno Kobler, Sandras Mann, kam mit weit ausholenden Schritten, die mich an einen Bauern auf seinem Feld erinnerten, auf uns zu. Er lächelte, nickte mir kurz zu und wandte sich dann an Sandra.

»Ich komme gerade von der Arbeit und habe euch hier stehen sehen.« Er reckte den Hals in Richtung der Abrissgrube. »So spät noch Dienst? Habt ihr nicht schon lange Feierabend und solltet dafür sorgen, dass eure braven Ehemänner nach getanem Tagwerk eine anständige Mahlzeit auf den Tisch bekommen?« Er lachte laut und dröhnend und legte seinen Arm um Sandras Schultern. »Schatz, ich habe Hunger! Füttere mich.« Er drückte sie an sich. »Du weißt doch, was ich für eine schlechte Laune bekomme, wenn ich nichts zu essen kriege.« Er zeigte seine strahlend weißen Zähne, zog Sandra noch näher zu sich und küsste sie auf die Haare.

»Wir sind gleich fertig, Schatz.« Sandra sah zu ihm auf, wartete darauf, dass er sie freigab. »Dann fahre ich schnell nach Hause und mache uns etwas Leckeres.«

»So mag ich es«, sagte er, lachte wieder schallend und ließ sie aus der Umarmung. Sandra lachte nicht. Sie nickte und rieb sich die Stelle an ihrem Oberarm, an der Arno sie an sich gepresst hatte.

»Der Pizzadienst ist auch sehr zu empfehlen, um gestresste Polizistinnen zu entlasten«, warf ich ein, um die Situation mit etwas Humor zu entschärfen, aber Arno reagierte nicht. Er sah Sandra an, nickte und trat einen Schritt zur Seite. »Dann mach ich mich jetzt mal wieder auf den Weg. Vielleicht ist unsere Tochter ja schon zu Hause«, sagte er mit einem tadelnden Blick in Sandras Richtung. »Es ist ja nicht schön, wenn niemand da ist, der sich um sie kümmert, wenn sie aus der Schule kommt.« Er drehte sich um und stapfte zum Wagen. Sandra zog scharf die Luft ein, als er die Autotür zuknallte und den Motor anließ.

»Wow«, entfuhr es mir. »Bis zu deinem Mann ist die Emanzipationsidee aber auch noch nicht vorgedrungen.« Sandra schwieg. Ich biss mir auf die Lippe. »Entschuldigung, Sandra. Ich wollte mich nicht in deine Angelegenheiten einmischen.«

»Schon gut.« Sie zog ihr Telefon heraus und drückte ein paar Tasten. »Es ist halb so wild.« Sie nahm die Schultern zurück und lächelte mich an. »Aber ich muss jetzt wirklich heim. Luisa macht Zicken.« Sie wies auf ihr Handy, auf dessen Display ich mehrere SMS erkannte. »Ich würde gerne nach Hause fahren und nachsehen, wie groß das Chaos ist.«

Ich sah mich um. Alles lief, wie es laufen sollte. Die Kripo in Form von Horst Sauerbier und Judith Bleuler schien alles im Griff zu haben. Die Arbeit der Schutzpolizei war getan.

»Ich kläre es kurz ab und gebe ihnen noch mal meine Nummer, sollten sie Fragen haben. Aber ich vermute, sobald die Spusi fertig ist, machen die beiden auch Schluss für heute.«

Ein dunkler Kombi rollte auf das Gelände, der Fahrer stieg aus und ging dann auf Judith zu, die ihn zu sich gewunken hatte. Ich folgte ihm.

»Gut, dann wäre das geklärt«, hörte ich Judith sagen, als ich die beiden erreichte, und sah, wie sie dem Bestatter ein Formular überreichte.

»Wird er obduziert?«, fragte ich.

»Ja.«

»Habt ihr etwas gefunden, was auf seine Identität hinweist?«

»Nein.«

»Oh, nicht so viele Infos auf einmal, Judith. Du erschlägst mich ja förmlich mit deinem Redeschwall.«

»Du weißt, dass ich dir als ermittelnde Beamtin keine weiterführenden Informationen geben darf«, hielt sie mir knapp entgegen.

»Bitte?«, fragte ich entgeistert, und als sie nicht antwortete, sondern kurz in Sauerbiers Richtung blickte, fuhr ich fort: »Ah, daher weht der Wind. Hat der Herr Kriminaloberkommissar Sauerbier genaueste Instruktionen gegeben, wie du mit der lästigen Frau Polizeihauptkommissarin Umgang pflegen sollst? Damit sie sich bloß nicht wieder in seine Angelegenheiten einmischt?« Ich schüttelte den Kopf und würgte die Bemerkungen über Opportunismus, Solidarität und Karrieregier, die mir auf der Zunge lagen, zusammen mit meiner Wut herunter. Weil ich nicht glauben konnte, dass ich mich so in Judith getäuscht haben sollte. Gut, sie war perfektionistisch, pedantisch und überkorrekt. Aber gerade in den letzten Wochen ihres Praktikums hatte sie doch mehr menschliche Seiten gezeigt, als ich ihr anfänglich zugetraut hatte. Sollte Sauerbier es wirklich geschafft haben, diesen hoffnungsvollen Ansatz wieder im Keim zu ersticken? »In Ordnung«, sagte ich stattdessen und bemühte mich um einen normalen Tonfall. »Dann hast du sicher nichts dagegen, wenn Sandra und ich jetzt abrücken.« Ich wartete ihre Antwort nicht ab, sondern drehte mich um und ging zum Wagen, in dem Sandra bereits auf mich wartete. Innerlich kochte ich und war, wenn ich ehrlich zu mir selbst sein wollte, beleidigt. Das konnten sie haben. Polizeihauptkommissarin Ina Weinz würde in diesem Mordfall, wenn es denn einer war, keinen Handschlag zur Aufklärung beitragen, sondern sich ausschließlich um ihre Angelegenheiten kümmern und damit auch sofort anfangen.

»Es ging halt nicht früher«, blaffte ich Steffen durch das Telefon an. »Natürlich hat sie mir Bescheid gesagt. Ich kann aber nicht alles stehen und liegen lassen und angesprungen kommen, wenn du rufst.«

»Nicht ich habe dich angerufen, Ina, sondern das Nationalparkforstamt.«

»Oha. Das Amt kann telefonieren? Sandra meinte aber, du hättest angerufen, nicht das Amt.«

»Ach Ina, hör auf. Du weißt doch, wie ich es meine. Es war kein privater Anruf, ich musste dich dienstlich sprechen.«

»Ich wüsste auch nicht, was wir beide zurzeit privat miteinander zu bereden hätten«, zickte ich ihn an, und obwohl ich mir im Klaren darüber war, wie ausgesprochen unfair und unausstehlich ich gerade zu ihm war, tat es mir gut, meinem Ärger freien Lauf zu lassen. Jetzt traf es eben Steffen.

Ich hatte Sandra zu Hause abgesetzt und seitdem erfolglos versucht, Henrike telefonisch zu Hause zu erreichen. Das hatte meine seit Judiths Abfuhr ohnehin schon schlechte Laune nicht gerade angehoben. Außerdem vermied ich es seit unserer Trennung vor ein paar Monaten, ihm zu häufig über den Weg zu laufen. Ich wollte mich nicht jedes Mal daran erinnern müssen, wie ich mich ihm gegenüber verhalten hatte, und das, obwohl ich es war, die ein Problem mit unserer Beziehung gehabt hatte, nicht Steffen. Auch wenn mir mein Verstand sagte, dass es nicht um eine Schuldfrage, sondern um mein weiteres Leben ging, hatte ich in manchen Momenten doch das Gefühl, ihn mies behandelt zu haben. Steffen seufzte. Dann räusperte er sich und wurde sachlich.

»Einer der Ranger hat wieder eine dieser Feuerstellen gefunden.«

»Aha.«

»Wir sollten sie uns gemeinsam ansehen.«

»Das hat sicher auch Zeit bis morgen.«

»Wir haben die Stelle bereits heute in der Früh entdeckt. Wenn es regnet, werden die Spuren, die wir unter Umständen noch finden können, verwischen.«

»Also gut. Wo ist es?« Wenn es schon sein musste, wollte ich die Angelegenheit so schnell wie möglich hinter mich bringen. Das

Feuermachen war auf dem Gelände des Nationalparks strikt verboten und zog hohe Strafen nach sich. Trotzdem gab es immer wieder Leute, die es versuchten. Zum Glück hatte bisher noch niemand einen großen Schaden verursacht. Die Chancen, jemanden im Nachhinein zu erwischen, waren sehr gering.

Steffen nannte mir die Stelle in der Nähe von Hirschrott hinter Erkensruhr. Nicht gerade nebenan. Die Ausmaße des Nationalparks waren beeindruckend.

»In einer halben Stunde treffen wir uns an der Schranke«, sagte ich, legte auf und wählte direkt im Anschluss Henrikes Handynummer. Aber auch dort meldete sie sich nicht. Ich schickte ihr eine SMS mit der Bitte, sich umgehend zu melden. Die Überlegung, meinen Vater Hermann ebenfalls anzurufen und ihn auf die Suche nach ihr zu schicken, verwarf ich bei dem Gedanken daran, wie er sich und seine Freundin Amalie vor Sorge verrückt machen würde.

Es regnete. Die Tropfen zogen feine Bahnen über meine Windschutzscheibe, rotteten sich zu Wasserflecken zusammen und beschleunigten ihren Weg nach unten. Steffen war noch nicht da, und in einer halben Stunde würde es dunkel werden. Ich drehte die CD lauter und sprang zu meinem Lieblingsstück vor. Henrike hatte sich nicht zurückgemeldet und ging immer noch nicht ans Telefon. Unabhängigkeit und Eigenständigkeit in allen Ehren, aber gewisse Spielregeln mussten sein, auch wenn sie es spießig nennen würde. Ich zweifelte immer wieder, ob meine Versuche, ihr eine Stütze zu sein, fruchteten, oder ob ihre Bockigkeit die normalen Erscheinungen der Teenagerphase überschritt und ich anders reagieren musste. Meine Autotür wurde geöffnet, und ich erschrak.

»Steffen!«

»Entschuldige die Verspätung.« Sonst nichts. Keine Erklärung.

»Wo ist die Stelle?«, fragte ich, stieg aus und schloss den Wagen ab. Er drehte sich um und ging los, ein Stück den Weg entlang und dann in den Wald hinein. Ich folgte ihm. Schweigend liefen wir eine Weile hintereinander her. Ich achtete darauf, in seinen Fußstapfen zu bleiben, um nicht mehr Schaden als notwendig am Waldboden zu verursachen. Es hatte mich überrascht, als er mir in unserer ersten gemeinsamen Zeit erklärt hatte, wie durch die Unwissenheit oder die Ignoranz der Waldspaziergänger die Natur zerstört und Tiere verstört wurden. Auch wenn es in jedem Wanderführer zu lesen stand und Schilder darauf hinwiesen, dass man die Wege nicht verlassen sollte, gab es doch immer wieder Leute, die sich nicht daran hielten, denen die Folgen ihres Tuns restlos egal waren.

»Wir sind da.« Steffen blieb auf einer Lichtung stehen und zeigte auf einen dunklen Fleck inmitten der Wiese. Ich sah mich um. Auf den ersten Blick konnte ich nichts Ungewöhnliches entdecken. Keinen Müll, keine zurückgelassenen Reste oder Kleidungsstücke, die uns einen Hinweis hätten geben können.

»Hat euer Ranger hier schon irgendetwas eingesammelt?«

»Er hat es gesehen und mich sofort informiert.«

»War das Feuer noch an?«

»Nein. Er ist natürlich nachsehen gegangen. Es war aus. Trotzdem kann es nur von gestern Nacht stammen. Am Abend vorher war er ebenfalls hier, weil er meinte, Spuren eines verletzten Rehs entdeckt zu haben, und das nachprüfen wollte. Da war es noch nicht da.«

»Okay.« Ich zog wieder mein Handy aus der Tasche und stellte den Fotomodus an. »Wollt ihr Anzeige gegen unbekannt erstatten?«

»Ina, hier steckt mehr dahinter.«

»Inwiefern?«

»Schau dir die Anordnung an. Das Feuer liegt mitten auf der Lichtung.«

»Ja?«

»Es ist keine einfache Feuerstelle.« Er umrundete den dunklen Kreis. »Es sind neun kleinere Brandherde. Im Kreis um eine freie Stelle angeordnet.« Er ging in die Hocke und zeigte auf die Mitte, in der das Gras niedergedrückt war. »Die oberste Schicht ist angekohlt, aber darunter ist es noch grün. Für mich sieht das aus, als ob da etwas draufgestanden hätte.«

»Und?« Ich verstand nicht, worauf er hinauswollte.

»Das ist jetzt die dritte Stelle in dieser Art, die wir gefunden haben.«

»Immer hier?«

»Immer an Stellen wie dieser. Abgelegene Lichtungen, nicht viel größer oder kleiner als hier. Eichenhaine.«

Ich nickte.

»Du hast gehört, welche Gerüchte gerade umgehen?«, fragte er mich.

»Welche? Es gibt immer einige. Vor allem in der Eifel.«

»Über die Satanisten.«

»Satanisten?« Jetzt musste ich lachen. »Das glaubst du nicht im Ernst, oder?«

Er zuckte mit den Schultern. »Was soll ich denn sonst von dem hier denken? Das waren definitiv keine Pfadfinder.«

»Ich hätte dir ein differenzierteres Einschätzungsvermögen zugetraut.«

»Und was denkst du darüber?« Er hielt mir einen zusammengefalteten Ausdruck hin und wartete, während ich ihn las.

»Das ist Verleumdung, Steffen«, sagte ich und sah ihm direkt in die Augen. »Wie kann denn jemand behaupten, Michaela Rüttner sei eine Satansanhängerin und würde grausame Rituale durchführen? Steht da womöglich auch noch etwas darüber, dass sie kleine Kinder frisst? Weiß sie davon? Habt ihr mit ihr gesprochen?«

»Bisher noch nicht.«

»Sie ist eine von Henrikes Lehrerinnen. Und sie ist Vorsitzende des Eifler Kulturrates. Beim letzten Elternsprechtag habe ich sie kennengelernt.« Ich ließ langsam das Blatt sinken. »Das ist totaler Quatsch.«

»Sagst du als Henrikes Mutter. Und was sagt die Polizistin? Du solltest mehr sachlichen Abstand wahren und dich nicht auf dein Gefühl verlassen.«

»Aber auf Gerüchte und Vorurteile? Du meinst, das ist besser?«

»Es ist egal, was ich meine. Es ist deine verdammte Aufgabe, das zu untersuchen. Und meine auch. Wir dürfen es nicht ignorieren.«

Ich seufzte. Steffen hatte recht. Ich musste mich darum kümmern.

»Hast du die Mail schon gelöscht?«

»Nein.«

»Gut. Wir können versuchen festzustellen, von welchem Computer sie losgeschickt wurde. Das wird vielleicht ein bisschen dauern. Ich muss es erst beantragen.«

»Was machen wir solange hiermit?« Er umfasste die Lichtung mit einer Geste.

»Im Auge behalten. Mehr können wir nicht tun.« Ich drehte mich um und suchte den kleinen Trampelpfad, der mich zurück zum Wagen brachte. »Und morgen werde ich zu Michaela Rüttner gehen und mit ihr über die Angelegenheit sprechen.«

VIER

»Verdammt, Junge! Ich hab dir doch gesagt, solche Schlaumeier wie dich können wir hier nicht gebrauchen.« Die Ader an der Stirn des Aufsehers schwillt an und pulsiert unter der Haut. Sein Gesicht ist von Hitze und Wut gerötet, die er nun auf Paul entlädt. Er hält ein Stück Pappe in der Hand und fuchtelt damit unter seiner Nase herum.

Paul weicht einige Schritte zurück und stößt mit dem Rücken gegen die Verkleidung des Indigobads, in dem es leise gluckert. Er und der Arbeiter, dem er heute zugeteilt ist, waren gerade dabei, die schweren Wollballen aus der weißlichen Flüssigkeit zu hieven, als der Aufseher ihn von dem Bottich wegzerrte. Im ersten Moment völlig überrumpelt, benötigte er einige Sekunden, um zu begreifen, was der Mann von ihm will und worum es geht. Die runde Pappe, die jetzt mit Schwung vor seinen Füßen landet, hat er selbst vor einigen Stunden zugeschnitten und angebracht, als er gesehen hatte, wie einer der Färber mit dem Arm in die Speichen eines Walzenstellrads geriet und nur knapp entkommen konnte. Die Pappe verdeckte die Speichen, die nun keine Gefahr mehr darstellten, wenn das Rad rotierte.

»Was glaubst du eigentlich, wer du bist?« Der Aufseher packt ihn am Kragen, hebt ihn an und stößt ihn mit genau dem Maß an Kraft von sich weg, das ausreicht, um klarzumachen, dass der Drohung weit Schlimmeres folgen kann. Paul schluckt. Es hat keinen Sinn, ihm zu erklären, was er damit erreichen will. Er wird es nicht verstehen, und ob es besser für ihn wäre, wenn doch, bezweifelt er. »Hast du jetzt auch noch deine Zunge verschluckt?«

»Nein.« Paul sieht sich um. Die Umstehenden haben ihre Arbeit wieder aufgenommen und tun so, als ob es ihn und den Aufseher nicht gibt.

»Seine Idee ist gut, Otto.« Einer der Färber legt eine Hand auf die Schulter des Aufsehers. Der Ärmel seines Kittels hängt nur noch halb an der Schulter, und auf seinen Händen sind dunkelblaue Flecken zu erkennen. »Ich habe das Glück gehabt, das dem Nächsten vielleicht fehlt. Diese Speichen nehmen alles mit, wenn sie einmal in Schwung sind, das weißt du genauso gut wie ich.« Er hebt die Pappe auf, dreht sie in seinen Händen wie einen Hut, den man abgenommen hat und nicht wieder auf-

setzen kann. »Damit kann nichts mehr passieren. Und billig ist es auch noch.«

»Du nimmst ihn in Schutz?«

»Ich nehme niemanden in Schutz. Ich sehe nur, wenn jemand seinen Kopf gebrauchen kann.« *Der Färber bedenkt Paul mit einem kurzen Lächeln.*

Die Augen des Aufsehers verengen sich zu Schlitzen. Er schnaubt. »Ist er auch einer von denen, die du mit zu deinen Aufwieglern schleppst?«

»Ich kenne den Jungen gar nicht, Otto.« *Der Färber räuspert sich.* »Er ist ...«

Ein klagender Laut gellt durch die Halle, eine Mischung aus Erstaunen, Schrecken und Schmerz. Lauter und lauter, bis er schließlich abrupt abbricht. Kurz herrscht Starre unter den Arbeitern, gefolgt von hektischen Blicken, der Suche nach dem Ursprung, raschen Schritten, Rufen und Befehlen, die Lederriemen auf die Leerlaufräder zu wechseln und die Maschinen so zu stoppen.

Der Mann liegt verkrümmt auf dem Boden vor einer der Maschinen. Die Schulter verdreht. Der rechte Unterarm fehlt. Blut sprudelt aus der offenen Wunde an seinem Ellenbogen. Er schnappt nach Luft, während die Männer sich auf ihn stürzen, Stofffetzen um den Armstumpf wickeln und versuchen, die Blutung zu stoppen. Die Lippen blass, die Augen dunkel und weit, nimmt seine Haut die graue Farbe der Wollflusen an, die sein Gesicht bedecken.

Paul rührt sich nicht. Steht da wie taub. Das hier hat er sich vorgestellt, darüber nachgedacht und es verhindern wollen. Die Grausamkeit der Wirklichkeit macht ihn sprachlos.

»Verdammt, da siehst du, was du anrichtest. Das da ist deine Schuld!« *Die Finger des Aufsehers drücken sich wie Krallen in seine Schulter, zerren ihn mit. Durch die Halle, über den Hof und durch die Eingangstür des Kontors.*

»Ich hatte nichts damit zu tun.«

»Er lügt doch! Hat die Maschinen verändert, obwohl es ihm strikt untersagt war.«

»Das stimmt, aber ...«

»Hören Sie? Er gibt es zu.« *Der Aufseher nickt dem Sekretär übertrieben zu.*

»Nein.«

»Und was ist mit der Pappscheibe am Schwungrad? Jetzt hat es einem den halben Arm abgerissen.«

»Das hat mit der Pappe doch nichts zu tun. Die Pappe sollte verhindern, dass ...«

»Ich ...«

»Ruhe!« Die Tür zum Büro des Fabrikanten öffnet sich, und Paul sieht zum zweiten Mal, seit er hier Arbeit gefunden hat, den Besitzer der Fabrik. Wie vor einigen Wochen, als er sich mit zehn anderen Jungen hier beworben, sein Zeugnis vorgewiesen und Rede und Antwort gestanden hat, trägt er einen dunkelgrauen Anzug aus einem der besten Stoffe, mit weißem hohem Kragen und dunkler Krawatte. Heute ist von der freundlichen Aufmerksamkeit, mit der er Paul und die anderen an diesem ersten Tag gemustert hat, nichts zu merken. »Hinrichs, was krakeelen Sie?«, fragt er den Aufseher und streicht sich über die äußeren Enden seines Schnäuzers. Hinrichs folgt der Bewegung wie ein Echo. Die beiden Männer tragen die gleiche Bartform, aber der des Aufsehers scheint größer, dichter und länger und gerade deshalb wie ein billiger Abklatsch. »Sie wissen, dass Schreihälse keinen Platz bei mir finden. Das gilt auch für Sie.«

»Ein Unfall ist geschehen, und dieser Junge trägt die Schuld daran«, beeilt sich Hinrichs zu sagen, packt Paul am Oberarm und stößt ihn nach vorn. »Mit seinen krausen Ideen bringt er nichts als Unruhe in die Arbeiterschaft.«

Paul spürt, wie die Wut in ihm hochkocht, brodelt und sich staut. Er schwitzt. Seine Handflächen werden feucht und sein Hals trocken. Er schüttelt stumm den Kopf.

»Wie heißt du?«

»Weber. Paul.« Er presst die Worte durch die Kehle.

»Und ich habe dir wann eine Arbeit gegeben?«

»Vor zwei Monaten.« Paul sieht dem Fabrikanten direkt in die Augen. Dieser Mann muss doch ein Interesse daran haben, die Dinge zu verbessern. Wenn er nur die Gelegenheit bekommen könnte, seine Gedanken und Ideen zu erklären, wenn es ihm doch gelänge, sich Gehör zu verschaffen.

»Er treibt sich mit Aufwieglern herum.«

»Nein.« Das Wort Aufwiegler steht für die Männer, die sich für die

Rechte der Arbeiter einsetzen, und die, das hat Paul selbst schon erlebt, werden umgehend entlassen.

»Acht Wochen? Ist das richtig?« Der Fabrikant kommt näher. »Du scheinst mir ja ein schlaues Bürschchen zu sein.« Er geht zum Pult des Sekretärs, legt die Fingerspitzen auf die Platte, hebt sie und schlägt mit der flachen Hand auf das Pult. »Welch eine Vermessenheit. Du missbrauchst mein Vertrauen, schleichst dich in meine Fabrik ein und schädigst Menschen und Maschinen.« Er stellt sich auf die Zehen und wippt in kurzen Abständen vor und zurück. »Du kannst gehen. Dein letzter Lohn wird einbehalten, um die Schäden zu beheben.« Er wendet sich ab und geht auf sein Büro zu, wobei er weder Paul noch den Aufseher eines Blickes würdigt. Für ihn ist die Angelegenheit erledigt.

»Aber es stimmt nicht!« Paul kann sich nicht mehr zurückhalten. Wenn er ohne Lohn entlassen wird, müssen sie die nächsten Tage hungern. Er sollte heute Kartoffeln und Linsen kaufen, sein Lohn ist für den Vorrat an Lebensmitteln gedacht. Es muss ihm gelingen, den Fabrikanten zu überzeugen. »Die Pappe am Schwungrad sollte die Arbeiter schützen. Wenn an dem Rad so eine Pappe gewesen wäre, wäre der Unfall nicht passiert!« Paul atmet schwer.

Er weiß, dass er nichts ausgerichtet hat, als der Mann sich umdreht und ihn für einen Moment stumm ansieht, bevor er lospolterte: »In meinem Haus bin immer noch ich der Herr. Wer und was verbessert wird, bestimme ich, und ich lasse mir von keinem Dahergelaufenen das Handwerk erklären oder mich sogar erpressen. Das schreib dir hinter die Ohren!«

***

»Wenn der Prophet nicht zum Berg kommt«, sagte Hermann, drückte mir eine Flasche Wein in die Hand und ging an mir vorbei in den Wohnungsflur. Amalie Eckholz folgte ihm.

»Pap, ich …«, setzte ich an, gab mich aber sofort geschlagen, als ich sah, wie er drei Gläser auf den Tisch stellte und den Korkenzieher aus der Schublade nahm. Ich war vor einer Minute erst nach Hause gekommen, noch in Uniform und hatte feststellen müssen, dass Henrike immer noch nicht da war. Langsam reichte es mir. Sie musste sich doch meine Sorgen um sie vorstellen können.

Hermann bewegte sich in meiner Küche, als ob es seine wäre,

was ja letztlich auch den Tatsachen entsprach. Als er vor einigen Monaten aus eigenem Entschluss ins Altenheim gezogen war, hatte er mir nicht nur seine Wohnung, sondern auch beinahe sämtliche Einrichtungsgegenstände überlassen. Einiges hatte ich verschenkt, einige wenige Dinge entsorgt. Die Küche aber hatte ich unverändert gelassen, so wie mein Vater sie nach dem Tod meiner Mutter bis auf den turnusmäßigen Austausch der Elektrogeräte unverändert gelassen hatte. Die Eckbank, das Küchenbuffet und das ausgestopfte Eichhörnchen über der Tür waren feste Größen in meinem Leben.

»Wir haben einen Ausflug gemacht.« Hermann entkorkte die Flasche und schenkte zuerst Amalie, dann mir ein. »Mit unseren neuen Pedelecs.«

»Du hast dir ein neues Fahrrad gekauft?« Ich nahm mein Glas von ihm entgegen und lehnte mich an die Spüle. Umziehen konnte ich mich später.

»Nein. Kein Fahrrad. Ein Pedelec. Das ist ein Fahrrad mit Elektromo…«

»Ich weiß, was das ist. Aber ist das nicht zu anstrengend für dich?«, fragte ich Amalie, weil ich wusste, dass sie Probleme mit ihrer Hüfte hatte und sich zeitweise nur mit Hilfe eines Rollators fortbewegen konnte.

»Wir machen jetzt auch Yoga.« Hermann nippte am Wein. »Wir tun was für unsere Fitness.«

Ich ignorierte ihn und sah Amalie weiter neugierig an. Sie lachte.

»Es stimmt. Wir tun eine Menge, und es wird wieder besser mit mir.« Amalie strahlte, und ich fragte mich nicht zum ersten Mal, ob es wirklich nur die neue sportliche Betätigung war, die sie körperlich verjüngte, oder ob es ihre Beziehung zu Hermann war, die ihr neue Lebensgeister einhauchte. Die beiden hatten sich an Hermanns erstem Tag im Altenheim kennengelernt und gefunden. Wenn mich nicht alles täuschte, hatte Amalie seitdem abgenommen, und ihr weißes, kinnlanges Haar hatte einen frischen Schnitt und einen seidigen Schimmer. Ich blinzelte. Sie trug Wimperntusche.

Die Wohnungstür wurde geöffnet und fiel wieder ins Schloss.

Schritte huschten an der Küchentür vorbei. Ich stellte mein Glas weg und ging in den Flur. »Henrike?« Keine Antwort. »Henrike?« Diesmal lauter. In ihrem Zimmer rumorte es. Ich klopfte an.

»Ja?«

»Wo warst du?«

»Unterwegs.«

»Das ist mir klar.« Ich lehnte mich gegen den Türrahmen und steckte die Hände in die Hosentaschen. Ihr Zimmer sah aus, als ob eine Bombe eingeschlagen hätte. Auf und unter dem Bett, über dem Fußende und auf dem Schreibtischstuhl türmten sich ihre Klamotten, die, wenn der Geruch nicht täuschte, dringend gewaschen werden mussten. Die Schreibtischplatte war unter den Bergen aus Papier, Schulbüchern, dreckigen Tassen und Gläsern nicht mehr zu erkennen. Über den Boden verteilten sich Schuhe, ein ausgekipptes Federmäppchen und die Verpackungen von Schokoriegeln. »Sehr heimelig«, sagte ich und wies mit dem Kinn auf das Chaos, während ich mich mühsam beherrschte, nicht auszuflippen. »Wie wäre es mit Aufräumen?«

»Mach ich später.«

»Nein, ich finde, du solltest das jetzt machen.«

»Ich hab jetzt keine Zeit.«

»Wofür hast du keine Zeit?« Hermann hatte sich hinter mich geschlichen und schaute über meine Schulter in Henrikes Zimmer. Er lachte. »Wieso kommt mir das so bekannt vor?« Er warf mir einen Blick zu und schüttelte übertrieben den Kopf. »Aber nein, das kann ja nicht sein. Da täuscht mich meine Erinnerung sicher.« Mit großzügiger Geste legte er seine Hand auf meine Schulter. »Du, meine liebe Ina, hast immer ein aufgeräumtes Zimmer gehabt in diesem Alter. Wie aus dem Ei gepellt. Man konnte quasi vom Boden essen.«

Henrike grinste, kam auf Hermann zu und umarmte ihn kurz.

»Soll ich dir helfen?«, bot Hermann an. »Ein Genie beherrscht zwar das Chaos, aber so begabt und genial, dass es hierfür reicht, bist du nicht.«

Henrike nickte. Ich verdrehte die Augen. Hermann hatte die Geduld mit Kindern, die mir fehlte.

»Ich wüsste aber trotzdem gerne, wo du bist und wo ich dich erreichen kann.«

»Willst du mich stalken?«

»Nein, natürlich nicht. Aber es kann immer etwas sein. Du weißt auch immer, wo du mich finden kannst.«

»Was bei deinem Job ja auch nicht so schwierig ist.«

»Henrike«, brauste ich auf, bereit, ihr über den Mund zu fahren, aber Hermann hob beschwichtigend die Hand.

»Wir räumen jetzt erst mal hier auf. Dann redet es sich auch besser.« Mit diesen Worten schob er mich aus der Tür und schloss sie vor meiner Nase.

»Reg dich nicht auf«, rief Amalie mit ihrer dunklen Stimme aus der Küche. »In dem Alter sind sie so. Schrecklich. Nervenaufreibend. Eigentlich müssten sie ein Schild am Kopf haben, auf dem ›Wegen Umbau geschlossen‹ stünde. Und Henrike hat es durch den Verlust ihrer Mutter doppelt schwer.«

»Ihre Therapeutin meint, sie sei auf einem guten Weg, alles zu verarbeiten.« Ich ging zurück in die Küche und setzte mich Amalie gegenüber an den Tisch. »Trotzdem mache ich mir Sorgen. Diese schwarzen Klamotten, die dicke Schminke, die Musik – sie ist erst dreizehn. In dem Alter habe ich Baumhäuser gebaut.«

»Tja, ja, die Jugend.« Amalie zwinkerte mir zu. »Lass ihr die Freiheit, die sie braucht. Sie muss lernen, erwachsen zu werden.«

»Und ich muss lernen, so was wie eine Mutter zu sein.«

Dumpfes Wummern drang aus Henrikes Zimmer, als Hermann und Amalie sich gegen halb neun verabschiedeten. Ich lauschte und musste grinsen. So unterschiedlich war unser Geschmack dann doch nicht, auch wenn Henrike sich vermutlich eher die Zunge abgebissen hätte, als zuzugeben, dass sie die gleichen Lieder mochte wie ich. Zumindest in diesem Fall. Jupiter Jones. *Ich hab so viel gehört und doch kam's niemals bei mir an.* In voller Lautstärke. Leise sang ich mit und machte mich daran, die Reste unseres gemeinsamen Abendessens wegzuräumen. Wir hatten alle zusammen meine Tiefkühlvorräte an Pizza dezimiert und in erstaunlich friedlicher Runde am Esstisch gesessen. Das Handy, das Henrike heute Morgen recht unsanft aus dem Klassenfenster befördert hatte, gehörte einer Mitschülerin, die in ihren Augen eine »echte Bitch« war und Vergnügen darin fand, andere zum Opfer zu machen, was in Henrikes Augen gar nicht ging. Luisa sei voll fertig gewesen, weil das Mädchen ein heimlich aufgenommenes Video von ihr in der Schule rumgezeigt hatte. Nachdem sie das für Amalie und Hermann übersetzt und erklärt hatte und die beiden sie darin bekräftigten, Schwächere zu schützen, blieb mir nur noch eine Bemerkung zur Verhältnismäßigkeit der Mittel. Zumal es der Sache dienlicher gewesen wäre, wenn sie das Handy mit dem kompromittierenden Film nicht zerstört, sondern als Beweis gesichert hätte. Eine Mitschülerin über die Abtrennwand der Toilette zu filmen, verletzte die Persönlichkeitsrechte. Auch wenn nicht direkt mit einer Strafanzeige gedroht werden musste, war der handfeste Beweis ein guter Ansatzpunkt, um mit den Tätern und deren Eltern ein intensives Gespräch zu führen.

»Luisa ist immer so still. Sie lässt sich einiges gefallen, was ich mir nicht bieten lassen würde. Sie wehrt sich nicht. Obwohl ich immer versuche, ihr zu sagen, dass sie die Zicken sonst nie loswird. Aber das ging selbst ihr zu weit. Sie hatte voll den Hass, hat sich aber nicht getraut, selbst was zu machen«, hatte sich Henrike gerechtfertigt, dann aber versprochen, beim nächsten Mal erst nachzudenken, bevor sie Dinge einfach aus dem Fenster warf.

»Kommst du gut mit Luisa klar?«

»Meistens. Aber sie hält sich raus. Irgendwie ist sie nie richtig mit dabei.«

»Wieso?«

»Weiß nicht. So halt. Manchmal darf sie auch nicht. Ins Kino und so. Hat Stress mit den Eltern.«

»Aber ihr seid befreundet?«

»Nicht meine ABF.«

»Deine was?«

»Allerbeste Freundin.«

»Aber du hast ihr geholfen. Auch wenn sie nicht deine BAF ist.«

»ABF. Meine Beste. Ja. Hab ich. Weil es mich ankotzt, wenn die Zicken so was machen.«

»Vielleicht freut sie sich, wenn du dich mal bei ihr meldest?«

Henrike verdrehte bei diesem Vorschlag die Augen, aber nachdem ich sie mit hochgezogener Augenbraue stumm gemustert hatte, nickte sie. »Kann ich ja mal machen. Aber ich hab keinen Bock, dass sie dann wie eine Klette an mir hängt. Ich habe ein eigenes Leben, Ina.«

Immerhin ein Anfang. Wenn auch kein sehr begeisterter.

Nachdem wir auch die Finanzierung des Schadensersatzes geklärt hatten – die Hälfte aus ihrem Taschengeld, die andere Hälfte von Hermann und mir –, versprach ich ihr, im Gegenzug die Direktorin zu beruhigen. Und, so nahm ich mir vor, ohne es Henrike zu sagen, mit Luisas Mutter, meiner Kollegin Sandra, zu sprechen. Sie sollte auf jeden Fall über den Vorfall Bescheid wissen. Solche Quälereien konnten jeden fertigmachen und waren schwer in den Griff zu bekommen.

Ich machte mir einen Tee und verzog mich auf meinen sträflich vernachlässigten Balkon. Früher, zu Hermanns Zeiten, hingen hier lange Kästen mit roten Geranien, die bis in den Herbst hinein blühten. Ich war mal wieder über meine Vorsätze nicht hinausgekommen. Immerhin hatte ich die Kästen in einem Anfall von Putzwut im Frühjahr sauber gemacht. Seitdem hingen sie leer und kahl an der Brüstung, und es sammelten sich tote Insekten, abgefallene Blätter der nah stehenden Bäume und der Staub des Sommers darin, der sich mit dem Einsetzen des Herbstregens in eine braune Schlammbrühe verwandelt hatte. Ich setzte mich und legte meine Füße auf das Geländer. Der Blick über das Gemünder Tal war atemberaubend. Die Fenster der Häuser glühten gelb wie Katzenaugen, Autolichter schlängelten sich über graue Straßenbänder, und die Dunkelheit des Waldes stand wie eine Schutzmauer dahinter. Automatisch ließ ich meine Hand hängen und wartete auf die sanfte Berührung einer Fellnase, bis mir wieder klar wurde, dass der Kater mir keine Gesellschaft mehr leisten würde. Er war gestorben. Ich lächelte traurig. Vielleicht war es an der Zeit, über einen Nachfolger nachzudenken? Der Gedanke gefiel mir.

Ich umfasste meine Tasse mit beiden Händen und pustete den Dampf über das Geländer. Unten im Tal, in einem der Gärten, flackerte ein kleines Feuer. Ich beugte mich vor und kniff die Augen zusammen, um besser sehen zu können. Wenn ich mich nicht täuschte, war es der Garten von Michaela Rüttner. Eine dunkle

Gestalt verdeckte immer wieder den Anblick des Feuers. Tanzte sie etwa darum herum? Ich musste grinsen. Satanismus im Eifelgarten. Michaela Rüttner war Biologie- und Kunstlehrerin an Henrikes Schule. Außerdem opferte sie ihre Freizeit dem Eifler Kulturrat, einem Verein zur Förderung der Kultur in der Eifel. Schwarze Messen konnte ich mir in diesem Zusammenhang nur schwer vorstellen.

Keine Alleingänge, dachte ich in Erinnerung an die Worte meines Vorgesetzten Bernhard Hansen, der mir das schon mehr als einmal um den Kopf gehauen hatte, und blieb mitten auf der Straße vor Michaela Rüttners Haus stehen, nachdem ich mein Fahrrad an einer Laterne angekettet hatte. Die Fenster an der Vorderseite des Hauses lagen im Dunkeln. Ein schwacher Schein des Feuers im Garten dahinter tauchte die Büsche in ein gelbliches Licht. Aber es war noch nicht zu spät am Abend, und ein inoffizieller Besuch war in dieser Sache vielleicht der elegantere Weg, redete ich mir meine Bedenken klein und ging am Zaun des Eckhauses entlang, bis ich Einblick in den hinteren Teil des Gartens hatte. Durch die Laubhecke sah ich Michaela Rüttner mit geschlossenen Augen und ausgebreiteten Armen vor der Feuerstelle stehen. Ihre Lippen bewegten sich, aber ich konnte nichts hören. Vorsichtig schlich ich näher ran. Ich wollte nicht, dass sie mich sah. Am besten wäre es, wenn ich kehrtmachen und nach Hause radeln würde. Eine blöde Idee wird nicht besser davon, dass man auf Biegen und Brechen an ihr festhält.

Hinter Michaela Rüttner öffnete sich die Terrassentür einen Spaltbreit, und ich konnte eine Hand erkennen, die sich am Rahmen festhielt. Der Rest der Person war hinter den spiegelnden Bildern des Feuers auf der Scheibe verborgen. Michaela Rüttner drehte sich um. Sie sagte etwas, was ich wieder nicht verstehen konnte, und nickte. Die Hand verschwand, und die Tür schloss sich wieder. Dann fiel das Licht der Flurleuchte durch das Wohnzimmerfenster. Der Schattenumriss eines Mannes bewegte sich und verschwand in Richtung Haustür.

Michaela Rüttner war geschieden und lebte allein, allem Anschein nach hatte sie Besuch gehabt. Warum auch nicht? Ich zog meine Strickjacke enger um mich und beschloss endgültig, das Gespräch mit ihr auf morgen zu vertagen, als mich ihre Stimme zurückhielt.

»Ich kann Sie sehen, Sie brauchen sich nicht wegzuschleichen.«

Ich erstarrte. Sie näherte sich dem Abschnitt der Hecke, hinter dem ich stand.

»Wenn Sie sich wieder das Maul zerreißen wollen, bitte! Tun Sie sich keinen Zwang an.« Mit beiden Armen schob sie die Äste der Hecke zur Seite und blickte mich, als sie mein Gesicht sah, verwundert an. »Sie sind doch Frau Weinz, Henrikes Pflegemutter, richtig?«

»Patentante«, erwiderte ich automatisch und fügte hinzu: »Sie wohnt bei mir.«

»Was tun Sie hier?«

»Ich wollte Sie sprechen.«

»Und da verstecken Sie sich hinter meiner Gartenhecke?«

»Nein, ich ...« Ich schüttelte den Kopf und straffte die Schultern. Eine peinlichere Situation als diese konnte ich mir nur schwer vorstellen. Ich trat die Flucht nach vorne an. »Wen haben Sie denn hinter der Hecke erwartet? Mich doch wohl nicht?«

»Nein.« Sie umfasste ihre Oberarme und rieb darüber. Dann blickte sie zu Boden, wandte sich ab und machte Anstalten, ins Haus zu gehen.

»Es scheint nicht das erste Mal zu sein, dass jemand hinter Ihrer Gartenhecke lauert?«

Sie blieb stehen und warf einen kurzen Blick in meine Richtung. »Nein. Ist es nicht.«

Ich schwieg. Wartete. Dann zuckte ich mit den Schultern und ging an der Hecke entlang zurück in Richtung Straße. Ich konnte sie zu nichts zwingen.

»Warten Sie, Frau Weinz!« Sie lief mir auf der Gartenseite hinterher. »Sie sind doch Polizistin?«

»Ja.« Ich blieb stehen.

»Meine Nachbarin.«

»Was ist mir Ihrer Nachbarin?«

»Sie steht öfter da und beobachtet mich.«

»Bedroht sie Sie?«

»Nein. Das nicht.«

»Aber?«

Sie zögerte, blickte wieder auf den Boden, bevor sie mit fester Stimme sagte:»Wenn Sie einen Moment Zeit haben? Ich mache Ihnen die Haustür auf.«

Die Kissen und Decken auf dem L-förmigen Sofa und dem Boden davor wirkten zerwühlt. Auf dem Tisch standen zwei Gläser, fünf heruntergebrannte dunkle Kerzen flackerten daneben vor sich hin. Leise Sphärenmusik waberte durch das Zimmer, ohne dass ich hätte sagen können, wo die Boxen standen.

»Mein Lebensstil passt ihr nicht. Genau wie einigen anderen Leuten im Ort. Sie meinen, jemand mit meiner Position sollte eine Vorbildfunktion einnehmen.«

»Was ist mit Ihrem Lebensstil?«

»Er ist …«, sie lächelte,»nun, sagen wir mal, nicht so üblich hier auf dem Land. Die Leute wissen nicht genau, was ich in meinen vier Wänden so mache, deswegen sind sie misstrauisch. Und ich lebe allein. Da finden einige reichlich Futter für ihre blühende Phantasie. Sie glauben ja nicht, was mir schon alles nachgesagt wurde. Sadomaso-Praktiken, ungezügeltes Fremdgehen, Partnertausch, was weiß ich alles. Am lautesten schreien die, die sonntagmorgens in den Kirchenchor laufen und am Abend zur Geliebten, mit der sie seit Jahren ihre braven Hausmütterchen betrügen.«

»Hat die Gerüchteküche denn recht?«

»Nein, hat sie nicht. Aber das ist nicht das Wesentliche. Entscheidend ist doch, dass es sie nichts angeht. Wissen Sie, selbst wenn ich Vergnügen an solchen Dingen finden würde, ginge es die Leute nichts an. So etwas ist eine rein persönliche Angelegenheit.«

»Aber so sehen es die Leute nicht?«

»Nein, ganz und gar nicht.« Sie redete sich in Rage.»Mir ist schon vorgeworfen worden, dass sich so ein Verhalten doch nicht mit meinem Amt als Vorsitzende des Kulturrates vereinbaren ließe. Natürlich nicht offen. Nur hinter vorgehaltener Hand. Aber letztlich höre ich davon und rege mich auf. Auch wenn diese Dummköpfe es eigentlich nicht wert sind.«

»Was machen Sie denn wirklich? Mit was erregen Sie denn so

einen Ärger?« Ich grinste. Sie war mir sympathisch. Und ich kannte solche Gerüchtewellen. Beruflich und privat. Wie schnell warfen Zeugen Fakten und Meinungen durcheinander, ohne sich darüber im Klaren zu sein, wie beeinflusst von der öffentlichen Wahrnehmung ihre Aussagen waren.

»Ich bin Schamanin. Genauer gesagt, Feuer-Schamanin.« Sie hatte sich wieder etwas beruhigt.

»Und was tun Sie da genau?«, fragte ich verblüfft. Feuer-Schamanin. Damit hatte ich nicht gerechnet. Vielleicht war ich ja der Lösung um das Rätsel der Brandstellen im Wald näher, als ich dachte.

»Schamanismus ist eine Form der Spiritualität, die sehr eng mit der Natur verbunden ist. Riten und Zeremonien haben den Zweck, geistige Helfer der Menschen zu finden und über sie zu einer ganzheitlichen Heilung zu gelangen.« Michaela Rüttner stellte eine der Kerzen auf ihre Handfläche und sah mich durch die Flamme hindurch an. Erst jetzt bemerkte ich, dass nicht einer, sondern neun kleine Dochte in der Kerze loderten. »Das Feuer, müssen Sie wissen, ist der Ursprung. Der Heilige Geist wird im Christentum als Flamme dargestellt. In sämtlichen anderen Religionen finden Sie ebenfalls Darstellungen des Feuers, als Kraftquelle, als reinigendes Element.«

»Gehört zu den Riten und Zeremonien, von denen Sie sprachen, auch das Anzünden von Feuern?«

»Ja, natürlich.«

»Wo finden diese ...«, ich zögerte und überlegte, ob es das richtige Wort dafür war, »... diese Rituale statt?«

»An Orten, die die richtige Atmosphäre aufweisen.«

»Im Wald?«

»Das wäre schön. Es gibt viele Orte in unseren Wäldern, die genau richtig wären, aber es ist ja nicht möglich.«

»Weil es verboten ist?«, fragte ich.

»Weil es verboten ist«, bestätigte sie.

»Frau Rüttner. Vor ein paar Stunden habe ich im Wald vor einer Feuerstelle gestanden, deren Anordnung große Ähnlichkeit mit den Dochten Ihrer Kerze aufwies. Wie können Sie sich das erklären?«

»Gar nicht«, erwiderte sie überrascht.

»Sie wissen also nichts davon?«

»Ist das jetzt ein Verhör? Dann können Sie direkt wieder gehen«, beschied sie mich unwillig. »Ich dachte, Sie wären hier, um mir zu helfen, nicht, um mich anzuklagen. Sie scheinen nicht besser zu sein als die Dorftratschtanten. Ich habe Ihnen gesagt, ich weiß nichts von Waldfeuern, und das muss reichen.«

Ich erhob mich. Ursprünglich hatte ich vorgehabt, ihr von der anonymen Mail zu erzählen, in der sie des Satanismus bezichtigt wurde, aber ich entschied mich dagegen. So sympathisch sie war, ihre letzte Reaktion irritierte mich. War ihr vehementer Ton nur ihrem Beruf als Lehrerin zu verdanken, oder steckte mehr dahinter? »Ich gehe jetzt wohl besser.«

Sie verknotete fahrig ihre Finger ineinander. Silberne Ringe blitzten im Schein der Kerzen auf, Ringe mit dunklen Steinen. »Bitte bleiben Sie sitzen, Frau Weinz. Ich bin wohl etwas empfindlich geworden in Bezug auf vage Verdächtigungen.«

»Das kann ich, nach dem, was Sie mir erzählt haben, nachvollziehen.«

»An das Gerede hier im Ort hab ich mich gewöhnt. Es ist nie zu tatsächlichen Übergriffen gekommen. Aber seit Kurzem beschweren sich Eltern anonym bei der Schulleitung, ich sei kein Vorbild und würde meine Arbeit deswegen nicht richtig machen können. Das geht einem dann schon an die Substanz. Und nicht zuletzt an die berufliche Existenz.«

»Die Schulleitung geht auf anonyme Beschwerden ein?«

»Nein. Natürlich nicht. Trotzdem ist es gesagt und in den Köpfen. Und wer weiß, was noch passiert.«

FÜNF

Das Wasser läuft in einem kleinen Rinnsal an der Wand entlang, folgt seiner eigenen rostigen Spur, teilt sich und versickert zwischen den Pflastersteinen. Eine Ratte presst sich an die Kante, die den Gehsteig von der Straße abgrenzt, sucht Deckung, trippelt vor und zurück, wittert. Ihre schwarzen Augen glänzen. Wie die kleinen Lackknöpfe von Vaters Hochzeitsanzug, den Paul, nachdem die Mutter ihn geändert hatte, zu seiner Firmung getragen hat. Viel hatte sie nicht anpassen müssen, Paul ist beinahe so groß wie sein Vater, hat eine ähnliche Statur, kräftige Schultern, lange, schmale Gliedmaßen. Stattlich, so nennt die Mutter ihn mit einem gewissen Stolz in der Stimme und einer unbestimmten Trauer, wenn sie vom Vater spricht, den der Sohn nun ersetzen soll. Wegen mir geraten sie ins Elend, denkt Paul und tritt nach der Ratte. Das Tier faucht und bleckt die Zähne, bevor es mit einer fließenden Bewegung in einer Lücke zwischen den Steinen verschwindet.

Er hebt den Kopf und sieht sich um. Es ist beinahe Mittag. Er blinzelt gegen die Sonne. Er denkt an seine kleinen Geschwister. Ihre erwartungsvollen Gesichter. Denkt an Emma, die gesund werden muss, und an die Mutter. Er versucht zu begreifen, was da gerade mit ihm geschieht. Sie haben ihm keine Chance gegeben, auf keines seiner Worte gehört und seine Bitten, ihn nicht zu entlassen, mit gleichgültigen Blicken quittiert und sich von ihm abgewandt. Die Mutter hat recht behalten. Leuten wie ihnen ist es nicht bestimmt zu denken, und wenn doch, dann bringen einen die Gedanken nur in Schwierigkeiten. Er dreht sich um, schlendert auf das Eingangstor der Fabrik zu. Mit beiden Händen umklammert er die kalten Eisenstäbe des Gitters, die trotz der wärmenden Sonne Kälte ausströmen. Wie die Augen des Fabrikanten. Paul lehnt sich an die Stäbe, presst seine Stirn dagegen, bis es schmerzt. Er wird nicht darum betteln, wieder eingelassen zu werden. Seine Schutzvorrichtung hätte den Arm des Mannes retten können. Seine Idee ist eine gute Idee. Und er wird noch mehr Ideen haben, wenn man ihn nur lässt. Er stößt sich vom Gitter ab und wandert die Straße entlang. Ziellos und ohne Zeitgefühl. Er braucht so schnell wie möglich eine neue Arbeit.

Der Krämerladen liegt auf dem Weg nach Hause in einer feineren Gegend. Wenn er am frühen Morgen oder am späten Abend hier entlangkommt, trifft er nur Lieferanten oder andere Arbeiter, die zu ihren Arbeitsstätten eilen. Jetzt stehen einige Frauen davor, betasten die Auslagen, drehen und wenden den Salat. Der Krämer eilt in seinem weißen steifen Kittel zwischen den Käuferinnen hin und her, wiegt ab, verpackt und nickt verabschiedend und grüßend zugleich in alle Richtungen. Unbemerkt streift sein Arm eine Kiste mit Gemüse. Ein Kohlkopf fällt auf den Boden, rollt einige Meter über den Bürgersteig und bleibt vor Pauls Füßen liegen. Er bückt sich, hebt ihn auf und hält ihn in den Händen. Niemand beachtet ihn. Der Krämer, in ein Gespräch mit einer seiner Kundinnen vertieft, hat ihm den Rücken zugewandt. Es wäre so einfach. Umdrehen und gehen. Eine Suppe für Emma. Er bleibt stehen und starrt auf das Gemüse. Sie haben ihn einen Aufrührer geschimpft und nur das Schlechteste von ihm gedacht. Was würde es in den Augen der anderen noch für einen Unterschied machen? Er schüttelt den Kopf und geht entschlossen auf den Stand zu. Wichtig ist, dass es für ihn einen Unterschied macht. Er ist kein Dieb.

»Hier«, sagt er, tippt dem Krämer auf die Schulter und streckt ihm den Kohl entgegen. »Der ist eben aus Ihrem Korb gefallen.«

Der Krämer dreht sich um und mustert Paul, sagt aber nichts.

»Ich habe ihn aufgehoben.« Der Kohlkopf liegt immer noch auf seiner Hand. Er stößt sie weiter vor, aber als der Mann sich immer noch nicht rührt, zuckt er mit den Schultern, legt ihn auf die Kiste zu den anderen und drückt sich an dem Krämer vorbei auf die Straße.

»Warte.«

Paul bleibt stehen, schaut über die Schulter zurück. »Ja?«

»Das ist sehr nett von dir, mein Junge.« Wieder dieser musternde Blick. Auf seine Kleidung, an der noch der Dreck und der Staub der Fabrik hängen, auf seine Haare, die ungewaschen und viel zu lang unter seiner Mütze hervorlugen. Auf seine Schuhe, die ihm zu klein sind und deren vordere Spitzen von seinen Zehen ausgebeult werden.

Der Krämer reicht ihm den Kohlkopf. »Hier, nimm ihn. Du kannst ihn behalten.« Als Paul sich nicht rührt, macht er einen Schritt auf ihn zu. »Ich kann ihn sowieso nicht mehr verkaufen. Er hat jetzt eine Beule. Also nimm ihn schon.«

»Haben Sie eine Arbeit für mich?« Sein eigener Mut erstaunt ihn.

»Gehst du nicht dort drüben hin?« Der Kopf des Krämers ruckt in Richtung Fabrik. Paul schüttelt den Kopf.

»Ich bin stark und kann gut anpacken.«

»Das glaube ich.«

»Ich kann die Kisten aus dem Lager holen und die Waren ausbringen, ich kann kehren und putzen, das Gemüse sortieren, ich kann rechnen, ich …«

»Es reicht, es reicht«, unterbricht der Krämer ihn lachend, »ich glaube dir ja.« Er verschränkt die Arme vor der Brust und mustert Paul erneut, diesmal mit einem anderen, wohlwollenden Blick. »Du gefällst mir. Du bist ehrlich. Geh nach Hause und wasch dich. Zieh saubere Kleidung an, und dann kommst du wieder. Ich werde es mit dir probieren. Du kannst mir heute Nachmittag helfen, die Herrschaftshäuser zu beliefern.«

»Danke!« Paul strahlt. »Vielen Dank!«

Wieder lacht der Krämer. »Schon gut. Wir werden sehen, ob du wirklich so viel kannst, wie du sagst. Und jetzt beeil dich.«

Paul rennt los. Am liebsten würde er Freudensprünge veranstalten. Stattdessen läuft er noch schneller, umklammert den Kohlkopf und überlegt, was er anziehen soll, um so adrett auszusehen wie der Krämer. Er wird sein Bestes geben, schnell und freundlich die Kundschaft bedienen, auf Ordnung achten und dem Krämer gehorchen. Das ist seine Chance. Hier wird er mehr verdienen als in der Fabrik, und als Helfer in einem Lebensmittelgeschäft fallen vielleicht ab und an für ihn Leckereien ab, die, so wie der Kohl heute, nicht mehr gut genug für die feineren Leute sind. Kein Hunger mehr. Genug für alle. Er wird dem Krämer das Heft zeigen, ihm beweisen, dass er begriffen hat, was die Zahlen bedeuten, und vielleicht kann er ihn sogar bitten, ihn noch mehr zu lehren.

Die letzten Stufen bis zu ihrer Wohnung nimmt er im Laufschritt. Er klopft nur kurz, dann reißt er die Tür auf und stürmt ins Zimmer. »Es wird alles gut werden!«

Für einen Augenblick kann er in dem schummrigen Licht, das durch das einzige kleine Fenster dringt, nichts erkennen. Dann entdeckt er seine Mutter. Sie kniet auf dem Boden neben den Decken, die Emmas Krankenlager bilden, und umklammert die Hand seiner Schwester. Die beiden Kleinen warten stumm neben ihr, krallen sich mit einer Hand

an einem Zipfel ihres Rockes fest. Paul kommt näher. Emma liegt reg-
los.
»Sie ist tot«, flüstert die Mutter. »Sie ist tot.«

***

Ein Parkplatz direkt vor der Haustür wäre jetzt genau das Richtige, dachte Judith, wurde aber wie jeden Abend, seit sie hier
wohnte, enttäuscht. Die Blücherstraße war laut den Aussagen ihrer Bewohner Bonns schönste Häuserzeile und dementsprechend
beliebt. Altbauten, die meisten restauriert, großzügige Vorgärten
und breite Bürgersteige ließen die hochherrschaftliche Vergan-
genheit von Poppelsdorf anklingen, auch wenn bei genauerem
Hinsehen blaue, gelbe und cremefarbene Abfalltonnen hinter den
Zäunen und Mauern sehr deutlich die Gegenwart anzeigten. Sie
hatte lange nach einer Wohnung gesucht, Bekannte und Freunde
gefragt und sich schließlich für die Gegend um die Argelander-
straße entschieden. Hier gab es alles, was sie in ihrer kargen Freizeit
benötigte. Supermarkt, Bäcker, Friseur und einige Restaurants,
die sie in den nächsten Wochen auszuprobieren gedachte. Bis zum
Präsidium waren es nur sechseinhalb Kilometer, mit dem Wagen
je nach Verkehrslage eine gute Viertelstunde, mit dem Fahrrad, je
nach ihrer Lust und Laune, weniger. Schon als sie um die Ecke in
ihre Straße bog, bremste sie ab und rollte in langsamem Tempo an
den Autos vorbei, die dicht an dicht, wie Spatzen auf einer Strom-
leitung, am rechten und linken Rand hockten. Nach drei Runden
um den Block konnte sie endlich einen abfahrenden Mercedes
abpassen und stellte ihren roten Mini in die frei gewordene Lücke,
wobei sie darauf achtete, so dicht wie möglich an der Stoßstange
des hinteren Wagens zu parken. Hier war jeder Zentimeter Platz
wertvoll.

Das Zauntor stand offen, und sie ging mit wenigen Schritten
durch bis zur Haustür. Sie fischte den Briefkastenschlüssel aus ihrem Bund und nahm die Post aus dem Kasten links neben der Tür,
ohne weiter hinzuschauen. Vermutlich waren es sowieso nur Rech-
nungen. Ihre Sohlen scharrten über die alten Marmorstufen, als sie
hinauf zu ihrer Wohnung stieg.

»Ich hab für uns gekocht.«

»Kai!« Judith ließ ihre Tasche fallen und drückte die Tür zu ihrem Appartement ins Schloss. »Was machst du hier?«

»Auf dich warten. Du hast mir einen Schlüssel gegeben.«

»Wie lange bist du hier?«

»Hierfür hat es gereicht.« Kai Rokke Hornbläser saß auf dem Sofa und hielt eine Frauenfigur von der halben Größe seines kleinen Fingers in die Höhe. Den linken Arm streckte sie mit zur Faust geballter Hand hoch. Unter ihren nackten Brüsten fiel ein Tuch wie eine Toga in Falten hinab. »Darf ich vorstellen: Nannie. Genauer gesagt die Hexe Nannie. Ihres Zeichens Galionsfigur.«

»Neues Modellschiff?«

»Die Cutty Sark diesmal. 1869. Englischer Teeklipper. Superschnelles Schiff.« Er strich zärtlich über die Figur.

»Okay.« Judith hob ihre Tasche auf und legte sie auf den Stuhl neben dem Tisch, auf dem bereits zwei Teller samt Besteck, Gläsern und einer kleinen Kerze standen. »Wie lange bleibst du?«

Kai Rokke stand auf, legte die Holzpuppe behutsam in eine mit Watte ausgeschlagene Pappkiste und ging zum Herd, auf dem unter den Deckeln mehrerer Töpfe Dampf hervorquoll. Er nahm einen Kochlöffel, hob einen Deckel an und rührte. Der Duft nach frischem Basilikum und Tomaten verbreitete sich im Raum. Judiths Magen knurrte laut. »Es wird Winter«, sagte Kai Rokke und hielt ihr den Löffel zum Probieren hin. »Die Heizung im Wohnmobil arbeitet nur nach Lust und Laune.«

»Ich hab nicht mit dir gerechnet. Zwei Monate sind lang, wenn man nichts voneinander hört.«

»Hast du einen neuen Freund?«

»Nein.«

»Gut.« Kai Rokke legte ein Geschirrtuch über Deckel und Griffe des anderen Topfes, ging damit zur Spüle und goss das Wasser ab.

»Kartoffeln?« Judith hob fragend die Augenbrauen, als er den Topf vor ihr abstellte und sie den Inhalt sehen konnte. »Zur Tomatensoße?« Kai nickte.

»Ich kann einen Teil der Miete übernehmen.«

»Die Wohnung ist nicht groß genug. Ich habe nur ein Schlafzimmer und das hier.« Sie wies in den Raum, wo sich neben der Küchenzeile auch ein Schlafsofa, ein Schreibtisch und der kleine, runde Esstisch befanden, an dem sie gerade standen.

Kai kam um den Tisch herum, stellte sich vor sie und zog sie gegen ihren Widerstand an der Hüfte zu sich heran. Dann küsste er sie auf den Hals, rückte ihren Stuhl zurecht und deutete ihr mit einer altmodischen Geste an, Platz zu nehmen.

»Ich habe die Kartoffel für mich entdeckt. Ich kann sie gut essen.«

Während Kai Rokke ihr eine Kartoffel auf den Teller legte, griff Judith nach ihrem Weinglas und füllte Wasser hinein. »Ich hänge mitten in einem Fall und habe nicht viel Zeit.« Sie sah ihn an. »Für dich.« Sie griff nach ihrer Gabel, stach in die Kartoffel und zerteilte sie in dampfende Einzelteile. »Für uns. Es ist …«, sie stockte. »Ich habe Angst, dass es wieder so kompliziert wird.« Sie schüttete die Tomatensoße direkt aus dem Topf darüber und probierte. »Lecker«, bemerkte sie und nickte kauend. »Wirklich.«

»Ich weiß.« Kai grinste. »Es ist lecker. Und es kann kompliziert werden.« Er legte sich ebenfalls eine Kartoffel auf den Teller. »Wo?«

»Was ›Wo‹?«

»Dein Fall, von dem du gesprochen hast. Wo ist der?«

»In Gemünd.«

»Was ist passiert?«

Judith schüttelte den Kopf. »Ich darf nicht drüber reden.«

»Beim letzten Mal hast du auch mit mir darüber geredet.«

»Beim letzten Mal habe ich nicht mit dir darüber geredet, sondern dich befragt, weil du ein Zeuge und sogar ein Verdächtiger warst.«

»Ermittelst du wieder mit Ina?«

»Nein.« Judith langte mit der Hand in den Topf und nahm eine weitere Kartoffel heraus. Sie zerteilte und zerquetschte sie in dem Soßensee, der noch auf ihrem Teller schwappte, legte dann aber die Gabel weg und stützte die verschränkten Unterarme auf den Tisch. »Mit Horst Sauerbier. Eigentlich ist er mein Kollege, führt sich aber auf, als ob er der große Meister persönlich ist.«

»Und – ist er es?«

»Er hat jede Menge Dienstjahre auf dem Buckel.«

»Das heißt nichts. Lässt er dich in Ruhe?«

»Wie meinst du das?«

»Na, macht er dich an oder so?«

Judith lachte. »Nein. Sicher nicht. Er ist nur so …« Sie überlegte. »So festgefahren. Er klebt so an der Art und Weise, wie er seine Fälle schon immer bearbeitet hat.«

»Aber das müsste dir doch gefallen?« Kai schenkte Judith Wein in ihr Glas, obwohl es noch zur Hälfte mit Wasser gefüllt war.

»Er arbeitet ganz anders als Ina.«

Kai trank einen Schluck und wartete darauf, dass Judith weitersprach.

»Sie hält sich zwar nicht immer an die Vorschriften, aber sie ist offener und …« Sie brach mitten im Satz ab, griff nach der Gabel und stocherte in dem roten Brei auf ihrem Teller herum. »Sauerbier will, dass ich mich von ihr fernhalte, weil er Angst hat, sie könnte seinen Fall wieder übernehmen.«

»Hat er das so gesagt?

»Nicht genau so. Aber so ähnlich. Und jetzt ist Ina sauer, weil ich ihr nichts gesagt und mich wie ein arrogantes Arschloch verhalten habe.«

»Und das bist du nicht.«

»Was soll ich denn machen? Wenn mein Quasi-Chef mir eine Anweisung gibt?«

»Was willst du?«

»Meine Arbeit gut erledigen. Den Fall lösen.«

»Ohne Rücksicht auf persönliche Befindlichkeiten.«

Judith zuckte mit den Schultern. »Ja. Es gibt Vorschriften, und an die muss ich mich halten.« Sie seufzte. »Nein. Nicht rücksichtslos. Natürlich nicht. Aber darum geht es auch nicht. Ich glaube, dass Ina eine große Hilfe sein könnte. Für die Sache. Aber wenn Sauerbier mitbekommt, dass ich sie in den Fall einbinde, bedeutet das EDK für mich. Zumindest fürs Erste.«

»EDK?«

»Ende der Karriere. Doch noch die Hundertschaft.«

»Hmm.« Kai nickte. »Ich bleibe bis zum Frühjahr.«

»Die Hälfte der Miete?«

»Ruf Ina doch an und sprich mit ihr. Oder fahr zu ihr. Sauerbier muss es nicht mitbekommen.«

»Ich werde ihre Ortskenntnis brauchen. Wenn ich dem Arzt glauben kann, der zuerst vor Ort war, lag der tote Junge nicht erst seit gestern da. Irgendwer muss mir etwas über das Haus erzählen. Oder mir Namen von Menschen nennen, die mir etwas darüber erzählen können. Dagegen kann Sauerbier keine Einwände erheben. Bis die Ergebnisse aus der Rechtsmedizin kommen, werde ich mich damit beschäftigen müssen.«

»Du darfst mir doch nichts erzählen.« Kai Rokke stand auf, ging zu Judith und zog sie hoch. Dann umarmte er sie und legte sein Kinn auf ihren Scheitel. Judith spürte ihren eigenen warmen Atem an seinem Hals.

»Ich habe dir nichts erzählt. Ich habe mit mir selbst gesprochen.«

»Hast du.« Er küsste sie. Sie erwiderte den Kuss, befreite sich dann aber aus seiner Umarmung.

»Die Hälfte der Miete beinhaltet keine Extras.«

»Dann muss ich mir überlegen, welchen Preis ich außerdem zahle.«

»Und wenn ich noch nicht weiß, was ich dafür haben will?«

»Das können wir ja gemeinsam ausdiskutieren. Am besten fangen wir gleich damit an.« Er zog sie wieder an sich. »Soll ich uns einen Tee kochen?«

»Idiot«, murmelte Judith leise und küsste ihn. Als sie aufs Bett fielen, streifte ihr Blick seinen Teller. Das Essen darauf war unberührt.

***

Der Schaum hatte sich an den Rand des Glases zurückgezogen. Die Bässe produzierten konzentrische Wellen auf der Oberfläche des Biers. Bianca wartete mit gesenktem Kopf und halb geschlossenen Augen. Ließ die Geräusche der Umgebung auf sich einwirken, verschmolz mit ihrem Platz am hintersten Rand der Theke. Niemand sprach sie an. An den unverputzten Steinen der Wand neben ihr hingen Veranstaltungsplakate. Konzerte, Kult-Abend, Bock auf Rock. Ein junger Mann und ein Mädchen erfüllten die

Wünsche der Gäste, die scheinbar wortlos gegen die Musik gestikulierten, zahlten und mit den Getränken in der Hand wieder zu ihren Cliquen zurückkehrten, die an einzelnen Stehtischen oder in Sitzgruppen Zusammengehörigkeit zelebrierten. Sie redeten oder schwiegen miteinander, beobachteten, neigten die Köpfe, lachten, kicherten hinter vorgehaltenen Händen. Deckenscheinwerfer verbreiteten blaues Licht über der Tanzfläche. Die wenigsten tanzten. Und die, die es taten, folgten einem Rhythmus, der über die Musik hinausging, die Gesichter zur Stirnwand der Tanzfläche gerichtet, halb auf den Boden starrend. Eine Armee im individuellen Gleichschritt. Der bärtige DJ schien mit seinem Mischpult verwachsen, so als ob er seit Jahren dort stehen und immer neue Generationen zu seiner Musik aufwachsen sehen würde. Hin und wieder hob er grüßend die Hand, beugte sich über die Absperrung, klopfte auf Schultern, küsste Wangen. Er war das Herzstück.

Bianca hatte den Music-Club vor ein paar Tagen in der Nähe der Baustelle gefunden, im Gemünder Industriegebiet, zwischen der Brauerei und anderen Firmen, hinter einem eingezäunten Schotterparkplatz, wie auch auf dem Abrissgelände einer entstehen sollte.

»Möchtest du nicht lieber ein frisches Bier?« Der Mann neben ihr stützte sich mit den Ellenbogen auf die Theke und wandte ihr sein Gesicht zu. Eine Haarsträhne fiel ihm in die Stirn. Sein Lächeln wirkte echt, nicht wie eine Masche. Offen. Interessiert. Bianca gefielen seine Grübchen, die schmalen Hände. Liebevolle Augen, hinter Schalk versteckt. Selbst in seiner leicht gebeugten Haltung überragte er sie um beinahe zwei Kopflängen. Seine dunklen Locken wirkten, als sei der letzte Friseurbesuch etwas länger her, ohne dass ihr Besitzer die Absicht hatte, das in nächster Zeit zu ändern. Sie nickte und schob das schal gewordene Getränk von sich weg. Er hob die Hand und streckte zwei Finger wie zum Victory-Zeichen aus, bezahlte und reichte ihr ein Bier.

»Prost!« Er hob sein Glas und sah ihr in die Augen. Dann drehte er sich mit dem Rücken zur Theke und lehnte sich an, während er sich mit den Ellbogen abstützte und die Tanzenden betrachtete.

Bianca trank.

»Wie heißt du?« Er musste sich zu ihr hinunterbeugen, damit sie ihn verstand.

»Bianca.«

»Steffen.« Er reichte ihr die Hand. »Du bist nicht von hier?«

»Nein.« Sie war nicht hergekommen, um zu flirten. Und sie war nicht hergekommen, um einem Fremden ihre Lebensgeschichte zu erzählen. Sie war hier, um sich etwas zu beweisen. Er würde nicht kommen, um sie ein zweites Mal zu sehen. Gestern, danach, hatte sie ihm erzählt, dass sie den Club mochte. Das Familiäre, ohne dazugehören zu müssen. Er wusste, wo er sie finden konnte. Dass er nicht kam, zeigte, dass sie recht hatte. Sie war Wegwerfware. Für einen wie ihn keine echte Alternative. Sie trank mit einem Zug ihr Bier aus und stellte das Glas zur Seite. Der neben ihr an der Theke war zu nett, um sich auf ein kurzes Abenteuer mit ihm einzulassen. Die Angst vor der Enttäuschung hielt die Versuchung in Schach.

»Noch eins?«

»Danke.« Sie versuchte echte Freundlichkeit. »Nein. Ich muss morgen früh arbeiten und kann es mir nicht leisten, zu spät schlafen zu gehen.« Eine gnädige Notlüge. Für ihn. Für sich selbst. Sie drehte sich um und fühlte im selben Moment einen harten Griff an ihrem Oberarm.

»Was will der von dir?« Mühsam kontrollierte Wut und unterdrückter Zorn atmeten aus jeder seiner Poren, aber das war ihr egal. Er war da. Zog sie zu sich herum. Sie presste sich an ihn und löste mit der freien Hand seine Finger von ihrem Arm, stellte sich auf die Zehenspitzen und küsste ihn auf die Wange. Er war gekommen. Zu ihr. Wegen ihr.

»Er war so freundlich, mir ein Bier auszugeben. Gerade wollte ich gehen.« Sie umfasste seine Hüften. »Ich hatte nicht damit gerechnet, dass du noch kommst.«

»Also schmeißt du dich direkt an den Nächsten ran?«, presste er hervor und drückte sie mit dem Rücken gegen die Theke.

»Hör mal, Arno. Mach hier keinen Ärger«, mischte sich Steffen ein. »Wir haben uns nur kurz unterhalten.«

Er wandte den Blick von ihr ab. »Und das soll ich dir glauben?« Drohend schob er sich vor ihn.

»Komm schon.« Sie strich ihm über die Wange. »Jetzt bist du doch da.« Mit den Fingerspitzen zwang sie sein Gesicht wieder in ihre Richtung und küsste ihn auf den Mund. Er befreite sich mit einem Ruck aus ihrer Umklammerung.

»Behalt deine Finger bei dir, Förster. Sonst klopf ich dir drauf.«

»Immerhin habe ich nicht Frau und Tochter zu Hause sitzen.« Steffen stieß sich von der Theke ab, stellte sein Glas ab und ging, ohne sich noch einmal umzudrehen.

»Halt Sandra und Luisa da raus«, brauste Arno auf und wollte ihm hinterher, aber Bianca hielt ihn zurück.

»Stimmt das?«

»Was?«

»Dass du Familie hast?«

Statt einer Antwort umfasste er wieder ihren Arm und zog sie mit sich nach draußen, ohne auf die Blicke der anderen Besucher zu achten. Erst als sie auf der Straße angelangt waren und die Lichtkegel der Parkplatzbeleuchtung hinter sich gelassen hatten, blieb er stehen. Er drehte sich zu ihr um, holte aus und versetzte ihr einen Faustschlag ins Gesicht.

SECHS

Emmas Hand fühlt sich kalt und steif an, ihre Wangen, über die Paul sanft streicht, haben alle Farbe verloren. Bleich, die Lippen aufgesprungen, ist seine Schwester nur noch eine Hülle. Der Schmerz überfällt ihn wie ein gieriges Tier. Er frisst sich durch seine Brust direkt in seine Seele, löscht alles aus, was ihm heute widerfahren ist. Alles Leid und alle Freude verblassen, sind nichts, haben keine Bedeutung mehr. Emma ist tot. Seine Emma. Er schluchzt, ohne es zu hören, zittert, ringt nach Luft. Nur das Brennen in seiner Kehle und die Kälte in seinen Muskeln erinnern ihn daran, dass er noch lebt. Er hat gewusst, dass das passieren kann, hat es schon einmal erlebt, vor Jahren, als er kleiner und sein größerer Bruder mit einem Mal nicht mehr da war. Er hat es gewusst und es sich doch nicht vorstellen wollen.

»Heute Nacht halten wir die Totenwache«, flüstert die Mutter leise und berührt Paul zaghaft. Seine Finger schließen sich um ihre und drücken sie. Er wird da sein.

Für einen kurzen Moment denkt er an den Krämer. Seine Hoffnungen, seine Chancen. Der Mann wird auf ihn warten. Vergeblich. Ob er ihm danach noch eine Chance geben wird, wenn er von Emmas Tod erfährt? Paul weiß es nicht. Er weiß nur, dass sein Platz jetzt hier ist. Bei seiner Familie, für die er sich verantwortlich fühlt. So oder so.

»Ist jemand im Haus?« Schläge donnern gegen die Tür, Paul schreckt hoch. Er ist neben Emma eingeschlafen. Sie haben sie auf das Bett gelegt, ihre Hände gefaltet, das Kinn mit einem Tuch hochgebunden und die Augenlider mit geliehenen Münzen beschwert. Er hat sich neben seiner Schwester auf einen Stuhl gesetzt, den Rosenkranz in den Händen, und versucht zu beten. Es konnte ihm keinen Trost schenken. Die Mutter am Tisch ist wach, aber ihr leer geweinter Blick und die tiefen Ringe unter den Augen zeigen ihm, dass sie die ganze Nacht kein Auge zugetan hat.

»Aufmachen!«, poltert es erneut von draußen. Die Mutter reagiert nicht. Paul steht auf, achtet nicht auf die Steifheit seiner Arme und Beine und öffnet. Vor ihm stehen ein Mann und zwei Frauen. In dem Mann

erkennt er erst auf den zweiten Blick den Arzt, mit dem er vorgestern gesprochen hat und der nun hier ist, um seiner Pflicht nachzukommen. Eine der Frauen trägt, wie das junge Mädchen vorgestern, eine weiße gesteifte Haube, Schürze und Kragen. Eine Krankenschwester. Die andere umklammert ein Bündel Papier und betritt mit deutlichem Abstand zum Arzt und der Schwester das Zimmer. Mit einem Blick erfasst sie den Raum, kräuselt die Lippen und notiert, ohne ein einziges Wort zu sagen, etwas in den Papieren. Die Strenge ihrer Kleidung macht Paul misstrauisch. Grauer Loden, weißer Blusenstoff. Einzig eine Kamee mit dem Abbild des Heiligen Christophorus bringt ein wenig Farbe in ihr Äußeres.

»Wer sind Sie?« Endlich kommt Bewegung in die Mutter. Müde erhebt sie sich, aber ihre Augen und ihr Tonfall wirken hellwach.

»Man hat uns informiert, dass hier ein Diphtherie-Fall aufgetreten ist.«

»Wer sagt das?«, fragt sie und macht einen Schritt auf den Arzt zu. Der wendet sich um und sieht Paul an.

»Ihr Sohn.« Dann bemerkt er die reglose Gestalt im Bett dahinter. Mit wenigen Schritten eilt er zu Emma und verharrt, bevor er knappe Anweisungen an die Schwester bellt. »Es muss alles sofort desinfiziert werden. Veranlassen Sie die umgehende Räumung der Wohnung. Was ist mit den anderen Kindern?«

»Sie fiebern bereits.« Die Schwester hat die Kleinen aus dem Bett gehoben und vor sich auf den Boden gestellt. Verschlafen blinzeln sie und wollen zur Mutter.

»Nehmen Sie sie mit. Beide. Und rufen Sie den Bestatter. Er soll sich beeilen«, befiehlt der Arzt, während er sich über Emma beugt und eine rasche Totenschau durchführt.

»Nein!«, ruft Pauls Mutter. »Nein!« Sie umklammert ihren schwangeren Bauch. »Sie können mir meine Kinder nicht wegnehmen.«

»Wenn sie wieder gesund sind, dürfen Sie sie wieder mit nach Hause nehmen, gute Frau«, versucht die Krankenschwester die Mutter zu trösten und legt ihr eine Hand auf die Schulter. Die Mutter schüttelt sich, streift die Hand ab wie ein lästiges Insekt. Die Verzweiflung in ihren Augen wechselt zu Wut.

»Warst du das?«, zischt sie Paul an, der erschrocken zurückweicht. »Siehst du, was geschieht?« Sie gibt ihm eine Ohrfeige. »Du bist gegen

meinen Willen zu ihnen gegangen. Jetzt nehmen sie uns alles.« Mit
ihren Fäusten trommelt sie auf Pauls Arme und Brust. *»Es ist deine
Schuld!«*

*»Es reicht«, mischt sich die andere Frau ein, die das Geschehen bis-
her stumm beobachtet und sich immer weiter Notizen gemacht hat. Sie
stellt sich zwischen Paul und seine Mutter, packt sie an den Unterarmen
und zwingt sie aufzuhören. Dann faltet sie die Papiere und steckt sie in
ihre Handtasche. »Ihr Sohn hat recht gehandelt. Die Verhältnisse hier
sind ja nicht zu verantworten.« Sie nickt Paul zu. »Pack deine Sachen.
Wir werden dich untersuchen und dafür sorgen, dass du eine anständige
Erziehung erhältst.«*

»Ich will nicht weg von hier!«

*»Es interessiert niemanden, was du willst. Widersprich mir nicht.
Wenn du nichts einpacken willst, auch gut.« Sie umfasst seinen Ellenbogen und schiebt ihn zur Tür.*

*»Mama!« Paul befreit sich aus ihrem Griff und dreht sich zu seiner
Mutter um. »Sag etwas! Hilf mir! Sag ihnen, dass ich arbeite. Dass ich
Geld für die Familie verdiene. Dass du mich brauchst! Mama!« Er wartet. Hofft. Doch die Mutter weicht seinem Blick aus, tritt an Emmas Tö-
tenlager und kniet davor nieder. Paul spürt wieder die Hand der Frau an
seinem Arm. Während sie ihn wegzieht, beginnt die Mutter zu beten.
Leise. Monoton. Und ohne sich ein weiteres Mal nach Paul umzusehen.*

***

Judith hatte für die Strecke von Bonn in die Eifel deutlich weniger Zeit gebraucht als Sauerbier gestern, auch wenn sie einen Um-
weg fahren und ihn in seinem Haus in Schleiden abholen musste.
Sie wollte früh am Fundort sein, um sich noch einmal umzusehen,
bevor die Spurensicherung wieder alles freigab und die Bagger alles niederreißen würden. Auf der Wallenthaler Höhe bog sie nach
rechts ab und folgte der Anweisung ihres Navigationsgerätes, das
sie durch Kall über Broich nach Schleiden führte. Sie kannte sich
seit ihrem Praktikum zwar einigermaßen in der Gegend aus, aber
wo Sauerbier genau wohnte, hatte sie sich nicht gemerkt. Trotz
Navi brauchte sie einige Zeit, bis sie das richtige Haus in der abgelegenen Straße gefunden hatte. Die Genauigkeit der Geräte ließ

genau wie der Handyempfang an einigen Stellen der Eifel doch sehr zu wünschen übrig.

»Ich bin noch nicht so weit, Mädchen. Komm erst mal rein«, begrüßte er sie an der Tür, drehte sich um und verschwand wieder in den dunklen Tiefen des Hausflurs. Der Duft von Kaffee und frischen Brötchen ließ ihr das Wasser im Mund zusammenlaufen. Wenn Kai da war, gab es kein Frühstück. Er aß morgens nichts. Seine einzige gesicherte Mahlzeit war das Abendessen. Er hatte Schwierigkeiten mit allen Arten von Essen, und das machte es auch ihr schwer. Sein Essverhalten spiegelte seinen Gemütszustand. Ging es ihm schlecht, magerte er ab, ging es ihm gut, konnte er mehr und mehr Lebensmittel vertragen. Sie hatte sich fest vorgenommen, ihn diesmal zu unterstützen, ihn ans Essen zu erinnern und es ihm im wahrsten Sinne schmackhaft zu machen, befürchtete aber, dass ihre Vorsätze an Dienstplänen, Einsätzen und Überstunden scheitern würden, die ihr keine Zeit zum Einkaufen ließen. Dabei hätte sie ihn gerne mit ihren Leibspeisen überrascht und vielleicht davon überzeugt.

»Setz dich.« Sauerbier faltete die örtliche Zeitung zusammen, auf der sie ein Bild der Abrissbaustelle sehen und eine erstaunlich wenig reißerische Schlagzeile lesen konnte.

»Ich hab gar nicht mitbekommen, dass die da waren«, sagte sie und zeigte auf die Zeitung.

»Ich hab mich darum gekümmert. Man muss ja ein wenig die Hand draufhalten, was so geschrieben wird.« Er stellte einen Teller und eine Tasse vor sie hin und goss ihr, ohne zu fragen, Kaffee aus einer Thermoskanne ein. »Hier. Helga ist schon auf der Arbeit, du musst also mit dem vorliebnehmen, der noch da ist.«

Sauerbier gehört wirklich zum alten Schlag Mann, dachte Judith und machte innerlich ein weiteres Häkchen auf ihrer Liste. Sie verkniff sich den Vorschlag, die Kaffeemaschine doch einfach selbst zu bedienen. »Danke schön, aber ich wollte eigentlich sofort weiter.«

»Um was zu tun?«

»Mich mit dem Mordfall beschäftigen?«

»Genauer bitte.« Sauerbier bestrich sein Brötchen mit Butter und trug dann sorgfältig eine dicke Schicht von etwas auf, was sich in einem Gurkenglas befand, aber eindeutig nichts mit Gurken zu tun hatte. »Gelee?«, fragte er und reichte ihr das Glas. »Sehr gut. Selbst gemacht. Holunder. Ich sammele, und Helga kocht.« Er schob den Brotkorb näher zu ihr. »Also, ich höre.« Judith schaute irritiert auf die Brötchen.

»Welche Schritte willst du als Nächstes unternehmen?«

»Ich habe heute Morgen mit der Rechtsmedizin telefoniert. Sie konnten noch nicht viel sagen, außer dass Dr. Breitenbacher richtig lag mit seiner Aussage, was die Fettwachsleiche angeht.«

»Inwiefern?«

»Der Tote, ein circa fünfzehnjähriger Junge, muss schon länger tot sein. Laut Auskunft des Rechtsmediziners dauert es mindestens acht Wochen bis zu einem halben Jahr, bis sich das Leichenlipid ausbildet, meistens kann man aber von Jahren ausgehen. In unserem Fall sieht es nach Jahren aus, weil der Prozess vollständig abgeschlossen ist. Zuerst bildet sich eine Art Paste, grauweiß, die ranzig riecht, bevor sie dann mörtelartig und hart wird.«

»Hat er noch mehr gesagt?« Sauerbier griff zur Pfälzer Leberwurst.

»Diese Art der Mumifizierung führt dazu, dass der Köper äußerlich und von innen gut erhalten bleibt.«

»Du sollst mir keinen Vortrag halten, sondern sagen, was das mit unserem Fall zu tun hat.« Er biss in die Brötchenhälfte. Einzelne Krümel blieben an seinem Schnurrbart hängen. Judith starrte darauf und spürte, wie ihr vor Hunger brummelnder Magen schlagartig verstummte. Sie riss sich von dem Anblick los und fuhr fort. »Forensisch bedeutsame Befunde können dadurch noch erkennbar sein. Also ob er erwürgt wurde oder erschlagen zum Beispiel.«

»Und? Wurde er das?« Sauerbier trank noch einen Schluck Kaffee, wischte sich mit einer Stoffserviette, die neben seinem Teller gelegen hatte, über Mund und Schnurrbart und stand, nachdem er die Serviette sorgfältig gefaltet und zurückgelegt hatte, auf.

»Möglicherweise. Die Verletzung des Schädels hinter dem Ohr, die man an der Leiche gut sehen konnte, kann durchaus als tödliche Verletzung in Frage kommen. Dazu hat der Gerichtsmediziner so eine Art Einschnitte und Striemen auf dem Rücken und den hinteren Oberschenkeln des Opfers festgestellt. Er sagt uns Bescheid, sobald er mehr weiß. Außerdem untersuchen sie noch die Kiste, in der der Tote lag. Vielleicht können uns das Holz oder die Nägel etwas über ihr Alter und ihre Herkunft sagen. Aber das dauert ebenfalls.«

»Möchtest du wirklich nichts essen, Mädchen?«, fragte Sauerbier und zeigte auf Judiths unberührten Teller. Sie schüttelte den Kopf. »Kein Wunder, dass ihr alle so Hungerhaken seid«, murmelte er und räumte das Geschirr und die Lebensmittel auf ein Tablett, das bis dahin hochkant auf einem der freien Stühle gestanden hatte. Er hob es hoch und trug es in die angrenzende Küche. »Was sind also deine nächsten Schritte?«, rief er über das Klappern des Geschirrs hinweg zu ihr rüber.

»Wir müssen etwas über das Haus herausfinden. Darüber, wie es in den letzten Jahren genutzt wurde. Die Kiste, in der die Leiche lag, stand in einem zugemauerten Kellerraum. Die Spusi hat den Mörtel untersucht. Die kann schon seit Jahren da drin gewesen sein.«

»Gut«, stimmte Sauerbier zu. »Wie willst du die Informationen über das Haus bekommen?«

»Die Stadt Schleiden müsste Bescheid wissen. Dort sollten wir anfangen.«

»Sehr gut. Du machst dich. Um zehn Uhr haben wir einen Termin mit dem Bauamt. Ich habe vor dem Frühstück dort angerufen und uns angekündigt. Er sucht schon mal einige Unterlagen raus, dann müssen wir nicht selbst ins Archiv einsteigen.«

Judith ballte die Faust. Am liebsten hätte sie ihn geohrfeigt. Sie schnappte nach Luft.

Sauerbier trat aus der Küche, blieb vor ihr stehen und warf ein geblümtes Geschirrtuch über die Rückenlehne des Esszimmerstuhls. »Worauf wartest du noch, Mädchen? Wir haben nicht ewig Zeit.«

»Da hast du dir ja ganz schön was angetan, Horst.« Der Mitarbeiter des Bauamtes hievte mehrere Aktenordner auf seinen Schreibtisch und grinste Sauerbier an. »Hier. Alles, was ich über das Anwesen finden konnte. Wenn du mehr Informationen brauchst, musst du selbst ins Archiv gehen.«

»Danke. Meine Mitarbeiterin hier wird die Sachen erst mal durchgehen, dann sehen wir weiter.«

Judith zuckte zusammen. Wie nannte er sie? »Meine Mitarbeiterin«? Es wurde Zeit für ein paar klärende Worte. Auch wenn sie erst seit Kurzem beim Kommissariat arbeitete und ihr Weg dorthin sich von dem der anderen unterschied, hatte er kein Recht und auch keinen Grund, sie wie ein dummes Gör zu behandeln, das nicht wusste, was es tat. »Kann ich dich kurz sprechen, Horst?« Sie sprach seinen Vornamen sehr deutlich aus und ignorierte den Aktenstapel.

»Ja?« Horst Sauerbier unterbrach sein Gespräch mit dem Stadtangestellten und wandte sich Judith zu. »Kann das nicht warten?«

»Nein.«

»Ich höre.«

»Draußen.« Sie verließ den Raum und drehte sich an der Schwelle noch mal um. »Bitte.«

Ihre Absätze knallten über den Boden des Amtsflurs, bis sie die Tür zum Treppenhaus erreicht hatte. Sauerbier schnaufte hinter ihr her. Als sie sicher war, dass sie allein waren und niemand sie hören konnte, blieb sie stehen.

»Das muss jetzt aber sehr wichtig sein, wenn du mich aus dem Gespräch rausholst.« Sauerbier war etwas außer Atem.

Judith wappnete sich innerlich. Er war nicht ihr Vorgesetzter, er war ihr Teampartner, wenn auch älter und diensterfahrener. »Ich weiß, dass ich neu bin. Und ich weiß, dass nicht alle es gut finden, wie ich an den Job gekommen bin«, begann sie und merkte, wie die Wut wieder in ihr hochstieg.

Sauerbier schwieg. Nur die Enden seines Schnurrbartes zitterten leicht.

»Ich habe großen Respekt vor deiner Erfahrung, aber du behandelst mich, als ob ich ein blutiger Anfänger wäre und du mir sagen müsstest, was ich zu tun und zu lassen habe, damit ich bloß kein Unheil anrichte. Hörst mich ab, wie ein Lehrer seinen Schüler.« Sie merkte, wie sie bebte, und verschränkte ihre Hände, um sich wieder zu beruhigen. »Und ich bin nicht dein Mädchen! Mein Name ist Judith, und so möchte ich auch gerne angesprochen werden.« Sie ließ die Arme hängen und fühlte sich, als ob man sämtliche Luft aus ihr rausgelassen hätte und sie wie ein Ballon haltlos durch den Raum flirren würde.

»Hans-Peter ist noch mindestens drei Tage krank«, erwiderte er in sehr sachlichem Ton. »Solange wirst du es hier mit mir aushalten müssen, Mä–« Er unterbrach sich und setzte in salbungsvollem Ton neu an. »Judith.« Er musterte sie von oben bis unten. »Und nein, ich glaube nicht, dass du keine Ahnung hast. Immerhin hast du mit Ina Weinz zusammengearbeitet. Aber trotzdem«, er zwirbelte seinen Schnurrbart, »solltest du dich nicht zu weit aus dem Fenster lehnen und gut aufpassen. Es gibt noch eine Menge für dich zu lernen, bis du meine Nachfolge antrittst.«

Judith versuchte zu begreifen, was er da gesagt hatte, kam aber nicht weit, weil ihr Telefon klingelte. Es war Ina.

»Ein weiterer Leichenfund. Ihr müsst kommen. Sofort«, sagte sie, nannte eine Adresse und unterbrach die Verbindung.

***

Sandra hielt unverändert ihre Dienstmütze in der rechten Hand, die andere hatte sie vor den Mund geschlagen. Sie stand vollkommen steif da, rührte sich keinen Millimeter. Sie schrie nicht, und sie weinte nicht. Ich steckte mein Handy wieder ein. Dann legte ich ihr eine Hand auf die Schulter und zwang sie, mich anzusehen.

»Ich bringe dich zum Auto. Dort bleibst du, bis der Arzt eintrifft.«

Sandra verharrte. Sie zitterte stumm. Ihre Nasenflügel bebten bei jedem Atemzug. Ich zog behutsam an ihrem Arm, und sie stolperte mir nach, weiterhin über die Schulter nach hinten schauend, als ob ihr Blick fest mit dem verwachsen wäre, was da auf dem Boden lag. Ein Wimmern, hoch in ihrer Kehle. Sie schien es nicht zu hören. Ihre Haut fühlte sich an wie Eis. Ich öffnete die Beifahrertür, schob sie auf den Sitz und beugte mich über sie, um den Zündschlüssel abzuziehen und an meine Wasserflasche zu gelangen. Sie ließ alles geschehen.

Bleib professionell, behalte den Überblick, du hilfst ihr nicht, wenn du zu emotional reagierst, dachte ich in ständiger Wiederholung der Sätze, obwohl meine Knie zitterten und ich Mühe hatte, mich zu konzentrieren. Ich drehte den Verschluss von der Flasche und hielt sie ihr hin. »Trink.«

Wie in Trance griff Sandra danach.

»Trink!«, forderte ich sie erneut auf. Sie hob die Flasche an den Mund und leerte sie. Von der Seite sah ich, dass ihre Lippen aufgesprungen waren und sich Falten tief in ihre Haut gegraben hatten. Ihr Profil zeichnete sich wie ein Scherenschnitt vor dem Hintergrund ab, hart und kantig. Ein dunkler Schatten lag unter ihrem Auge. Heute Morgen hatte ich sie und Luisa zu Hause abgeholt, zusammen waren wir nach Schleiden gefahren und hatten die Mädchen an der Schule abgeliefert. Zwei Mütter auf dem Weg zur Arbeit, übergangsloser Rollenwechsel. Auf dem Rücksitz das Geplänkel der Teenies, Henrike immer noch wütend über die Unverschämtheit der Mitschülerin und die Uneinsichtigkeit der Direktorin, Luisa still. Massen dunkler Wimperntusche unterstrichen ihre Blässe, die unter der Make-up- und Puderschicht zu erahnen war. Sandra hatte auf dem Beifahrersitz eine Hand nach hinten zu ihrer Tochter gestreckt, den Kontakt gesucht und eine Zusammengehörigkeit vermittelt, um die ich mit Henrike erst noch würde kämpfen müssen.

»Alles wird gut«, hatte sie mit einer weichen, warmen Stimme gesagt, die ich noch nie an ihr gehört hatte. »Alles wird gut.« Und Luisa hatte sie angesehen, die Augen geschlossen und genickt.

»Du brauchst echt keine Angst mehr vor der zu haben.« Henrikes Zuspruch hatte Luisa ein Lächeln und ein geflüstertes »Danke« entlockt.

»Arno«, murmelte Sandra jetzt, »Arno.« Ich ging neben ihr in die Hocke, strich über ihren Arm und suchte nach Worten, in der Gewissheit, dass alles, was ich sagte, falsch sein würde. »Die Hände der Leiche fehlen«, bemerkte sie in beinahe sachlichem Ton. »Da ist eine Kopfwunde, die den Tod verursacht haben könnte. Das Blut ist an den Rändern schon eingetrocknet, es muss also ein wenig her sein.« Sie sah mich mit leeren Augen an. »Hast du den Arzt schon informiert?«

»Ja. Unterwegs. Und die Mordkommission auch.« Ich ging zum Kofferraum, um die Decke, die wir immer dabeihatten, herauszunehmen und ihr um die Schultern zu legen, aber Sandra hob abwehrend die Hand. Sie klappte das Handschuhfach auf und kramte die kleine Kamera hervor, dann schälte sie sich aus dem Sitz.

»Wir müssen Fotos machen.«

»Sandra!«

»So wie es aussieht, ist das Opfer in die Grube gefallen. Schau nur, wie verdreht die Beine liegen.«

»Sandra, nicht.«

»Was ist? Wenn die Kollegen vom K 11 eintreffen, muss die Arbeit getan sein.«

»Sandra, willst du dich nicht lieber wieder setzen?« Ich betrachtete sie. Das Gesicht blass, die Lippen mit bläulichem Schimmer überzogen. Bis hierhin witterte ich den metallischen Geruch des Blutes. Sie musste ihn auch bemerken.

»Meinst du, ich kann das hier nicht? Meinst du, nur weil du die mit der Erfahrung bei der Mordkommission bist, könntest du alles besser?« Zornig blitzte sie mich an, gefror in der Geste und begann zu weinen. »Arno«, flüsterte sie wieder. »Arno.«

Bauschutt knirschte, und aus den Augenwinkeln sah ich Thomas' Wagen. Demnach hatte er heute wieder Bereitschaft. Er parkte, stieg aus und näherte sich uns pfeifend.

»Werden unsere morgendlichen Treffen hier zur Gewohnheit? Ist die Eifel jetzt plötzlich eine Mördergrube?«, fragte er und machte Anstalten, mir zur Begrüßung einen Kuss auf die Wange zu geben, als er Sandra sah und sofort ernst wurde. »Was ist mit ihr?«

Ich zeigte auf die Leiche in der Baugrube. Thomas beugte sich vor, um besser sehen zu können.

»Scheiße.« Er wandte sich Sandra zu. »Sandra?« Sie reagierte nicht. Starrte geradeaus, an ihm vorbei, durch ihn hindurch. »Sandra?«, versuchte er es erneut. Ohne Erfolg.

»Kannst du ihr etwas geben?«, fragte ich Thomas. »Zur Beruhigung?«

»Er ist gestern Abend nicht nach Hause gekommen.« Sandras Stimme klang wie Stahl, kalt und glatt. »Wir haben versucht, ihn zu erreichen, aber er ist nicht ans Telefon gegangen.«

»Davon hast du mir heute Morgen, als ich euch abholen kam, gar nichts gesagt.«

»Warum sollte ich?«

»Du hast dir Sorgen gemacht. Wir hätten nach ihm suchen lassen können.«

»Nein.«

Ich wechselte einen Blick mit Thomas, der zu seinem Wagen gegangen war und seine Arzttasche herausgeholt hatte.

»Hast du dich selbst erkundigt?«, fragte ich Sandra. Sie kannte die Abläufe. Bekannte und Freunde. Danach die Unfallmeldungen, dann die Krankenhäuser.

»Nein.« Sie sah mich an. Klar und mit einer Offenheit, die mich erschreckte, weil sie neu war, zumindest für mich. »Es war ja nicht das erste Mal. Er blieb öfter weg. Über Nacht. Ohne sich zu melden.« Das Zittern kam wieder. Sie umklammerte ihre Oberarme. Die blaue Farbe der Uniform ließ das Weiß der Fingerknöchel hervortreten.

»Möchtest du, dass ich Luisa aus der Schule holen lasse?«

Sandras Blick wurde weich. Sie schüttelte den Kopf, ohne mich anzusehen. »Nein. Lass ihr die wenigen Stunden der gnädigen Unwissenheit.« Sie straffte sich. »Wir müssen auch erst hier fertig sein.« Sie ging in Richtung Baugrube, das Gesicht unbewegt, wie in Marmor gemeißelt.

»Sandra. Das ist nicht deine Aufgabe«, versuchte ich es mit sanfter Stimme und hielt sie auf.

»Ich weiß, dass ich das nicht machen muss. Ich will es aber.« Sie streifte meine Hand ab wie ein lästiges Insekt.

Thomas zog eine Augenbraue hoch, sagte aber nichts. Er überließ es mir, deutlicher zu werden.

»Sandra, ich glaube dir, dass du etwas tun willst, aber in diesem Fall geht das nicht.« Ich ging ihr hinterher. »Bitte sei vernünftig. Das Opfer ist …« Ich zögerte. »Arno war dein Mann, da kannst du nicht in die Ermittlung eingreifen.«

»Stimmt. Ich bin potenziell verdächtig.« Sie sah mich an. »Als Ehefrau. Wir wissen ja alle, dass die meisten Morde Beziehungstaten sind und die meiste Gewalt in der Ehe stattfindet.« Sie lachte bitter. »Was ist? Willst du mich direkt festnehmen oder erst noch warten?«

»Sandra.« Ich räusperte mich. Natürlich hatte sie recht mit dem, was sie sagte, aber ich würde sie bestimmt nicht, kurz nachdem wir ihren Mann tot aufgefunden hatten, befragen, während sie noch unter Schock stand. Zumal ich dafür nicht in Frage kam. Sie war meine Kollegin. Auch ich war befangen. Das war eine Aufgabe, die unbestritten in Judiths und Sauerbiers Bereich fiel, und ich würde dem sicher nicht widersprechen. »Lass dir erst einmal von Thomas helfen. Dann sehen wir weiter.« Thomas lächelte Sandra zu und streckte ihr seine Hand entgegen.

»Du kommst klar?«, fragte er mich mit einem besorgten Seitenblick, während er Sandra sanft an der Schulter fasste und sie zum Wagen begleitete. Ich nickte und sah mich um. Der Bauleiter hatte die Leiche gefunden, als er heute früh als Erster auf der Baustelle eingetroffen war. Er stand mit betroffener Miene am Rand der Baugrube und wartete auf mich. Ich hatte ihn gebeten, mir zur Verfügung zu stehen, damit ich seine Aussage aufnehmen und später an Judith weiterleiten konnte. Von der Baggerführerin war nichts zu sehen. Vielleicht hatte sie einen Tag freibekommen oder fing einfach später an zu arbeiten.

»Ich habe in meiner Praxis angerufen«, erklärte Thomas, als er wieder neben mir stand. »Eine meiner Helferinnen wird kommen, Sandra abholen und mit ihr nach Hause fahren. Sie ist in ein paar Minuten hier. Solange achte ich auf sie.«

»Kann sie ein bisschen bei ihr bleiben?« Die Vorstellung, Sandra allein in ihrem Haus zu lassen, behagte mir nicht, aber ich musste hier vor Ort sein.

»Ja.« Er nickte. In seinem Lächeln lag eine große Vertrautheit, und ich war froh über diesen kleinen Moment der Intimität. Das war eines der vielen Dinge, die ich an ihm sehr schätzte. Seine ungeheure Hilfsbereitschaft allen gegenüber, die diese Hilfe brauchten. Einfach und unkompliziert. Dabei vernachlässigte er oft sein eigenes Wohlergehen und arbeitete weit über das hinaus, was die Praxis und sein Beruf von ihm verlangten. Das war auch einer der Gründe für den merkwürdigen Schwebezustand, in dem sich unsere Beziehung befand. Wenn man sie denn überhaupt so nennen konnte. Unsere Arbeitszeiten, Henrike, mein Vater, seine Kinder, zu denen er trotz seiner Trennung weiter einen intensiven Kontakt pflegte – manchmal hatte ich den Eindruck, dass sich die Welt gegen uns verschworen hatte. Und wenn wir dann, allen Widrigkeiten zum Trotz, ein Treffen zustande brachten, waren wir oft zu erschöpft, um große Unternehmungen zu starten.

»Warum hat der Arzt den Totenschein noch nicht ausgefüllt?«, unterbrach eine Stimme meine Gedanken, und ich wandte mich um, obwohl ich, auch ohne hinzusehen, wusste, wer sich da empörte. Sauerbier stand neben Sandra am Polizeiwagen, den rechten Arm lässig auf die offene Wagentür gelehnt, die andere in den Taschen seines alten Trenchcoats versenkt. Mehr denn je erinnerte er mich an den alternden Columbo, und ich ärgerte mich, weil ich wusste, dass er genau das bezweckte.

»Weil zuerst die Kollegin seinen ärztlichen Beistand brauchte, Herr Sauerbier«, sagte ich lauter als unbedingt notwendig und ging auf ihn zu. Bei Horst Sauerbier war ich in all den Jahren hartnäckig beim »Sie« geblieben. Normalerweise duzte man sich unter Polizeikollegen, vor allem, wenn man an der gleichen Sache arbeitete.

»Tatsächlich, Frau Weinz?« Dito. »Die Kollegin ist krank? Dann haben sicher Sie für einen reibungslosen Ablauf gesorgt? Geben Sie mir bitte, was Sie an Aussagen haben.«

Von ihm kam nicht mal ein »Guten Morgen«. Typisch.

»Ich habe mich ebenfalls erst um die Kollegin gekümmert, Herr Sauerbier. Der Tote ist ihr Mann.«

»Oh. Das ändert einiges.« Er sah Sandra an. Für einen Moment zeigte sein Gesicht Mitleid, bevor er sich wieder an mich wandte. »Dann nehmen Sie die Personalien bitte jetzt auf. Zeitnah.«

Ich schluckte eine bissige Bemerkung herunter. Die Schutzpolizei war nicht die Serviceabteilung der Kripo, auch wenn Sauerbier das in meinem Fall vermutlich gern so hätte. Mein Handy vibrierte. »Ja«, meldete ich mich knapp, weil ich sah, dass der Anruf von der Wache in Schleiden kam.

»Ina?«

»Am Apparat. Hast du die Schule erreicht?« Ich hatte den wachhabenden Kollegen gebeten, dort anzurufen, um zu fragen, wann Luisa Schulschluss hatte, und dafür zu sorgen, dass ein Wagen sie abfing und so schnell wie möglich nach Hause brachte.

»Ja. Alles erledigt. Aber deshalb rufe ich nicht an.« Er räusperte

sich. »Du hattest mich doch gestern gebeten, die IP des Compu-
ters zu überprüfen, von dem aus die Mail an die Nationalparkverwaltung geschrieben wurde. Wegen der Feuer im Wald.«

»Ja. Hast du schon was? Das ging aber schnell. Gut!«

»Danke.« Er zögerte. »Aber das Ergebnis wird dir vermutlich
nicht gefallen.«

»Wieso?«

»Der Computeranschluss ist auf Arno Kobler zugelassen.«

SIEBEN

Kleine spitze Steine bohren sich durch die Sohlen seiner Schuhe, während er der Frau folgt. Die Straße erstreckt sich schnurgerade vor ihnen. »Bahnhof Gemünd« hat auf dem Schild gestanden, als sie aus dem Zug gestiegen sind. Mehr als fünf Stunden sind sie bereits unterwegs, von Elberfeld über Köln bis hierher in diesen kleinen Ort, und die Frau hat nur wenig mit ihm gesprochen. Auf seine Fragen nach dem Warum und Wohin hat sie mit knappen Antworten reagiert, bis er aufgab und seinen rasenden Gedanken freien Lauf gewährte. Er hat schon davon gehört. Von Jungen und Mädchen, die aus ihren Familien herausgenommen und der Fürsorge übergeben werden, weil sich niemand um sie kümmert. Weil sie gestohlen haben, aufsässig sind oder ohne Eltern. Aber all das trifft auf ihn nicht zu. Sie haben sich geirrt. Er muss versuchen, dieses Missverständnis aufzuklären. So schnell wie möglich.

»Wir sind da«, sagt die Frau, als sie vor einem großen Haus angelangt sind. Eines der hochherrschaftlichen Anwesen, wie sie weiter zur Ortsmitte hin die Straße säumen. Hohe Sprossenfenster über zwei Etagen. Eine Treppe führt zur Haustür, gesäumt von zwei Mauern. Nur ein einfaches Schild weist auf den Zweck des Gebäudes hin. Sie klingelt. Im Inneren knallen Schritte wie kleine Explosionen, und schließlich öffnet sich die Tür.

»Treten Sie ein, Frau Meybach«, sagt der Mann im grauen Kittel. Sie werden also bereits erwartet. »Sie bringen uns einen neuen Schützling?« Die Angesprochene verharrt an der Schwelle.

»Hier sind seine Papiere.« Sie überreicht dem Mann einen dünnen Umschlag. »Aus den Formularen können Sie die Umstände erkennen. Ich bin sicher, Sie werden wissen, was das Beste in diesem Fall ist.« Sie tritt zurück, geht rückwärts die oberste Stufe hinunter und hebt grüßend die Hand. »Ich darf mich verabschieden. Mein Zug fährt in einer Dreiviertelstunde. Es wäre nicht gut, ihn zu verpassen.«

»Selbstverständlich.« Der Mann im Kittel lächelt und deutet eine Verbeugung an. »Ich wünsche Ihnen eine gute Reise, Frau Meybach.« Er wendet sich Paul zu, und das Lächeln verschwindet. »Nenn mir deinen Namen.«

»Paul. Weber, Paul.«

Der Mann nickt. Dann dreht er sich um und durchquert den Flur mit schnellen Schritten, bis er am anderen Ende an einer weiteren Tür angekommen ist, ohne auf den Jungen zu achten, der mitten im Gang den Boden mit einem Schrubber bearbeitet und Paul mit einem gehetzten Blick bedenkt. Paul beeilt sich, dem Mann zu folgen.

»Zieh die Jacke aus.« Der Mann deutet auf eine Reihe Haken an der kahlen Wand, klopft an eine Tür und hält sie mit ausgestrecktem Arm auf. »Herr Direktor Lülsdorf wird dich jetzt empfangen.«

Paul gehorcht mit gesenktem Kopf der Anweisung, während der Mann hinter ihm die Tür schließt und ihn mit dem Direktor allein lässt, der an seinem Schreibtisch sitzt, in einer Akte blättert und Notizen macht. Licht, das durch ein großes Sprossenfenster hinter ihm fällt, malt ein Muster aus Gitterlinien auf das Holz der Tischplatte, seine Hände und seinen Kopf.

»In unserem Bildungsheim für Handwerker verfolgen wir die Prinzipien der Tugend und des Christentums«, sagt er, ohne seine Arbeit zu unterbrechen. »Pünktlichkeit, Fleiß und Nächstenliebe.«

Durch das Fenster erkennt Paul eine Werkstatt. Jungen unterschiedlichsten Alters stehen an schmalen Tischen, bearbeiten ihre Werkstücke, feilen, sägen und schrauben mit ernsten Gesichtern, in denen sich nichts regt. Männer in grauen Kitteln schreiten zwischen den Tischen hindurch, bleiben stehen, begutachten, nicken.

»Du hast großes Glück, einen Platz in unseren Reihen gefunden zu haben. Die Gemeinschaft wird deine Familie sein, die dich aus deinem bisherigen Elend befreit und dir Zuwendung und Vertrauen schenkt.«

An einem der Arbeitstische rutscht einem Jungen das Werkstück aus der Hand. Es gleitet zu Boden und zerbricht. Der Junge zuckt zusammen und bückt sich, aber noch bevor er wieder aufgestanden ist, steht einer der Graukittel neben ihm. Dessen Gesicht verzerrt sich, die Adern und Sehnen an seinem Hals treten hervor, er schreit, während er gleichzeitig ausholt und zuschlägt. Der Kopf des Jungen fliegt zur Seite, schützend hebt er die Arme, um weitere Schläge abzufangen. Der Mann wendet sich ab, kommt zurück, greift eines der Teile und schmettert es auf die Werkbank. Mit zitternden Händen versucht der Junge, die Überreste wieder zu einem Ganzen zusammenzusetzen.

»Die harte Arbeit mit deinen eigenen Händen ist mehr als nur das

Erlernen eines Handwerks, das dir später ein Auskommen schaffen soll. Sie ist der Weg, den wir dir bieten, wieder zu einem gottgefälligen Leben zu finden und deinem Kaiser ein guter Untertan zu sein.«

Eine Sirene ertönt. Sie ist nicht nur im Büro des Direktors zu hören, sondern auch in den Werkstätten. Wie auf ein Kommando legen die Jungen ihre Arbeiten nieder, treten an die Seiten der Tische und stellen sich mit angelegten Armen und zusammengepressten Hacken hintereinander auf, das Kinn erhoben, die Augen starr nach vorne gerichtet. Einer der Männer brüllt etwas, die Jungen antworten im Chor, schließen zu einer dichten Reihe auf und folgen ihm im Gleichschritt.

»Wir haben dich aus Umständen befreit, die dein Leben unweigerlich in falsche Bahnen gelenkt hätten. Bei uns wirst du lernen, auf dem richtigen Pfad zu wandeln.« Der Direktor klappt die Akte zu und sieht auf. Ein wohlwollendes Lächeln. Kalte Augen. »Aufstehen und ankleiden um halb sechs, anschließendes gemeinsames Gebet, um sechs Uhr Frühstück. Arbeitsbeginn um halb sieben. Mittagessen um zwölf, Abendessen mit anschließendem Gottesdienst um halb sieben. Ab neun Uhr herrscht Nachtruhe, die wir streng einhalten. Wer sich unerlaubt aus dem Bett entfernt oder bei unkeuschen Handlungen erwischt wird, hat mit harten Strafen zu rechnen.«

»Entschuldigen Sie bitte, aber ich glaube, das ist ein Irrtum«, wagt Paul sich vor, »ich muss mich zu Hause um meine Familie kümmern. Geld verdienen. Meine Mutter und meine kleinen Geschwister brauchen mich. Ich kann nicht hier ...«

»Unterbrich mich nicht!«, donnert der Direktor, springt mit unerwartetem Elan, der nicht zu seiner dicklichen Statur passt, auf und kommt mit erhobenem Zeigefinger um den Schreibtisch herum auf Paul zu. »Wage es nie wieder! Hörst du?«

»Aber ich ...«

»Nie! Wieder!« Der Direktor beugt sich vor und mustert Pauls Gesicht aus der Nähe, wie man ein wildes Tier betrachtet, vor dessen Bissen man sich in Acht nehmen muss. »Hast du keinen Respekt gelernt? Weißt du nicht, dass es sich nicht gehört, Erwachsenen ins Wort zu fallen? Oder bist du etwa einer von diesen Aufwieglern? Diesen Arbeitern aus den Fabriken, die meinen, sie hätten Rechte und müssten dafür kämpfen, aber dabei nicht über den Tellerrand ihrer Armut hinausblicken können?«

»Nein, Herr Direktor, das bin ich nicht«, antwortet Paul und merkt,
wie ihm die Stimme versagt.

»Dann fällt es dir vielleicht schwer, die Gnade dessen zu begreifen,
was ich dir gerade gesagt habe? Ist es so? Bist du ein Dummkopf?«
Paul biss sich auf die Lippen. »Nein.«

»Gut. Wann deine Zeit hier beendet sein wird, entscheide ich. Sonst
niemand.« Er lächelt wieder. »Und ich glaube, dass du bis dahin viel Zeit
haben wirst zu lernen, wie man anderen mit Respekt begegnet.« Er geht
zur Tür. »Komm mit. Ich führe dich zu deinem Meister.«

***

»Wann sind Sie heute Morgen auf der Baustelle eingetroffen?« Judith klappte ihr neues Notizbuch auf. Ein Geschenk von Kai. Sie
hatte ihm von der Begeisterung erzählt, mit der sie als Kind die
Abenteuer der Fünf Freunde verschlungen hatte, und behauptet,
ihre Entscheidung, Polizistin zu werden, wäre schon damals beim
Lesen der Detektivgeschichten gefallen. Ein originaler Buchde-
ckel ihres Lieblingsbandes »Fünf Freunde auf dem Leuchtturm«,
wie sie ihn aus ihrer Kindheit kannte, war als Einband für die
Ringkladde verwendet worden. Dazwischen gab es viele leere Seiten für ihre Notizen. Ganz zum Schluss konnte sie das letzte Ka-
pitel des Buches mit der Aufklärung des Falles noch einmal nach-
lesen. »Zur Motivation«, hatte Kai grinsend angemerkt, »falls es
mal nicht so gut läuft.«

»Wie immer. Halb sieben. Um sieben kommen die Arbeiter.
Ich bin gerne etwas früher vor Ort.«

»Ist Ihnen etwas aufgefallen?«

»Nein.«

»Können Sie mir kurz beschreiben, was Sie genau gemacht haben?«

Der Bauleiter hob seinen Helm, den er die ganze Zeit über
nicht abgesetzt hatte, an und kratzte sich darunter. »Das Übliche
halt. Ich komme, schließe den Container auf und mache mir erst
mal Kaffee. Sortiere ein paar Papiere, prüfe Warenbestellungen
und schaue kurz auf die Dienstpläne.«

»Und das war heute auch so?«

»Ja.«

»Sie haben die Leiche also nicht sofort entdeckt?«

»Nein. Erst als ich nachsehen ging, ob die Schuttlaster, die wir geordnet hatten, ausreichen würden. Gestern sind wir durch die Arbeit Ihrer Kollegen ja in Verzug geraten.«

Judith ignorierte den leisen Vorwurf, den sie in der Stimme des Bauleiters zu hören glaubte. »Können Sie mir ungefähr sagen, um wie viel Uhr das war?«

»Muss vor sieben gewesen sein. War sonst noch keiner hier.«

»Haben Sie versucht, dem Toten Erste Hilfe zu leisten?«

Der Bauleiter schüttelte den Kopf. »Hab von oben doch direkt gesehen, dass da nichts mehr zu machen war.« Ein kurzes Lächeln zuckte über sein Gesicht. »Ich gucke Tatort. Einen Leichenfundort darf man nicht betreten. Und nachdem gestern Ihre Kollegen schon alle Spuren gesichert hatten, dachte ich mir ...«

»Judith?« Ina stand in der offenen Tür des Containers und klopfte symbolisch an die Wand. »Entschuldige die Störung. Kann ich dich kurz sprechen? Es hat sich etwas ergeben.« Ihr Gesicht war sachlich wie ihr Tonfall. Judith nickte ihr zu.

»Sofort.« Sie wandte sich wieder an den Bauleiter. »Ist Ihnen am Zaun etwas aufgefallen? Gibt es Anzeichen, dass jemand gewaltsam eingedrungen ist?«

»Nein.« Er räusperte sich und zögerte, bevor er erklärte: »Wir schließen nicht immer ab, wissen Sie. Es ist doch recht abgelegen hier, und wir haben keine Baumaterialien, die von der Baustelle gestohlen werden können. Da reicht es, wenn wir die Drahtzäune zuschieben, dass keine Kinder hineinkommen und in die Gruben fallen.«

»Schon gut.« Judith klappte ihr Notizbuch zu und lächelte kurz. »Wir sind nicht von der Bauaufsicht.« Sie stand auf und verließ den Bürocontainer. »Er hat nichts gesehen«, sagte sie zu Ina, die mit dem Rücken zu ihr stand und wartete.

»Wär auch zu einfach, was?« Ina verschränkte die Arme vor der Brust, drehte sich aber nicht zu ihr um.

»Hör mal, Ina ...«

»Ja?«

»Ich ...« Sie schluckte. Ina schaute immer noch nach vorne in die Baugrube, als gelte es, noch eine Leiche zu finden. »Was wolltest du denn?«

»Ich habe eine Information, die ich dir nicht vorenthalten darf.«

Darf oder will?, fragte sich Judith, wagte es aber nicht, diesen Gedanken auszusprechen. »Gut« war alles, was sie stattdessen erwiderte. Gleichzeitig ärgerte sie sich über sich selbst.

»Steffen und ich sind darauf angesetzt worden herauszufinden, wer im Wald unerlaubt Feuer entzündet. Die Nationalparkverwaltung hat eine Mail bekommen, in der eine Gemünderin, Michaela Rüttner, bezichtigt wird, nicht nur diese Feuer zu entzünden, sondern daran auch satanische Messen abzuhalten«, ratterte Ina im Protokollstil herunter.

»Was hat das mit den Mordfällen zu tun?«

»Wir haben die IP-Adresse des Absenders überprüfen lassen. Die Mail wurde von Arno Koblers Computer geschickt.«

Judith zog eine Augenbraue hoch. »Habt ihr schon mit dieser Michaela …«

»Rüttner.«

»Michaela Rüttner. Habt ihr schon mit ihr gesprochen?«

»Nicht offiziell.«

»Dann wird es Zeit.« Judith sah sich um. Sauerbier turnte mit umgeschlagenen Mantelschößen mit dem Staatsanwalt am Fundort herum und erschwerte der Spurensicherung die Arbeit. »Warte bitte hier.« Sie ging zum Grubenrand, kletterte die Leiter hinunter und folgte dem angelegten Pfad. »Ich bin für eine Zeugenvernehmung kurz im Ort«, sagte sie beiläufig zu Sauerbier, »mein Handy ist angeschaltet, und ich beeile mich. Du bist hier ja noch eine Zeit lang beschäftigt.«

Sauerbier blickte nur kurz auf, nickte und redete dann weiter auf den Staatsanwalt ein, der diesmal zwar nicht vom Golfplatz geholt worden war, aber über den frühen Einsatz auch nicht glücklich schien. Die Baggerführerin, die gestern die Leiche entdeckt hatte, hockte in ihrem Führerhäuschen wie ein Vogel im Nest und beobachtete die Szenerie unter ihr. Ihr Gesicht schwebte wie ein weißer Fleck über ihrer dunklen Jacke. Judith blinzelte. Täuschte sie sich, oder weinte die Frau? Zwei Leichen an zwei aufeinanderfolgenden Tagen waren in der Tat harter Tobak, und sie hatte schon gestern einen labilen Eindruck gemacht. »Baggerführerin«, schrieb sie in ihr Notizbuch, um den flüchtigen Gedanken nicht zu verlieren. Sobald sie Zeit hatte, würde sie noch mal mit ihr sprechen.

»Fahren wir«, sagte sie zu Ina, als sie wieder oben angelangt war. »Es wartet eine Menge Arbeit auf uns.«

»Handy während der Fahrt?« Judith schaute aus dem Fenster, während Ina mit der rechten Hand den Polizeiwagen aus der Parklücke kurbelte und gleichzeitig mit der linken ihr Telefon ans Ohr presste.

»Du kannst ja die Polizei rufen.« Inas Mundwinkel zuckten.

»Ina, ich wollte mich ...«, setzte Judith an, kam aber nicht weit.

»Steffen?«, rief Ina. »Steffen?« Sie schaute auf das Display. »Mist-Empfang. Scheiß-Eifel«, schimpfte sie leise, und Judith hatte auf einmal das Gefühl, hier genau richtig zu sein. Sie hatte es vermisst. Vor dem Fenster zog die Landschaft vorbei. Hinter der kurvenreichen Strecke durch Olef, die Ina mit Schwung und deutlich zu viel Tempo auf der Nadel nahm, wartete das Schleidener Tal auf sie. »Ja, hör zu«, schrie Ina jetzt ins Telefon. »Wir wissen jetzt, wer die Mail geschrieben hat. Arno Kobler.« Pause. »Nein. Geht nicht. Er ist tot.« Pause. »Er wurde umgebracht.« Ina sackte ein wenig in sich zusammen. »Die Sache bekommt deutlich andere Züge als nur ein wenig Zündeln im Wald, Steffen.« Sie waren fast in Schleiden angekommen. Auf der freien Strecke funktionierte der Empfang besser, und Ina sprach jetzt leiser. »Wir sind auf dem Weg in die Schule, um sie zu befragen. Ich bin gespannt, was sie uns dazu zu sagen hat. Ich halte dich auf dem Laufenden. – Was? Arno Kobler hat was?« Sie sah Judith an und verdrehte die Augen. »Der Empfang ist wieder weg. So ein Schrottnetz. Ich muss ihn später noch mal anrufen.« Sie legte auf, warf das Handy auf die Ablage und schaltete die Musik ein.

Ina lenkte den Wagen die letzten Meter zum Parkplatz der Schule hinauf, auf dem sich die Wagen dicht an dicht drängten. Die Schule thronte hoch über der Stadt Schleiden, und ihr Standort bot einen wunderschönen Ausblick.

»Seit Henrike bei mir wohnt und ich als ihre Ersatzmutter öfter mal zu Elternabenden oder Sprechtagen antanzen muss, geht es, aber früher war es immer komisch für mich, hierhin zu kommen. So als Erwachsener an der alten Schule.«

»Du bist hier aufs Gymnasium gegangen, richtig?« Judith erinnerte sich, dass Ina ihr während ihrer Praktikumszeit davon erzählt hatte.

»Ja. Allerdings waren wir damals eine reine Mädchenschule. Heute haben sie gemischte Klassen.« Sie schüttelte den Kopf. »Ich bin mir nicht sicher, ob ich das gut finde.«

»Warum?« Judith versuchte sich vorzustellen, wie und ob sie in einer reinen Mädchenklasse überlebt hätte.

»Naturwissenschaftlich begabte Mädchen haben es in Klassen mit Jungen schwerer, sich gegen das Rollenklischee durchzusetzen. Sie wählen dann eher Kurse, die dem entsprechen, was sie denken, was man von ihnen erwartet.«

»Und werden nicht Physikerin oder Polizistin.«

»Zum Beispiel.« Mit Schwung setzte Ina den Wagen rückwärts in eine Parklücke, die sie oberhalb des Schulgebäudes in einer Seitenstraße gefunden hatte. Sie schaltete den Motor aus.

»Ina, es tut mir leid«, sagte Judith und starrte durch die Windschutzscheibe nach draußen. Sie machte keine Anstalten, auszusteigen. »Ich wollte dich nicht abkanzeln. Ich hatte die Anweisung von Sauerbier, dich nicht in die Ermittlungen miteinzubeziehen. Deshalb.«

»Und die hast du jetzt nicht mehr?«

»Doch. Die habe ich immer noch. Sauerbiers Ansicht in Bezug auf dich ist sehr eindeutig.«

»Er hasst mich.«

»Er respektiert deine Arbeit.« Sie grinste. »Ja, könnte sein, das mit dem Hassen.«

»Da das aber auf Gegenseitigkeit beruht, sehe ich darin keine Schwierigkeiten.«

»Ich schon, Ina. Für mich.«

»Inwiefern?«

»Er ist derjenige, der Einfluss auf meine weitere Karriere hat.«

»Und du willst es dir nicht mit ihm verderben.« Keine Frage. Eine Feststellung.

»Er ist aber auch derjenige, der mich behandelt wie die letzte Anfängerin. Heute Morgen hätte ich ihn erwürgen können.«

»Dann hätten wir jetzt drei Tote.« Ina trommelte mit allen zehn Fingern auf dem Lenkrad herum. »Und was bist du für eine?«, fragte sie, ließ die Finger ruhen und schaute Judith an.

»Eine, die sich Mühe gibt, alles richtig zu machen? Eine, die ihren Beruf sehr mag und weiterkommen will? Eine, die gute Kolleginnen schätzt? Eine, die nicht weiß, wie sie aus dieser Zwickmühle wieder rauskommt«, murmelte Judith.

»Selbstzweifel sind gut. Sie verhindern, dass andere uns für arrogante Armleuchter halten.«

»Denkst du so von mir?«

»Soll ich ehrlich sein?«

»Ja.«

»Seit du wieder hier bist, richtest du deine Handlungen nach deiner Karriereplanung aus. Du wägst ab, welcher deiner Schritte dir wie dienen kann. Wo du was sagen kannst und wo nicht. Ganz ehrlich?« Ina wandte sich Judith zu und beugte sich gleichzeitig so weit nach hinten, dass sie mit dem Kopf an die Scheibe der Fahrertür stieß. »So jemanden halte ich für arrogant und nicht geeignet für unseren Beruf.«

»Aber so bin ich nicht.«

»Das weiß ich. Weil ich dich anders kenne.« Ina lächelte und klopfte ihr auf die Schulter. »Es besteht also noch Hoffnung. Jetzt gehst du erst mal mit. Auf uns wartet eine Zeugin, die sich vielleicht bald als Verdächtige herausstellt.« Sie öffnete die Tür und stieg aus. »Komm, Frau Kommissarin. Die Arbeit ruft.«

Auf dem langen Tisch im Lehrerzimmer stapelten sich Papiere, Fotos und Bücher. Michaela Rüttner hielt einen weiteren Stapel in der Hand, dessen einzelne Blätter sie auf vorsortierte Haufen legte.

»Hallo, Frau Weinz.« Sie schaute Ina erwartungsvoll an, während sie ihr die Hand reichte. »Hat sich wieder jemand über mich beschwert, dass jetzt sogar die Polizei anrücken muss?« Sie musterte Judith.

»Bleuler«, stellte Judith sich vor. »Ich bin Frau Weinz' Kollegin.«

»Wenn Sie mir eine Minute Zeit lassen, mache ich das hier noch schnell fertig.« Sie wies auf den Tisch. »Nächste Woche habe ich mit einer Klasse einen Ausflug zu einem der Fledermausstollen geplant, und die Kinder sollen sich in Projektgruppen darauf vorbereiten.«

»Wo gehen Sie hin?«, fragte Ina und beugte sich über eine Karte, die ausgebreitet auf dem Tisch lag.

»Fahren. Wir fahren erst mit dem Bus, und dann laufen wir ein Stück durch die Hirschrott bei Erkensruhr. Es ist sehr schön da. Und noch geht es. Wenn es zu kalt wird, ziehen sich die Fledermäuse in ihre Verstecke zurück und fallen in den Winterschlaf.« Sie legte die letzten Blätter ab und rieb sich die Hände. »So. Fertig. Kommen Sie.« Sie ging einige Schritte weiter zu einer kleinen Tischgruppe am Fenster, von der aus man eine schöne Aussicht über das Schleidener Tal hatte, zog sich einen Stuhl heran und setzte sich. »Bitte«, forderte sie Judith und Ina auf, es ihr gleichzutun.

»Mit Henrikes Klasse war ich auch vor einiger Zeit dort. Der Stollen hat besonders den Mädchen gut gefallen. Sie fanden ihn ›chillig‹ und wären gerne länger dortgeblieben. Sie wollten sogar noch einmal allein dahin, angeblich, um weitere Beobachtungen zu machen. Ich glaube ja eher, dass sie dort in dieser besonderen Atmosphäre ein wenig abhängen wollten, wie sie es nennen.« Sie lachte, wurde aber gleich wieder ernst. »Deswegen sind Sie aber sicher nicht zu mir gekommen, oder?« Die Frage war an Ina gerichtet.

»Nein.« Ina sah erst Michaela Rüttner und dann Judith an, nickte ihr unmerklich zu. Das hier war ihre Aufgabe. Sie war die verantwortliche Kommissarin. Judith räusperte sich.

»Kennen Sie Arno Kobler?«

»Ja. Er ist der Vater einer meiner Schülerinnen. Luisa.« Sie stutzte. »Wieso?«

»Haben Sie Kontakt zu ihm außerhalb der Schulangelegenheiten?«

»Wieso wollen Sie das wissen?«, fragte Michaela Rüttner erneut und suchte den Blickkontakt zu Ina. Sie verschränkte die Hände und ließ sie unter die Tischplatte rutschen. »Ist etwas passiert?«

»Sie haben mir doch gestern Abend von den Schwierigkeiten

erzählt, die Sie mit den Nachbarn und einigen Eltern haben«, mischte Ina sich ein.

»Ja. Was haben die mit Arno zu tun?«

»Arno?« Ina beugte sich vor. »Sie duzen sich?«

Michaela Rüttner biss sich auf die Lippe und schlug die Augen nieder. Dann holte sie tief Luft. »Was soll's. Sie bekommen es ja eh heraus. Ich habe Ihnen gestern Abend einiges, aber nicht alles erzählt. Meine Nachbarinnen werden es Ihnen sicher gerne brühwarm unter die Nase reiben. Eine von vielen meiner Verfehlungen: Wir haben ein Verhältnis. Schon seit einigen Wochen.«

»Ein Verhältnis?«, fragte Ina verwundert.

»Haben Sie etwas dagegen einzuwenden? Sind Sie auch eine von denen, die das unmoralisch finden?«

»Nein.« Ina sah zu Boden, bevor sie langsam den Kopf schüttelte.

»War er gestern bei Ihnen?«, fragte Judith.

Michaela Rüttner nickte.

»Wann?«

»So bis um acht. Dann sagte er, er müsse nach Hause, damit seine Frau nicht …« Sie verstummte und hielt sich die Faust vor den Mund.

»Arno Kobler ist vermutlich der Verfasser einer Mail, die Sie bei der Verwaltung des Nationalparks angeschwärzt und als Urheberin von schwarzen Messen auf Nationalparkgelände benannt hat«, konfrontierte Judith sie mit den Fakten.

Michaela Rüttner verlor alle Farbe. Ihr Gesicht wurde grau, das helle Blau ihrer Augen verblasste, die Pupillen schrumpften zu winzigen Punkten.

»Was? *Er* hat die Mail geschrieben?« Sie hob ratlos die Hände und starrte betroffen aus dem Fenster. »Wie konnte er nur?« Sie griff sich an die Schläfe. »Warum hat er das getan? Ich liebe ihn doch. Und dachte, er liebt mich.«

»Hat er Ihnen das gesagt?«, wollte Judith wissen.

»Ja. Gestern noch. Für ihn war es ungeheuer wichtig. Ich hatte fast den Eindruck, dass er mich nur für sich allein haben wollte.« Sie legte die Arme um ihren Oberkörper, als würde sie frieren, und neigte den Kopf zur Seite.

»Frau Rüttner, es tut mir sehr leid für Sie.« Judith wappnete sich innerlich. Auch wenn diese Frau nicht die Ehefrau, sondern die Geliebte des Toten gewesen war – ihre Trauer war deswegen nicht kleiner. »Arno Kobler ist tot. Seine Leiche wurde heute Morgen in der Abrissgrube in Mauel gefunden.«

Michaela Rüttner schwankte und suchte, obwohl sie saß, mit einer Hand Halt an der Tischkante. Ina ergriff ihren Arm, bevor sie seitlich zu Boden glitt, und drückte sanft ihren Rücken nach hinten gegen die Stuhllehne. »Soll ich Ihnen ein Glas Wasser holen?« Suchend blickte sie sich um. Michaela Rüttner schüttelte stumm den Kopf. Ihre Miene war ausdruckslos, in ihren Augen schimmerten Tränen.

»Was ist passiert?«, fragte sie leise und rang um Fassung. »Hatte er einen Unfall?«

»Wir dürfen noch keine Informationen freigeben«, wich Ina der Frage aus. »Entschuldigen Sie bitte, dass ich Sie das jetzt frage, aber Sie schienen nicht überrascht zu sein, als meine Kollegin eben die E-Mail erwähnte. Wussten Sie davon?«

»Ich wusste von der Mail und was drinstand.« Michaela Rüttners Stimme klang ausgelaugt. »Nicht, wer sie geschrieben hatte. Sie war doch anonym.«

»Haben Sie die Mail gelesen?«

»Ja.« Sie wischte sich mit dem Handrücken die Tränen von den Wangen.

»Woher hatten Sie sie?«

»Ein Bekannter hat sie mir gezeigt.«

»Ein Bekannter?« Ina wirkte ratlos.

»Wer war das?«, mischte Judith sich ein.

Michaela Rüttner sah weiter Ina an. »Steffen. Steffen Ettelscheid. Er kam später am Abend vorbei und ging, kurz bevor Sie kamen. Wir haben ein Glas Wein zusammen getrunken. Sie kennen ihn doch auch, Frau Weinz, oder?«

106

ACHT

»Hier. Den wirst du brauchen«, flüstert der Junge und hält Paul einen Bleistift hin. Der Meister hat sie heute Morgen ebenso kommentarlos nebeneinander an die Werkbank gestellt, wie er Paul gestern Abend ein Bett im Schlafsaal zugeteilt hat. Während der Arbeit müssen sie schweigen, nur wenn sie vom Meister oder einem seiner Gehilfen angesprochen werden, dürfen sie antworten.

Paul nickt ihm zu, darauf bedacht, dass niemand etwas merkt. »Danke.« Er stellt das kürzere der beiden Bretter, die vor ihm liegen, senkrecht an den äußeren Rand des anderen, zeichnet eine schmale Linie und legt das Brett zur Seite. Er nimmt den Zollstock, misst Breite und Dicke der Bretter, um die nötige Anzahl der Zapfen zu errechnen. Der Gehilfe des Meisters, einer der älteren Jungen, die sich durch besondere Leistungen und gutes Verhalten ausgezeichnet haben, bleibt bei ihm stehen und schaut ihm über die Schulter, bis er sich vergewissert hat, dass Paul alles richtig macht. Er nickt verhalten und dreht weiter seine Runde.

»Er ärgert sich, dass er dich nicht schelten konnte«, sagt der Junge, kichert und schaut dem Gehilfen zwischen hochgezogenen Schultern nach. »Er findet gerne Fehler bei anderen, weil er dann selbst besser dasteht.«

Paul achtet genau auf den Gehilfen, um sicher zu sein, dass er nichts von ihrer Unterhaltung mitbekommt. Er hat sich geschworen, so gut und so schnell zu arbeiten, wie er nur kann, die Regeln zu beachten und niemandem einen Anlass zu geben, ihn zu tadeln. Nur so wird er es schaffen, hier so schnell wie möglich wieder rauszukommen. Und das will er. Unbedingt. Schweigend wendet er sich wieder seinem Werkstück zu.

Der Junge feixt. »Es wird dir nichts nutzen!«

Paul senkt den Blick. Kann man ihm seine Gedanken ansehen? »Was meinst du?«

»Alles so zu machen, wie sie es wollen. Sie werden etwas finden, was sie dir vorwerfen können. Früher oder später.« Er senkt den Kopf und feilt schweigend schneller, als der Gehilfe erneut an ihnen vorbeipatrouilliert. »Unser Alfons hier«, flüstert er und weist mit dem Kinn in die

Richtung des Gehilfen, »der ist ein ganz Eifriger. Vor dem musst du dich in Acht nehmen.«

»Werde ich machen. Danke.« Wenn dieser Knabe nur aufhören würde zu reden.

»Ich heiße Ludwig.«

»Paul.«

»Oh, wir hatten hier einen Paul. Bis vor zwei Tagen. Da hat er es geschafft und ist weggelaufen.« Wieder verstummt er, lässt den Gehilfen passieren und flüstert noch leiser: »Das will ich auch. Nur weg hier. Weg, weg, weg.« Er beißt sich auf die Lippe, als ob er sein Geheimnis wieder einfangen möchte. Paul sieht ihm seine Zweifel an, darüber, ob er ihm, dem Neuen, vertrauen kann.

»Warum bist du hier?«

»Ich habe nichts geklaut«, beeilt Ludwig sich zu sagen. »Ich bin kein Dieb.«

»Sagen sie das?«

Ludwig schüttelt den Kopf. »Sie sagen, ich bin ein Aufwiegler. Und Aufwiegler sind Diebe.«

»Was hast du getan?«

»Es ist nicht recht, was sie mit uns Arbeitern machen. In den Fabriken. Wir arbeiten für Hungerlöhne, bis wir umfallen. Wir dürfen nichts sagen, nichts wollen.«

Paul mustert ihn. Nichts an Ludwig passt zusammen. Er überragt ihn um einen halben Kopf und scheint nur aus Armen und Beinen zu bestehen, deren Enden aus zu klein gewordener Kleidung ragen.

»Hier ist es genauso. Nur noch schlimmer.« Er streicht sich von hinten über seine Haare und lässt die Hand auf der Stirn ruhen. Sein blondes Haar widersetzt sich mit einer Vielzahl von Wirbeln dem kurzen Schnitt, den hier alle tragen und den Paul, wie ihm der Meister bereits angekündigt hat, am Samstag, wenn der Barbier des Ortes wie jede Woche herkommen wird, ebenfalls bekommt.

»Was ist nun mit diesem Paul?«

»Er ist im Dunkeln an der Nachtwache vorbeigeschlichen und muss dann über den Zaun geklettert sein. Sie haben ein Stück Stoff gefunden, das oben an einer der Spitzen hing und das von seiner Hose stammte.« Ludwig hat sich entschieden. Für Paul.

»Wo willst du hin, wenn du wegläufst?« Paul denkt an seine Mutter.

Würde sie ihn willkommen heißen? Oder ihn wieder fortschicken? Hier kann er ein Handwerk lernen und als geachteter Mann nach Elberfeld zurückkehren. Dann wird die Mutter stolz auf ihn sein.

»Zu den Männern.« Ludwig lacht leise. »Zuerst natürlich nach Kall. Zum Bahnhof. Und dort in den ersten Zug, der in Richtung Heimat geht. Sie brauchen mich da.«

Paul beugt sich über sein Werkstück und reißt die Zapfeneinteilung an. Für jeden Zapfen legt er das Maß neu auf, so wie sein Meister, Löhbach, es ihnen erklärt hat. »Ich weiß nicht, wo ich hingehen sollte.«

»Meine Herren!« Löhbach ist von seinem Schreibtisch am Kopfende des Werksaales aufgestanden und nickt dem Direktor zu, der vor wenigen Sekunden die Werkstatt betrat und nun mit dem Lächeln einer satten Katze neben ihm steht. »Der verlorene Sohn ist heimgekehrt. Bitte kommen Sie alle mit, um ihn gebührend zu empfangen.«

Die Jungen werden in den Speisesaal geführt und stellen sich in zwei Reihen hintereinander an den Wänden auf. Dicht an dicht gedrängt, reglos, stumm.

»Was geschieht hier?«, will Paul wissen, aber Ludwig presst die Lippen zusammen, schüttelt den Kopf und rückt ein Stück von ihm ab. Paul schaut sich um. Noch nie hat er einen solchen Raum betreten, noch nie solche Möbel, Lampen und Zierrat aus der Nähe bewundern dürfen. Die Pracht fasziniert ihn. Der Saal erstreckt sich über die Hälfte des Hauses, vier Fenster zeigen zur Straße. Ein langer dunkler Esstisch füllt die Mitte, umrahmt von Stühlen, deren gedrechselte Rückenlehnen an eine Rittertafel erinnern. Über dem Tisch hängt ein Kronleuchter aus Kristall, dessen Licht sich in dem großen Spiegel an der Stirnseite des Raums widerspiegelt und die Oberfläche zum Glänzen bringt. Paul spürt die Kante der Holzvertäfelung in seinem Rücken, streicht behutsam darüber und ist erstaunt, wie glatt sie sich anfühlt. Schräg gegenüber der zweiflügeligen Eingangstür, über der die Köpfe erlegter Hirsche und Wildschweine mit toten schwarzen Augen wachen, öffnet sich eine kleinere Tür, und der Direktor betritt den Saal. Hinter ihm stolpert ein Junge herein. Einer der Meister krallt seine Hand fest in den Kragen seines zerrissenen Hemdes, unter dessen Schmutz das Abzeichen des Heims nur noch undeutlich zu erkennen ist. Blutspuren ziehen sich über Stirn und Wangen des Jungen, tiefe Kratzer zerfurchen seine Hände. In den Haaren hängen kleine Äste und Kletten.

Hinter dem ungleichen Paar betreten zwei Frauen den Raum. In der einen erkennt Paul die Frau des Direktors, die er bisher nur auf dem Foto im Treppenhaus zu den Schlafkammern gesehen hat. Die jüngere trägt ihre Dienstmädchenkleidung trotz ihres gesenkten Kopfes mit einer stolzen Haltung und erinnert Paul an Emma. Eine ältere Emma, die es nie geben wird. Er kämpft gegen die Tränen. Obwohl ihr Haar zu einem Knoten zusammengebunden ist, kräuseln sich einige Strähnen an der Seite ihres Halses. Schwester. Und mehr als das. Er würde gern die Hand ausstrecken, um ihre Haare zu berühren, als er bemerkt, dass Ludwig hörbar Luft holt. Er reißt sich vom Anblick des Mädchens los. Ludwig steht wie festgenagelt. Mit roten Wangen beobachtet er jeden Schritt des Mädchens.

»Wer ist das?«, fragt Paul und ist sich sicher, dass Ludwig weiß, wen er meint.

»Frieda Koch. Sie ist Mädchen bei der Frau Direktor«, presst er hervor.

»Kennst du sie?«

Ludwigs Wangen gleichen Feuermalen, als er den Kopf schüttelt.

»Also kennst du sie.« Ein unbehagliches, stechendes Gefühl breitet sich in ihm aus. Ludwig hat ihm etwas voraus. »Gut?«

»Hör zu«, zischt Ludwig, »wir dürfen keinen Kontakt mit Mädchen haben und nicht mit den Dorfbewohnern. Friedas Eltern wohnen nicht weit von hier in Olef.«

»Was würde geschehen, wenn sie es rausbekommen?«, will Paul wissen, wird aber von einem knallenden Geräusch unterbrochen. Er fährt zusammen. Dann schneidet die Stimme des Direktors durch die Stille, die nach dem Knall eingetreten ist.

»Dieser Knabe hier«, ruft er und zeigt mit einem dünnen Stock auf den Unglücklichen, »Paul Osterholz, hat vergessen, wie gut wir es mit ihm meinen, und ist seinen kriminellen Instinkten gefolgt. Er ist weggelaufen, hat gestohlen und betrogen.« Er hält inne, tritt hinter den Jungen und legt ihm eine Hand auf die Schulter. »Wir wollen ihm helfen, sich daran zu erinnern, den rechten Weg nicht mehr zu verlassen.« Er gibt einigen älteren Zöglingen ein Zeichen und macht einen Schritt zurück, während die Jungen Paul Osterholz unter den Armen packen, ihn zur Stirnseite des Tisches bringen und seinen Oberkörper auf die Platte drücken. Nachdem sie seine Fußgelenke mit Stricken an den Tischbeinen *festgebunden haben, stellen sie sich links und rechts des Tisches auf, ergreifen seine Hände und ziehen seine Arme auseinander. So bleiben sie stehen.*

Außer einem kurzen Stöhnen des Jungen ist im Saal kein Ton zu hören. Paul scheint es, als ob alle den Atem anhalten. Sekunden verrinnen. Dann hebt der Direktor den Arm. Etwas flirrt durch die Luft, ein Peitschen ertönt, und der Junge windet sich in seinen Fesseln. Paul blinzelt, zuckt mit jedem Schlag, der folgt, zusammen, bemüht sich wegzuschauen. Er zählt nicht mit, wie viele Schläge es sind, hört das Ächzen und die Anstrengung des Direktors und das leise Wimmern des Jungen auch dann noch, als die Strafe beendet ist und sie leise den Saal verlassen und in die Werkstatt zurückkehren.

»Das würde geschehen«, murmelt Ludwig und greift wieder nach seiner Feile.

***

»Die Damen. Wieder im Lande?«, tönte Sauerbier hinter dem improvisierten Schreibtisch seines improvisierten Büros in der Schleidener Wache. Als er vor zwei Jahren Steffen des Mordes an einem Professor verdächtigt hatte, war ich ihm hier zum ersten Mal begegnet. Der Garderobenständer mit seinem beigefarbenen Mantel, von dem ich sicher war, dass es immer noch dasselbe Exemplar war, vor ihm die sorgfältig gestapelten Akten und die Wasserflasche auf der Fensterbank – alles war genau wie damals, als ob er immer hier residieren würde. Und tatsächlich liebte er es, wenn er in Schleiden arbeiten konnte und nicht jeden Morgen nach Bonn ins Polizeipräsidium fahren musste – das hatte er mir damals selbst gesagt und sich augenzwinkernd als »Gastarbeiter im eigenen Heimatdorf« bezeichnet. Die einzige Veränderung war ein zweiter Schreibtisch, Judiths Schreibtisch, der, in die äußerste Ecke gedrängt, wie eine Strafbank für Schüler wirkte. Wenn diese äußere Ordnung Sauerbiers innere Einstellung zu Judith spiegelte, konnte ich ihr Problem gut verstehen. »›Kurz im Ort‹ scheint ja ein dehnbarer Begriff zu sein«, fügte er hinzu.

»Wir waren bei einer Zeugin, die in dem Mordfall von heute

Morgen …«, setzte Judith an, aber Sauerbier unterbrach sie gleich wieder.

»Dieser Mordfall liegt in meinem Arbeitsbereich. Der tote Junge ist deiner. Saubere Aufgabenteilung, bis die Verstärkung aus Bonn anrückt, was, wie ich hoffe, bald der Fall sein wird. Bis dahin machst du deine Hausaufgaben und ich meine.«

»Horst, bei beiden Leichen waren die Hände abgetrennt, da muss es doch einen Zusammenhang geben.« Judith knallte ihren Rucksack in die Ecke.

»Sagt wer?«

»Sage ich.«

»Hat sie dich schon aufgewiegelt?« Sauerbier schnaubte verächtlich in meine Richtung. »»Muss es doch einen Zusammenhang geben««, äffte er sie nach. »Es muss gar nichts. Es muss nur ordentlich gearbeitet werden. Du selbst hast mir die Ergebnisse der Rechtsmedizin unterbreitet. Wenn ich mich recht erinnere, hieß es, dass die Leiche des Jungen wahrscheinlich schon Jahre dort liegt. Arno Kobler ist gestern noch quietschvergnügt durch Gemünd gelaufen. Was bitte soll es da für einen Zusammenhang geben?«

Ich hielt den Atem an. Das hier war Judiths Terrain. Sie musste es selbst verteidigen.

»Solange wir das eine nicht beweisen können, dürfen wir das andere nicht von der Hand weisen, nur weil es uns unwahrscheinlich vorkommt. Ich werde es jedenfalls nicht außer Acht lassen, wenn ich ›meinen‹ Fall bearbeite, ob dir das jetzt passt oder nicht.«

Sauerbier strich sich fahrig über seinen Schnäuzer. Seine Augen sprühten Zorn, aber er erwiderte nichts.

»Ich helfe dir gerne dabei, Judith.« Ich ließ Sauerbier nicht aus den Augen.

»Wer in die Teams kommt, bestimmen immer noch die leitenden Beamten, Frau Weinz.« Er stand auf, stützte sich mit geballten Fäusten auf seinen Schreibtisch und beugte sich vor. »Und Sie sind mit Sicherheit nicht dabei.«

»Ina ist sehr wohl in meinem Team, Horst«, sagte Judith leise, aber sehr bestimmt. Sauerbier zog eine Augenbraue hoch und musterte erst mich, dann Judith. Schließlich ließ er sich nach hinten auf seinen Stuhl plumpsen.

»Wenn du meinst.« Er widmete sich demonstrativ seinen Unterlagen. »Ich habe jetzt jede Menge Papierkram zu erledigen.«

»Dann will ich Sie nicht weiter stören, Herr Sauerbier«, sagte ich und drehte mich auf dem Absatz um. Im Weggehen hörte ich, wie Judith leise die Tür hinter mir schloss, und musste zugeben, dass sie mich überraschte. Und beeindruckte.

In meinem Büro wartete niemand auf mich. Sandras Schreibtisch war verwaist. Neben dem Telefon hatte sie ein Familienfoto im silbernen Rahmen aufgestellt. Arno, Luisa und sie. Die Aufnahme musste im Frühjahr oder Sommer entstanden sein, das erkannte ich an Luisas Aussehen. Die Mädchen veränderten sich so schnell in der letzten Zeit, und auf dem Bild ähnelte Luisa ihrem jetzigen Erscheinungsbild so sehr, dass nicht viel Zeit vergangen sein konnte. Sogar das T-Shirt kannte ich. Der Aufbau des Bildes, die Anordnung der Personen erinnerte mich an die Holzschnitzfiguren der Heiligen Familie, die früher in vielen Wohnzimmern gestanden hatten. Arno, hoch und groß aufgerichtet halb hinter, halb neben Sandra, einen Arm um sie gelegt. Schützend? Besitzergreifend? Davor Luisa. In der Mitte zwischen beiden wie ein gehüteter Schatz. Bisher war mir die Ähnlichkeit zwischen Mutter und Tochter noch nie so deutlich aufgefallen. Die gleiche Statur, wenn Luisa auch deutlich kleiner war, die feinen, zarten Gesichtszüge, die ich bei Sandra oft schon mit unnachgiebiger Härte überzogen gesehen hatte, wenn sie einem unserer »Kunden« gegenübertrat. Beide schauten starr in die Kamera. Lächelten offiziell. Traurige Augen. Oder bildete ich mir das nur ein und verband das aktuelle Geschehen mit dieser Szene aus vergangenen Tagen? Ich stellte das Bild an seinen Platz und trat ans Fenster.

Es wurde Zeit, Steffen anzurufen. Ich stützte mich auf der Fensterbank ab, lehnte meine Stirn an das kühle Glas und horchte in mich hinein. Der Sturm der Entrüstung, der in mir getobt hatte, als ich erfuhr, dass er bei Michaela Rüttner gewesen war, und den ich erfolgreich verdrängt hatte, war auf das Maß abgeflaut, das es mir gestattete, in Ruhe darüber nachzudenken. Er konnte Wein trinken, mit wem immer er wollte. Auch mit Michaela Rüttner. Warum nicht? Die beiden hatten sich sicher eine Menge zu erzählen. Sie als Biologielehrerin und er als Förster. Er konnte ja den Ranger für ihren Fledermausklassenausflug machen. Sie würden sicher eine Menge Spaß miteinander haben. Und sie waren im selben Alter.

»Nationalparkverwaltung Gemünd, Ettelscheid«, meldete sich Steffen nach dem dritten Klingeln.

»Warum erzählst du mir nicht, dass du bei der Rüttner warst?«

»Weil die Verbindung plötzlich wieder weg war.«

»Unsinn! Die Tatsache, dass sie von der Mail wusste, macht sie zur Verdächtigen Nummer eins, und ich verspreche dir, wenn Judith mit ihrem Bericht fertig ist und gleich Sauerbiers Tür aufgeht, ist er auf dem Weg zu deiner Michaela, um sie vorläufig festzunehmen.«

»Sie ist nicht ›meine‹ Michaela, Ina. Ich wollte nur in der Sache vorankommen.«

»Warum bist du überhaupt zu ihr gegangen, ohne dich mit mir abzusprechen?«

»Ich dachte, bevor wir beide am nächsten Tag hochoffiziell bei ihr auflaufen und ein Riesenfass aufmachen, bringt ein kurzer Privatbesuch vielleicht mehr.«

Ich biss mir auf die Lippe. Steffen führte dieselben Gründe an, die ich mir an dem Abend zurechtgelegt hatte. Viele Dinge ließen sich informell besser regeln. Alte Eifler Weisheit.

»Wir sprechen später noch mal. Jetzt muss ich weitermachen«, sagte ich und wollte auflegen, obwohl mir sehr daran gelegen war zu erfahren, was die Rüttner ihm gesagt hatte. Noch mehr war mir allerdings daran gelegen, jetzt nicht zugeben zu müssen, dass er recht hatte.

»Warte, Ina. Ich hab noch was, das für dich interessant sein könnte.«

»Inwiefern? Hat es etwas mit dem Fall zu tun?«

»Kann sein.«

»Was?«

»Arno Kobler hat gestern Abend im ›Lenz‹ eine Frau nicht ganz so höflich behandelt, wie man das eigentlich erwartet.«

»Sandra war im ›Lenz‹?«

»Nein. Nicht Sandra. Ich sagte *eine* Frau, nicht seine Frau. Ich kenne sie nicht, aber sie schien Arno zu kennen. Sogar ziemlich gut, wie es aussah.«

»Was hat er gemacht?«

»Ich hatte sie auf ein Bier eingeladen, und das schien ihm, als er auftauchte, gar nicht zu gefallen. Ich glaube, wenn sie ihn nicht zurückgehalten hätte, hätte ich jetzt ein blaues Auge.«

»Warum warst du da?«

»Weil ich Lust auf ein bisschen Musik, auf ein Bier und ein paar Leute hatte.« Er holte tief Luft. »Es ist meine Sache, warum ich wo hingehe.«

Ich entschied, den Vorwurf zu überhören. »Was hat er mit ihr gemacht, dass du sagst ›nicht ganz so höflich‹?«

»Er ist ziemlich ruppig mit ihr umgegangen.«

»Hat er sie geschlagen?«

»Nein. Nicht in meiner Gegenwart.«

Gegen meinen Willen musste ich lächeln. Ich wusste, dass Steffen, ohne zu zögern, auf Arno Kobler losgegangen wäre und ihn aus dem Verkehr gezogen hätte, wenn er gewalttätig geworden wäre.

»Kannst du die Frau beschreiben?«

»Du weißt, wie das Licht im ›Lenz‹ ist. Schwierig, ihr Alter zu schätzen. So Mitte, Ende dreißig vielleicht. Nicht sehr groß. Dunkle Haare. Lang, bis zur Mitte des Rückens. Sie hatte ein nettes Gesicht, sah aber traurig aus. Bis Arno auftauchte. Da blühte sie auf.«

»Du hast aber genau hingesehen.«

»Ich hab ihr ein Bier spendiert.«

»Weißt du, wie sie heißt?«

»Bianca.«

»Und weiter?«

»Nichts weiter. Ihren Nachnamen hat sie nicht erwähnt.«

»In Ordnung.« Den brauchte ich nicht unbedingt, die Beschreibung in Verbindung mit dem Vornamen reichte. Es musste sich um die Baggerführerin handeln. Das »Lenz« befand sich in der Nähe der Baustelle, und auch der traurige Gesichtsausdruck passte. Ich notierte den Namen auf einem Notizzettel und setzte ein dickes Ausrufezeichen dahinter.

»Sie hat sich dann nicht weiter um mich gekümmert.«

»Bist du gegangen?«

»Nein. Sie ist mit ihm raus.«

»Ist sie wiedergekommen?«

»Ja.«

»Allein?«

»Ich habe Arno nicht mehr gesehen.«

»Wie lange war sie weg?«

»Ich schätze, zwanzig Minuten.« Sehr wenig Zeit, um jemanden umzubringen, ihm die Hände abzutrennen und in vorzeigbarem Zustand wieder in der Öffentlichkeit zu erscheinen.

»Ist dir etwas aufgefallen an ihr?«

»Ich glaube, sie hatte geweint. Aber sie sah wütend aus.«

»Hatte sie Verletzungen?«

»Keine, die mir ins Auge gesprungen wären. Aber sie rieb ihren Arm und fasste sich mehrmals an die Seite. Getanzt hat sie auch nicht, solange ich da war. Ich bin vor ihr weg.«

»Hast du noch einmal mit ihr gesprochen?«

»Nein. Sie machte nicht den Eindruck, als ob sie Lust auf eine Unterhaltung hätte. Außerdem hab ich Claudia getroffen.«

Ich merkte, wie es mir einen Stich gab, und ärgerte mich zum zweiten Mal an diesem Tag über meine Gefühle Steffen gegenüber. Claudia war seine zurzeit beziehungslose Exfreundin. Und die ging mich nichts an. Ich hatte mich von ihm getrennt. Es gab Gründe dafür. Gute Gründe. Jetzt konnte er tun und lassen, was er wollte. Sich mit so vielen Frauen an einem Tag treffen, wie er kriegen konnte. »Danke für die Infos. Ich muss jetzt weiter«, sagte ich deshalb nur knapp und wollte erneut auflegen.

»Und noch was, Ina.«

»Ja?«

»Wir dürfen die Sache mit den Feuerstellen im Wald nicht aus den Augen verlieren. Ich schlage vor, wir treffen uns morgen und überlegen, wie wir weiter vorgehen.«

»Ja. Machen wir.«

Er ließ nicht locker. »Wann?« Ich seufzte.

»Um neun direkt. Ich melde mich, sollte etwas dazwischenkommen.« Ich legte auf und versuchte, mich auf meinen Job zu konzentrieren. Es gelang mir nicht. »Ach Scheiße«, murmelte ich und wählte meine eigene Nummer. Ich hoffte, Henrike an den Apparat zu bekommen, wurde aber vom Anspringen des Anrufbeantworters enttäuscht. Keine Henrike. Ich merkte, wie sich Wut in mir ausbreitete. Das ging so nicht. Selbst wenn ich von meinem Ärger den Anteil abzog, den Steffen in mir verursacht hatte, blieb für Henrikes Verhalten noch genügend übrig.

Die Armbanduhr meines Großvaters, die ich aus Sentimentalität noch immer nicht hatte reparieren lassen und die deswegen im Laufe eines Tages eine Menge Zeit verlor, verkündete Mittag. Zeit genug, um in meiner Pause persönlich zu Hause nach dem Rechten zu sehen.

Henrikes Tasche lag auf dem Boden, unachtsam in eine Ecke geknallt, die Jacke daneben. Sie war also hier gewesen. Ein Blick auf den Stundenplan, den sie mit einem Magnet am Kühlschrank befestigt hatte, bestätigte das. Heute war ein Kurztag, an dem sie schon früh freihatte. Fluchend räumte ich die Kakaodose in den Schrank und das dreckige Geschirr in die Spülmaschine. Die Türen des Gläserschranks standen weit offen, der Tetrapak mit Saft auf dem Tisch. Selbstverständlich ohne Verschluss. Ich kroch zwischen den Stühlen herum und sammelte den Deckel auf. Ich hoffte, das benutzte Glas irgendwo in der Wohnung zu finden, bevor eine dicke Schicht Schimmel sich darauf ausbreiten konnte. Nur der kriegsähnliche Zustand in Henrikes Zimmer hielt mich davon ab, genau nachzusehen. Ich bückte mich, hob ein einzelnes T-Shirt auf und warf es in den Wäschekorb im Badezimmer. Hatte Hermann wirklich recht, wenn er behauptete, auch ich sei so ein Chaot vor dem Herrn gewesen? Ich konnte mich nicht daran erinnern, in meinem Zimmer jemals solche Haufen mit dreckigen Klamotten gehabt zu haben. Oder hatte meine Mutter, und nach ihrem Tod Hermann, immer wieder aufgeräumt, und ich hatte es als selbstverständlich angesehen, dass Dinge wie durch Zauberhand gewaschen und gebügelt wieder in meinen Schränken landeten? Wenn ich in Henrikes Zimmer schaute, musste es so gewesen sein. Ich war allerdings nicht bereit, das für sie zu tun. Ich war mir außerdem sicher, dass ich nicht in Andreas Sinn handeln würde, wenn ich ihrer Tochter den entzückenden Popo hinterhertrug. Henrike war alt genug, um diese Verantwortung für sich selbst zu übernehmen. Ich schrieb ihr einen Zettel, dass sie sich, sobald sie wieder zu Hause war, bei mir melden sollte, und ließ das Chaos hinter mir.

»Was meinst du, Ina? Teneriffa oder Lanzarote?« Hermann hielt mir einen Urlaubsprospekt unter die Nase und sah mich erwartungsvoll an. Blauer Himmel und Palmen.

»Es soll dort noch so schön warm sein um diese Jahreszeit«, ergänzte Amalie, zog einen weiteren Katalog aus ihrer Handtasche und blätterte ihn durch. »Die Frau im Reisebüro meinte, für unser Alter wäre die Wärme genau das Richtige.«

»Hallo, Pap«, begrüßte ich meinen Vater und beugte mich zu ihm hinunter, um ihm einen Kuss auf die Wange zu geben. Amalie reichte ich über den Tisch hinweg die Hand und lächelte sie freundlich an. »Was heckt ihr beide schon wieder aus?«

»Wir fahren in Urlaub.« Zwei Augenpaare strahlten mich an. »Hubert hier hat uns auf die Idee gebracht. Er war schon dort, und es hat ihm sehr gut gefallen.«

»Wann?« Ich reichte dem Dritten im Bunde die Hand. Hubert erhob sich andeutungsweise, um mich zu begrüßen, und streckte mir seine Rechte entgegen, an der die beiden mittleren Finger fehlten. Früher hatte er als Schreiner gearbeitet, und ich konnte mir vorstellen, wie sie ihm abhandengekommen waren.

»So schnell wie möglich. Vielleicht schon nächste Woche, wenn das mit dem Flieger klappt. Aber«, Hermann legte den Prospekt zur Seite, »das können wir später besprechen. Was ist mit deinem neuen Mordfall? Bist du schon weitergekommen?«

»Es ist nicht ›mein‹ Mordfall, Pap. Die Bonner Mordkommission ist angerückt und hat übernommen.«

»Sauerbier?« Hermann schnaubte.

»Und Judith«, ergänzte ich. »Sie ist für den ersten Mord zuständig.«

»Das heißt, es gibt noch einen Toten?«, mischte sich Amalie ein und rückte auf ihrem Stuhl ein wenig nach vorne. »Wer ist es?«

Ich nickte und griff nach einem Katalog, auf dessen Deckblatt ein Liegestuhl auf blendend weißem Sand vor türkisfarbenem Meer lockte. »Ihr wisst genau, dass ich euch nichts darüber sagen darf«, sagte ich. »Aber vielleicht könnt ihr mir trotzdem helfen.« Ich wandte mich an meinen Vater. »Du kennst doch noch das alte Anwesen in Mauel.« Hermann nickte. »Das, was sie abgerissen haben.«

»Die erste Leiche ist nicht erst seit gestern tot, so viel ist klar. Und wie sich die Situation darstellt, hat sie vermutlich schon Jahre dort in dem Keller gelegen.« Ich dachte an die Baggerführerin, die die Leiche gefunden hatte, und an den Zettel auf meinem Schreibtisch. War sie tatsächlich die Frau, der Steffen gestern in der Diskothek begegnet war und die was auch immer mit Arno Kobler zu schaffen hatte? Ich musste mit ihr sprechen.

»Das heißt, du brauchst jetzt jemanden, der sich mit der Geschichte des Ortes auskennt und der dir mehr Details über das Haus erzählen kann«, unterbrach Hermann meine Gedanken. »Kennst du jemanden?«

»Vielleicht. Lass mir ein wenig Zeit. Ich sag dir Bescheid, sobald ich was weiß.«

***

Sie hockte am Ufer der Urft und stellte sich vor, wie es wäre, zu ertrinken. Wie das Wasser ihren Mund füllte und ihr den Atem abschnitt. Wie sie das Bewusstsein verlieren und ins Vergessen sinken könnte. Die glitzernden Spitzen der Wellen würden ihren Geist und ihre Erinnerung mit sich nehmen und ihr Körper auf den Grund sacken. Es ist einfach und schwer zu gleichen Teilen, dachte sie und fragte sich gleichzeitig, ob ihr Körper um das Leben kämpfen würde, das ihre Seele nicht mehr haben wollte.

Die Träume waren zurückgekommen. Schleichend. Aus dem Hinterhalt. Als sie nicht mehr damit gerechnet hatte, hatten sie sie geweckt und doch nicht wach werden lassen. Sie war gefangen in ihrem Schweiß, voller Angst und Panik, es geschähe wieder und wieder und wieder. Er hatte sie gestreichelt. Danach. Als ob sie Vertraute wären. Wie zum Dank. Sie spürte noch immer seine Fingerspitzen auf der nackten Haut ihres Bauches. An der Rechten hatten der Mittel- und der Ringfinger gefehlt. Breite Stümpfe, die Enden zusammengeschnürt, knapp über dem Gelenk. Sie hatten sich bewegt, diese Stümpfe, und sie mit ihren Narben berührt. Schlechte Hände.

Die Feuchtigkeit aus dem Gras, auf dem sie saß, zog durch den Stoff ihrer Jeans, aber sie spürte sie nicht. Jemand, der mich aushält, dachte sie, der mich ganz fest hält. Der bei mir bleibt. So jemand könnte die Träume vertreiben. Als er in die Diskothek gekommen war, hatte sie geglaubt, ihn gefunden zu haben, den einen. War bereit gewesen, alles zu tun, damit er bei ihr blieb. Aber er hatte ihr Schmerzen zugefügt, sie geschlagen. Mit seinen Händen. Schlechte Hände. Sie stand auf, wischte sich das Gras von der Hose und wollte zum Weg zurückgehen, als sie auf dem glatten Untergrund ausrutschte und auf den Rücken fiel. Ein stechender Schmerz auf Höhe der unteren Rippen raubte ihr den Atem. Sie schnappte nach Luft.

»Kann ich Ihnen helfen?« Ein junges Mädchen beugte sich über sie. »Haben Sie sich verletzt?« Bianca schüttelte den Kopf.

»Danke. Ich brauche keine Hilfe.« Sie versuchte sich aufzurichten, aber der Schmerz zuckte durch ihre Seite, und sie schrie auf.

»Sind Sie sicher? Soll ich nicht lieber einen Krankenwagen anrufen?« Das Mädchen kramte in ihrer Tasche und hielt ihr Handy mit einem fragenden Blick in ihre Richtung.

»Ich glaube nicht, dass was gebrochen ist«, murmelte sie und hob die Hand. Möglicherweise wurde es ja besser.

»Ich warte mit Ihnen, bis es wieder geht«, sagte das Mädchen und steckte das Telefon wieder in die Tasche. »Es sah übel aus, wie Sie gefallen sind.«

»Das ist nett von dir.«

Sie schwiegen.

»Wie heißen Sie?«, unterbrach das Mädchen schließlich die Stille.

Sie räusperte sich. »Bianca.«

»Henrike.« Sie hockte sich neben Bianca, umschlang ihre Beine mit beiden Armen und schaukelte behutsam vor und zurück. Bianca betrachtete sie. Schwarze, enge Hosen, ein weites Sweatshirt mit einem Aufdruck vorne, von dem Bianca nur die weißen Ränder erkennen konnte, eine Masse dunkler Haare wie ein Vorhang vor einer Hälfte des Gesichtes, dazwischen baumelten lange, filigrane Metallohrringe. Die Verletzlichkeit in den Zügen des Mädchens erinnerte Bianca an ihre eigene. Hier war eine, die so war wie sie.

»Was machst du hier?«

»Ich habe eine Freundin besucht.« Ihre Miene verdüsterte sich, und sie drehte sich zu der Straße um, als ob sie einen Verfolger erwarten würde.

»Es ist nett von dir, dass du bei mir bleibst.«

»Bis es Ihnen besser geht.« Sie musterte sie. »Sie sollten nicht so lange auf dem nassen Boden liegen.«

»Ja.« Bianca winkelte den rechten Ellbogen an und stützte sich unsicher darauf. Der Schmerz in ihrer linken Seite kam wieder, hatte aber die Schärfe verloren, war auszuhalten. »Habt ihr Hausaufgaben gemacht?«, fragte sie, um das Gespräch nicht abreißen zu lassen. Stille konnte sie jetzt nicht ertragen.

»Nein. Wir haben geredet.« Henrike veränderte ihre Position, stand auf und streckte die Beine.

»Über was?« Small Talk funktionierte anders.

»Geht es Ihnen besser?« Henrike schaute wieder über die Schulter nach hinten.

»Es geht. Wie heißt deine Freundin?«

»Warum wollen Sie das eigentlich alles wissen? Sie kennen mich doch gar nicht«, brauste Henrike auf und trat einen Schritt zurück.

»Entschuldigung. Es lenkt mich ab. Von den Schmerzen.«

»Schon gut.« Es klang versöhnlich. »Sie heißt Luisa.«

»Ein schöner Name.« Bianca zögerte, bevor sie weitersprach. Hatte Arno gestern nicht von einer Luisa gesprochen? Sie setzte sich auf, zog die Knie an und wollte aufstehen. Henrike packte zu und stützte sie, bis sie sich aufgerichtet hatte. »Wie ist ihr Nachname?«

»Das geht Sie gar nichts an.« Henrike ließ Biancas Arm los, fasste sie aber, als Bianca schwankte, sofort wieder unter und vermied gleichzeitig jeden weiteren Körperkontakt.

»Ein Freund von mir hatte eine Tochter, die so hieß.«

»Hatte?«

»Er ist vor Kurzem gestorben.«

»Sie kannten Luisas Vater?«

»Wenn wir die gleiche meinen.«

»Kobler. Luisa Kobler. Und ihr Vater ist ... war Arno Kobler.«
Bianca nickte. »Du hast sie getröstet?«

»Ja. Aber es war seltsam. Luisa war seltsam. Ich meine, ihr Vater
ist gestorben, und sie hat nicht geweint.«

»Manchmal ist das so.«

»Sie hat gar nichts gesagt. Nur auf dieses dämliche zerfetzte Poster gestarrt, als ob es nichts Grauenhafteres gäbe«, sprudelte es aus
Henrike heraus. »Sie ist sonst auch still, aber nicht so. Als ob sie
eingefroren wäre.«

»Hat sie dir irgendwas über ihren Vater erzählt?«

»Nein. Wieso?« Henrike schaute sie an. »Woher kennen Sie Luisas Vater überhaupt? Von der Arbeit?«

Bianca richtete sich auf. »Kannst du mich ein Stück begleiten?
Es ist nicht weit.«

NEUN

Paul schwitzt. Sie haben eine neue Aufgabe, arbeiten seit Tagen daran. Er will es gut machen. Will ein Lob des Meisters bekommen. Das ist schwierig. Mit großer Vorsicht treibt er das Werkzeug ins Holz, es darf nicht abbrechen, jetzt, wo er es beinahe vollendet hat. Er beugt sich so nah darüber, dass er jede einzelne Faser des Holzes erkennen kann, und der Geruch nach Wald, der ständig die ganze Halle ausfüllt, steigt ihm noch stärker in die Nase. Er drückt und schiebt, nimmt schließlich einen kleinen Hammer zur Hilfe.

»Nein!« Erschrocken lässt er sein Stemmeisen fallen. Es poltert über den Boden. Er blinzelt. Er ist mit der Hand ausgerutscht, aber es ist gut gegangen. Kein Schaden. Er atmet auf. In ein paar Sekunden kommen sie und kontrollieren die Arbeiten.

»Was?«, flüstert Ludwig und schaut ihn an.

»Alles gut.« Er lächelt. »Wir kriegen die Wurst bestimmt.«

Ludwig grinst zurück und fährt sich mit der Zunge über die Lippen. Die Wurststücke, die die Meister nicht so großzügig verteilen wie ihre Schläge mit den Anreißbrettchen auf Hände, Nacken und Oberschenkel der Schlechten, bekommen nur die Besten. Solche wie Paul. Und er teilt sie mit Ludwig, der immer Hunger hat.

»Sie kommen.« Ludwig geht drei Schritte nach links, an Paul vorbei und steht wie ein Soldat neben der Werkbank. So ist die Regel.

»Weber? Ehrenscheid?«

»Ja.« Sie schauen starr geradeaus. Löhbach geht um sie herum, betrachtet die Werkstücke, die nebeneinanderliegen, als es zu seinen Füßen metallisch klirrt. Er kratzt sich bedächtig am Kinn und sieht auf den Boden.

»Aufheben«, bellt er knapp und zeigt auf das Stemmeisen, das halb unter den Tisch gerollt ist. »Was ist das?«

Paul will sich bücken, aber Ludwig ist schneller. »Verzeihung.«

»Sorgfalt im Umgang mit dem Werkzeug ist oberste Pflicht, Ehrenscheid. Zehn Schläge mit der Rute am Samstag.«

»Ich ...«, entfährt es Paul, aber Löhbachs erhobene Hand stoppt ihn.

»Still.« Der Meister beugt sich wieder über die Werkstücke, betrach-

tet, dreht und wendet sie, rüttelt und bewegt die Zapfen hin und her, von denen einer glatt und ohne Widerstand durch das Loch passt, während der andere ruckelt und stockt. »Wessen Werkstück ist das?«, fragt er und hebt das gute hoch; mit der anderen Hand schiebt er das in Ungnade gefallene achtlos zur Seite. Erwartungsvoll schaut er Paul an, der einer seiner Musterzöglinge ist.

»Es gehört Ludwig.« Paul hält dem Blick stand, in dem sich nacheinander Verblüffung, Misstrauen und Zorn widerspiegeln. »Es ist Ludwigs Werkstück«, bekräftigt er.

»Ehrenscheid?« Löhbach dreht sich zu Ludwig um. Die Blicke der Jungen begegnen sich. Wenn sie jetzt zugeben, dass Paul lügt, wird die Strafe umso schlimmer werden.

»Ja«, krächzt Ludwig, »es ist meines.«

»Gut.« Löhbach wippt auf den Zehen auf und ab. »Du scheinst ja außer großen Worten doch noch etwas zu können.« Er strafft seine Schultern und wendet sich an den älteren Jungen, der ihn begleitet und die Ergebnisse der Begutachtung genau wie die erteilten Tadel und Strafen in eine Kladde einträgt. »Nur fünf Schläge. Wegen guter Arbeit.«

»Warum hast du das getan?«, will Ludwig wissen, als sie aus der Halle über den Hof hinunter in die Waschsäle gehen, um sich vor dem Abendbrot zu waschen.

»Du hast mir die Schläge erspart.«

Ludwig lacht. »Die Schläge bekomme ich doch sowieso früher oder später, aber du … Du hättest die Wurst bekommen.«

»Und dir etwas abgegeben, glaubst du?«

»Sicher.« Ludwig stößt Paul mit dem Ellbogen in die Seite und läuft los. »Du bist doch mein Freund.«

Paul muss grinsen. »Dein Freund«, flüstert Paul. Er folgt ihm langsam, damit er Zeit hat, darüber nachzudenken, und holt ihn erst auf der Treppe zum Schlafsaal ein.

★★★

Der Schmerz breitete sich, von einer Stelle hinter ihrem Ohr ausgehend, über die rechte Hälfte ihres Hinterkopfes aus. Es dauerte einen Moment, bis sie sich daran erinnerte, dass sie diesen Schmerz kannte. Vielleicht schaffte sie es diesmal früh genug, ihm auszuweichen. Judith schickte die Anfrage zu vermisst gemeldeten Jungen im Raum Euskirchen und Schleiden an das Polizeiarchiv mit einem Mausklick ab. Wenn sie Glück hatte, fand sie vielleicht hier einen Anhaltspunkt. Die Daten reichten bis ins Jahr 1950 zurück. Dann schob sie die Tastatur von sich weg, goss sich ein Glas Wasser ein und suchte nach einer Tablette. Eine Stunde Schreibarbeit lag hinter und ein Stapel ausgedruckter Blätter vor ihr. Wie selbstverständlich hatte Sauerbier ihr die Aufgabe zugeschoben, den Tatortbefundbericht zu erstellen, und so hatte sie, unter Zuhilfenahme von Inas Angaben und ihren eigenen Informationen über das Opfer und die Zeugen, und mit den bereits vorliegenden Erkenntnissen des Notarztes ein Grundgerüst geschaffen, das sie nach und nach füllen würde, sobald die Techniker ihre Arbeit beendet hatten. Die routinemäßigen Abläufe hatte sie in der Ausbildung zur Genüge eingepaukt bekommen. So lange, bis sie die Unterpunkte im Schlaf aufsagen konnte. Ihre Schlussfolgerungen, die alle subjektiven und objektiven Befunde einschließen sollten, standen auf einem Extrablatt. Von diesem elenden Schreibkram hatte nichts in den Detektivgeschichten gestanden, die sie früher verschlungen hatte. Ob es eine geheime Stelle gab, die solche Informationen bewusst zurückhielt, um die Jugend des Landes nicht davon abzubringen, den Polizeiberuf zu ergreifen? Oder den unzähligen Krimilesern nicht die Illusion des abenteuergestählten Kommissars zu nehmen? Trotz ihrer Kopfschmerzen musste sie grinsen bei der Vorstellung, in einem Fernsehkrimi auch nur zehn Minuten lang den wahren Hauptteil ihrer Arbeit vorgeführt zu bekommen. Ein todsicheres Einschaltquotengift. Sie reckte sich und schielte zu Sauerbier hinüber, der seit ihrem Streit vor über einer Stunde nur auf dienstliche Ansprache reagierte.

»Ich fahre jetzt noch mal zur Stadtverwaltung. Vielleicht hat er die Akten ja noch nicht wieder weggeräumt«, sagte sie und stand auf. Ihre klare Positionierung in Bezug auf Ina passte Sauerbier ganz und gar nicht, das war ihr klar. Sie hatte einen neuen Anlauf unternommen, mit ihm über die Verdachtsmomente gegen Michaela Rüttner gesprochen, nachdem Ina gegangen war, ohne sich jedoch für ihren Ausbruch zu entschuldigen, wie er es anscheinend erwartete. Sauerbier hatte mit stoischer Miene zugehört und sich Notizen gemacht, hin und wieder eine Frage gestellt und an seinem Schnäuzer gezwirbelt. Jetzt blätterte er in seiner Akte, notierte mit Kugelschreiber Stichworte auf einem Blatt und sah nur kurz auf.

»Tu das.«

Judith wollte etwas erwidern, aber ein Blick auf seine Miene ließ sie zurückschrecken. Sie mussten zusammenarbeiten, ob sie wollten oder nicht. Die Frage war in diesem Fall nur, wer den ersten Schritt zu einer Versöhnung machen würde. Schwach erinnerte sie sich an eine Vorlesung in der Uni zum Thema Teamfindung. Die zweite der vier Phasen, die ein neu zusammengestelltes Team durchlief, nachdem es sich kennengelernt hatte, war, die Rollen zu verteilen und die Reviere abzustecken. »Nahkampf-Phase« hatte die Dozentin das Ganze mit einem Augenzwinkern genannt, und jetzt verstand sie, was damit gemeint war. Platzhirsch und Küken. Kopfschmerzphase.

»Bei beiden Leichen wurden die Hände knapp über den Gelenken abgetrennt«, sprach sie ihre Gedanken laut aus und gab sich und Sauerbier damit die Chance, einen Anknüpfungspunkt zur Kooperation zu finden. »Das Wie könnte uns vielleicht Klarheit darüber verschaffen, ob es zwischen den Fällen einen konkreten Zusammenhang gibt oder nicht.« Sie hob ihren Rucksack hoch, griff nach der Jacke und sah Sauerbier gespannt an. Der richtete sich auf und legte den Stift weg, schwieg aber weiterhin. »Die Schnittstellen«, fuhr sie schnell fort, »sind an beiden Armen jeweils symmetrisch. Sie haben glatte Ränder. Das Abtrennen wurde demnach mit einem Messer oder einer Säge durchgeführt. Was auf eine defensive Leichenzerstückelung hinweist. Das heißt, es kann sein, dass der Mörder auf diese Weise die Identität des Opfers vertuschen wollte.«

»Was aber im Fall von Arno Kobler keinen Sinn macht, sonst hätte man auch seinen Kopf abtrennen müssen. Jeder kennt ihn hier. Seine eigene Frau wurde zum Fundort gerufen«, stieg Sauerbier in ihre Überlegungen ein. »Natürlich war das nur ein Zufall«, ergänzte er, »aber es ist nicht so unwahrscheinlich, hier in wirklich jeder Situation einen Bekannten zu treffen.«

»Vielleicht sollte es den Abtransport des Toten erleichtern, und der Täter ist nur nicht fertig geworden?«

»Es war nur wenig Blut zu sehen. Das heißt entweder, dass der Fundort nicht der Tatort ist, oder dass Kobler zu dem Zeitpunkt, als ihm die Hände abgetrennt wurden, schon länger tot gewesen sein muss.«

»Leider lässt sich wohl nicht mehr feststellen, ob das irgendwie zum Tathergang bei der ersten Leiche passt. Wenn aber Parallelen möglich sind und wir ihre Bedeutung erkennen, wissen wir, wer es gewesen sein kann.«

»Verrenn dich nicht, Mädchen.« Sauerbier sah aus dem Fenster. »Vielleicht gibt es überhaupt keinen Zusammenhang. Wenn du krampfhaft danach suchst, bist du am Ende womöglich blind für die wirkliche Lösung. Dann würdest du keinem der beiden Toten gerecht werden.«

»Was meinst du also?«, fragte Judith und war froh, wieder auf einer Ebene angekommen zu sein, auf der eine Zusammenarbeit möglich war. Auch wenn er sie wieder Mädchen genannt hatte, wollte sie ihm jetzt nicht widersprechen. Wahrscheinlich war das seine Art des Friedenschließens.

»Ich meine nichts, ich warte. Auf die offiziellen Ergebnisse. Die Spusi ist durch alle Ecken gekrochen, die werden schon was finden. Jetzt ist die Baustelle erst mal wieder freigegeben. Der Rechtsmediziner meldet sich morgen mit weiteren Ergebnissen. So lange widme ich mich dem Papierkram.« Er schob demonstrativ die vor ihm liegenden Papiere hin und her.

»Ja. Danke.« Sie blieb, ihre Hand auf der Klinke, an der geöffneten Tür stehen. »Was ist jetzt mit Michaela Rüttner?«

»Bekommt eine Vorladung.«

»Glaubst du, sie hat Arno Kobler umgebracht?«

»Ich glaube auch nichts, ich sammele Fakten.«

»Auch über Sandra Kobler?«

»Selbstverständlich.«

Judith wartete einen Moment, ob er noch mehr sagen wollte. Das schien nicht der Fall zu sein, also nickte sie stumm und zog die Tür hinter sich zu.

Der freundliche Herr des Schleidener Bauamtes, der sie heute Morgen mit den Akten hatte versorgen wollen, war ausgeflogen, und sie ärgerte sich, dass sie vorher nicht kurz telefonisch nachgefragt hatte. Natürlich wusste niemand, wo er die Ordner hingeräumt oder ob er sie sogar schon wieder ins Archiv gebracht hatte. Auf die Wache zurückzufahren und sich Sauerbiers Launen auszusetzen, war keine Option. Für heute hatte sie genug Friedenspfeife geraucht. Sie ging zu ihrem Auto und stieg ein, ließ den Motor an und schaltete ihn wieder aus. Der Kopfschmerz hatte sich in ihrem Schädel festgebissen und ließ sie nicht los. Sie kramte in ihrem Rucksack nach einer weiteren Schmerztablette. Nachdenklich drückte sie an dem Blisterpack herum. Das letzte Mal hatte es sie während der Prüfungszeit so kalt erwischt. Und davor während der Phase in ihrem Studium, als sie sich nicht sicher war, überhaupt den richtigen Beruf gewählt zu haben. War es wieder so weit? Hatte sie sich wieder verrannt und gestand sich ihre Zweifel und Ängste nicht ein? Mit einer raschen Drehung startete sie den Motor zum zweiten Mal.

An der Ausfahrt zur Straße verharrte sie. Bog sie nach links ab, führte die Straße sie in den Ort, zu Sauerbier, den Ermittlungen und dem trotz allem noch schwelenden Streit. Nahm sie den Weg nach rechts, den Berg hinauf, wäre sie in weniger als einer Stunde zu Hause. Judith konnte sich nicht daran erinnern, seit dem ersten Tag ihrer Ausbildung jemals auch nur eine Stunde gefehlt zu haben. Nicht wegen Krankheit und schon gar nicht, weil sie keine Lust hatte. Sie blinzelte, sah auf die Uhr und setzte den Blinker. Es gab für alles ein erstes Mal.

Das Einkaufen machte ihr Spaß und ließ sie die Eifel, die Toten, Sauerbier und Ina vergessen. Es tat gut. Der Kopfschmerz rutschte in den Hintergrund, verlor an Schärfe, obwohl ein ständiges leises Pochen ihn nicht vergessen ließ. Judith roch an Tomaten, befühlte Gurken und suchte die Äpfel mit der schönsten Farbe heraus. Mit vollen Einkaufstüten verließ sie den Laden, als ihr Blick auf den Friseur fiel. Sie zögerte, stellte die Tüten ab und betrachtete ihr Spiegelbild im Schaufenster. Dann gab sie sich einen Ruck.

Als sie anderthalb Stunden später wieder an der gleichen Stelle stand, kannte sie die Frau, die ihr dort entgegenblickte, nicht, aber das, was sie sah, gefiel ihr. Sie hatte sich gewandelt. Kein braves Mädchen mehr. Die Last der langen blonden Haare Geschichte. Eine Strähne nach der anderen war auf den Boden geglitten und hatte bei ihr eine seltsame Mischung aus Bangen und Hoffnung hinterlassen. Am Ende hatte sie nichts als Erleichterung gefühlt.

»Oh, ab! Und rot!« Kai legte die Pinzette weg, stand von seinem Platz auf und gab ihr zur Begrüßung einen Kuss.

»Gefällt es dir?«

»Ist das wichtig?«

»Ja.«

Er packte sie vorsichtig an ihren Oberarmen, hielt sie ein Stück von sich weg und drehte sie hin und her, um sie von allen Seiten zu begutachten. Dann runzelte er die Stirn, beugte sich zu ihr und tat so, als ob er ein einzelnes Haar an eine andere Stelle legen würde. Mit der Linken umfasste er seinen rechten Ellenbogen, legte die rechte Hand mit ausgestrecktem Zeigefinger ans Kinn und knickte theatralisch in der Hüfte ein. »Perfekt.«

»Idiot.« Judith lachte.

»Nein, im Ernst. Der Zopf ...« Er suchte nach Worten. »Streng und kontrolliert. Ja, das trifft es.«

»Wirkte er so?«

»Du warst so. Manchmal. Aber du änderst dich. Das finde ich spannend.« Er umarmte sie. »Aber auch wenn du anders aussiehst, fühlst du dich noch an wie du.« Er vergrub seine Nase an ihrer Schulter. »Und du riechst noch wie du – wenn man von dem Haarspray mal absieht.«

»Ich habe heute Nachmittag blaugemacht«, sagte sie leise, horchte auf das, was das für sie bedeutete.

»Oh mein Gott! Wer bist du, und was hast du mit meiner Judith gemacht?«, deklamierte Kai theatralisch, aber sie zuckte nur mit den Schultern.

»Ich weiß nicht, ob ich es gut finde, aber es war alles so ... so ... so ...« Sie suchte nach einem passenden Wort.

»Popcornig?«

»Bitte?«, fragte sie irritiert.

»Popcornig«, bekräftigte Kai. »Es war popcornig. Viel, aufgeplustert, einiges süß, anderes salzig oder komplett geschmacklos. Außerdem beißt du früher oder später in dieser Riesentüte auf ein verdammt hartes Korn, bei dem du aufpassen musst, dir nicht die Zähne zu zerbröseln.« Er verschränkte die Arme vor der Brust.

»So?«

»Ja.« Sie nickte. »So. Popcornig.«

»Was war dein hartes Maiskorn heute?« Kai ging zum Sofa, ließ sich darauffallen und legte die Füße auf den Tisch, ohne dabei an die Einzelteile seines Schiffsmodells zu stoßen, die er zum Trocknen auf der Platte ausgebreitet hatte. Dann streckte er einladend den Arm aus. Judith blieb stehen.

»Ich bin mein härtestes Maiskorn.« Sie horchte in sich hinein. Der Schmerz war verschwunden.

★★★

Die Wohnung war still und leer. Hatte ich das nach der Trennung von meinem Mann vor einigen Jahren noch als puren Luxus empfunden, verursachte es mir mittlerweile Unbehagen. Ich ersparte es mir, nach Henrike zu rufen. Sie war nicht da. Alles war so, wie ich es vor einigen Stunden verlassen hatte. Ich ging in die Küche, kochte mir einen Tee und ließ mich aufs Sofa fallen. Die ganze Sache nagte an mir. Nur drei Minuten die Augen schließen und die Gedanken schweifen lassen. Fakten sortieren. Eindrücke verarbeiten und auf mich wirken lassen. In diesem halb schlafenden Dämmerzustand hatte ich oft die besten Eingebungen, wie ich in einer Sache weiterkommen konnte.

Michaela Rüttner hatte zugegeben, mit Arno ein Verhältnis gehabt zu haben. Aber war das ein Motiv, um jemanden umzubringen? Bianca Friese verband vermutlich ebenfalls mehr als Freundschaft mit dem Toten. Aber warum sollte sie ihn umbringen? Reichten ein wenig Unfreundlichkeit und ruppiges Benehmen schon aus? Oder war Arno Kobler weiter gegangen und hatte sie geschlagen? Sie hatte sich den Arm und die Seite gehalten. Was hatte er mit ihr gemacht? Vielleicht war sie eifersüchtig geworden. Auf wen? Wo neben der Ehefrau zwei weitere Frauen im Spiel waren, gab es vielleicht auch noch eine dritte. Und Sandra? Der Klassiker. Die betrogene Ehefrau. Auch wenn es wirklich zu einfach wäre und sie schon deshalb auf meiner Liste nicht ganz oben stand. Aber Sandra war Polizistin. Eine erfahrene Polizistin. Sie wusste, wie Polizisten ticken, wie Untersuchungen durchgeführt werden, wie die Abläufe sind. Praktizierte sie eine besonders perfide Taktik? Traute ich ihr das zu? Kannte ich sie denn gut genug, um eine Meinung haben zu können? Sicher nicht. Ich hatte mich auch nicht darum bemüht, sie näher kennenzulernen. Überhaupt, das wurde mir gerade klar, hatte ich viele Dinge in meinem Leben in der letzten Zeit einfach als gegeben angenommen. Schleifen lassen. Ohne mir Gedanken zu machen, ob sie mir gefielen oder nicht. Aufstehen, arbeiten, einkaufen, Haushalt. Ein bisschen Hermann, den ich dank Amalie mehr vermisste als er mich. Ein paar sporadische Treffen mit Thomas. Alltagsroutine nannte man das wohl. Mal abgesehen von Henrike.

Ich musste eingeschlafen sein, denn als ich erwachte, war es draußen stockdunkel. In der Wohnung brannte kein Licht. Ich sah auf die Uhr am Videorecorder. Noch zwei Stunden bis Mitternacht.

»Henrike?« Stille. Ich schoss vom Sofa hoch. Verdammt. Wo war das Mädchen? Ich griff zum Telefon.

»Hallo?«, hörte ich Henrikes Stimme fragen, als das Tuten endlich aufhörte.

»Henrike! Wo bist du denn? Warum hast du dich nicht ...« Gemeldet, wollte ich fragen, aber ihre Stimme unterbrach mich.

»Aha. Ja. Interessant.«

»Hör mal. Das ist nicht die Zeit für Witze, Henrike.« Ich wurde sauer.

Gelächter und Kichern kamen als Antwort, bevor sie weitersprach. »Du bist dir im Klaren darüber, dass ich dich voll veräppelt habe? Das ist meine Mailbox. Ich kann grad nicht. Wenn du willst, sag was nach dem Piep.«

Mist. Wütend unterbrach ich die Verbindung. Zu einer anderen Zeit hätte ich vielleicht über den Scherz lachen können. Jetzt nicht. Was sollte ich denn nun tun? Überhaupt irgendetwas? Oder machte ich mich und sie lächerlich, wenn ich sie suchte? Nein. Und wenn doch, war es mir egal. Wo war die Liste mit den Nummern ihrer Klassenkameraden?

Ich schaltete die Deckenleuchte in ihrem Zimmer an, sah mich um und verfluchte meine eigene Schlampigkeit, die mich trotz fester Vorsätze immer noch nicht die Kopie der Liste mit den Adressen ihrer Klassenkameraden hatte anfertigen lassen. Der Gedanke an die Verletzung ihrer Privatsphäre, die ich seit dem ersten Tag unseres Zusammenlebens respektiert hatte, schreckte mich. Aber anders ging es nicht. Eine Notiz oder ein anderer Hinweis darauf, wo sie sein könnte, würde ausreichen. Oder die Namensliste. Zwischen den Bücherstapeln signalisierte die kleine grüne Lampe ihres Laptops Arbeitsbereitschaft. Ich klappte den Bildschirm hoch und drückte den Schalter. Der Computer erwachte, verlangte nach einem Passwort. Probeweise versuchte ich ihr Geburtsdatum vorwärts und rückwärts, dann das ihrer Mutter. Mit Namenskombinationen und ohne. Nach dem fünften Mal fragte mich der Rechner, ob ich mein Passwort vergessen hätte, und verweigerte die Zusammenarbeit. »Mist.«

Weiter im Text. In einem Notizbuch fand ich Zeichnungen von Fledermäusen. Aus der Nähe. Die Köpfe, im Ganzen, im Flug. Henrike schien sich für die Tiere zu begeistern, hatte die Zeichnungen sorgfältig beschriftet. Erstaunt bemerkte ich die liebevollen Details, den gekonnt geführten Strich. Sie hatte die Fledermäuse nicht nur in ihrem biologischen Zusammenhang gesehen. Jedes dieser Viecher, die mich vom weißen Untergrund aus anstarrten oder durch die Ecken des Heftes ihre Kreise zogen, hatte einen Charakter, eine Persönlichkeit. Henrikes großes Zeichentalent war unbestreitbar. Einige Seiten des Buches waren hastig herausgerissen worden, so als ob ihr die Ergebnisse nicht gut genug erschienen waren und deshalb eliminiert werden mussten.

Schulheftstapel, Buchregale, mehr und mehr arbeitete ich mich durch ihre Sachen. Alle losen Blätter, die ich fand, stapelte ich auf einer Seite des Schreibtischs, während ich fieberhaft nachdachte, wie ihre Freundinnen mit Nachnamen hießen, welche davon ihre beste Freundin war und wo sie wohnten. Halb elf. Es versetzte mir einen Stich, als mir klar wurde, wie wenig ich über Henrikes Leben wusste. Nicht weil sie es nicht mit mir teilen wollte, selbst das konnte ich nicht mit Bestimmtheit sagen, sondern weil ich mich nicht richtig darum bemüht hatte. Sie wohnte zwar bei mir, wir aßen zusammen, und ich kümmerte mich darum, dass sie anständige Kleidung trug oder das, was sie dafür hielt. Aber war ich für sie eine Vertrauensperson? Jemand, an den sie sich wenden konnte mit den Fragen, die eine Dreizehnjährige hatte? Oder war es vielmehr so, dass ich die Prioritäten, die ich in meinem Leben bisher gesetzt hatte, nicht an die neue Situation angepasst hatte? Nicht hatte anpassen wollen? Ich hatte nie Kinder gewollt. Nicht mit meinem Ehemann, nicht als Steffen ein Haus in Gemünd gekauft und es mir als Nest für eine mögliche Familie präsentiert hatte. Mein Beruf hatte immer an erster Stelle gestanden, und es fand sich nie der richtige Zeitpunkt. Als es zu spät war und meine sprichwörtliche biologische Uhr aufgehört hatte zu ticken, war ich erleichtert, keine Rechtfertigungen mehr vorbringen zu müssen, in welche Richtung auch immer, sogar mir selbst gegenüber. Meine Hätschel- und Hütebedürfnisse hatte ich an meinem Kater ausgetobt.

Aber Henrike war keine Katze, die geduldig zu Hause darauf wartete, bis ich vom Dienst zurückkam, müde und abgespannt, die sich mit ein paar Streicheleinheiten abspeisen ließ. Sie forderte meinen Einsatz. Nicht offensiv, sondern schlicht durch ihr Dasein. Das begriff ich erst langsam. Ebenso, dass sie keine zu klein geratene WG-Mitbewohnerin war, auch wenn sie gern so tat, als ob sie schon groß wäre. Sie war ein Kind. Für das ich Verantwortung übernommen hatte. Sie brauchte Liebe. Zuwendung. Reibungsfläche. Diese Aufgabe forderte von mir Erwachsensein, und ich versagte auf der ganzen Linie. Zeit mit ihr verbringen, zuhören, da sein. Das zählte. Nichts anderes. Wenn sie sich jetzt von mir distanzierte oder sogar weglief und verschwand, hatte ich das zu einem Großteil mir selbst zuzuschreiben.

Die Liste lag unter ihrer Schreibtischunterlage. Es dauerte weitere zwanzig Minuten, bis ich alle Nummern vergeblich durchtelefoniert und mir von denen, die ich erreichte, die Zusicherung, sich sofort zu melden, wenn Henrike von sich hören ließ, eingeholt hatte. Kurz überlegte ich, Hermann nach ihr zu fragen, verwarf den Gedanken aber schnell wieder. Wenn sie da wäre, hätte er mich informiert, damit ich mir keine Sorgen machte. Das Gleiche galt für Amalie. Und aufschrecken wollte ich die beiden nicht.

Unter einem Haufen Wäsche fand ich das zweite Mobilteil unseres Telefons, nach dem ich schon seit einigen Tagen gesucht hatte, und probierte die Wahlwiederholung, eine Gemünder Nummer, während der ganze Berg aus muffiger Kleidung ins Rutschen geriet und auf den Boden glitt.

»Kobler.« Sandra. Sie klang verschlafen. Heiser.

»Bitte entschuldige, dass ich bei euch anrufe, aber vielleicht kannst du mir helfen?«, stammelte ich in den Hörer. Auf meinen ersten Anruf beim Durchtelefonieren der Liste hatte sie nicht reagiert. »Ist Henrike bei euch?« Ich sammelte die Kleidungsstücke wieder auf. Aus einer Hosentasche fiel ein kleiner Zettel.

»Nein?«

Wieso klang das wie eine Frage?

»Sie ist nicht nach Hause gekommen. Ich mache mir große Sorgen.« Ich wendete das Papier. Eine Busfahrkarte des Aachener Verkehrsverbundes. Ziel Erkensruhr. Abgestempelt am letzten Wochenende. »Ist Luisa denn da?«

»Warte.« Ich hörte, wie sie den Hörer niederlegte. Schritte entfernten sich. Nach ein paar Sekunden kam sie wieder. »Luisa ist in ihrem Zimmer und schläft. Thomas hat ihr auch etwas gegeben, zur Beruhigung. Wir sind beide fertig mit den Nerven.«

»Ja. Es tut mir leid, Sandra. Sehr leid. Aber ich dachte, vielleicht hätte Luisa mir etwas sagen können.«

»Ich werde sie fragen, sobald sie wach ist.«

»Danke.« Ich wendete die Fahrkarte hin und her. »Sandra?«

»Ja?«

»Weißt du etwas davon, dass die Mädchen mit dem Bus nach Erkensruhr gefahren sind?«

»Luisa hat etwas von einem Schulausflug erzählt. Aber das ist schon länger her. Zum Fledermausstollen.«

»Nein, jetzt kürzlich.«

»Meinst du, Henrike könnte dort sein?«

»Ach nein. Was sollte sie da wollen?« Unschlüssig setzte ich mich auf Henrikes Bett.

»Vielleicht solltest du die Kollegen informieren, dass sie mal hinfahren und nachsehen?« Sandra klang nun wacher.

»Nein.« Ich stand auf. »Ich fahre selbst. Ich muss etwas tun. Wenn ich hier rumsitze, werde ich nur noch unruhiger.«

»Ich begleite dich.«

»Sandra, du hast …« Ich stockte.

»Gerade deinen Mann verloren, wolltest du sagen?«, fragte Sandra, und ich hörte, wie sie laut ausatmete. »Darf ich dir deswegen nicht helfen? Wenn ich mir damit selbst helfe?«

»Nein, ich, natürlich darfst du das. Ich dachte nur …« Schon heute Morgen hatte mich ihr distanziertes Verhalten in Bezug auf Arnos Tod irritiert, bis Thomas mir erklärt hatte, dass es eine mögliche Art war, auf das Geschehene zu reagieren. Sie würde Zeit brauchen.

»Komm mich einfach abholen, dann gehen wir nachsehen«, sagte sie brüsk und legte auf.

»Hier muss es irgendwo sein.« Ich hatte das Schild, das darauf hinwies, dass das Befahren des Nationalparks grundsätzlich nicht erlaubt ist, einfach ignoriert und rumpelte mit Sandras Wagen über den Feldweg. Meinen alten Käfer hatten wir bei ihr stehen lassen und lieber auf den Vierradantrieb ihres Autos vertraut. Es hatte angefangen zu regnen, die Scheibenwischer kämpften gegen die stärker werdenden Schauer an.

»Vielleicht hätten wir doch besser auf den Förster gewartet«, gestand ich mir ein, »er kennt sich hier sehr gut aus.«

»Weiß er, wo wir sind?«

»Ich habe ihn nicht erreicht. Sein Handy ist ausgeschaltet, zu Hause ging er nicht dran. Wer weiß, wo er …« Sich rumtreibt, hätte ich beinahe gesagt, konnte mich aber gerade noch bremsen. Für meine Querelen und persönlichen Eifersüchteleien war jetzt definitiv nicht der richtige Zeitpunkt, auch wenn mich die Sorge um Henrike zunehmend aggressiv machte und mir jedes Ventil recht gewesen wäre.« … ist«, beendete ich deswegen den Satz und konzentrierte mich wieder auf den Weg vor mir.

Durch das kleine Tal links neben dem Weg schlängelte sich der Engelsbach, während auf der rechten Seite Schieferfelswände steil emporragten. Vor Jahren war ich schon einmal hier gewandert. Damals war es Frühling gewesen und Tag. Das half mir jetzt nicht viel.

»Hast du ihm auf dem Anrufbeantworter eine Nachricht hinterlassen?«

»Nein.« Ich sah kurz zu ihr rüber. »Was würde das bringen? Bis er sie abhört, sind wir vielleicht längst wieder zurück.«

»Da! Halt an.« Sandra zeigte rechts aus dem Fenster. »Da ist er.«

Der Stolleneingang lag versteckt unter einem hervorspringenden Sturz aus Schieferplatten. Ich parkte den Wagen schräg auf dem Weg, damit das Scheinwerferlicht in den Stollen fiel, und stieg aus. Der Regen machte den mit Felsenstücken durchsetzten Boden glitschig, und ich hatte Mühe, nicht auszurutschen, während mein eigener Schatten mir die Sicht versperrte. Kleine Steinbröckchen rollten den Hang rechts neben dem Eingang hinunter.

»Hast du eine Taschenlampe im Wagen?« Ich drehte mich zu Sandra um.

»Schon dabei.« Sie hielt die Lampe in die Höhe, reichte sie mir und wies mit der anderen Hand ins Dunkel. »Los geht's.«

»Henrike?« Ich bückte mich und betrat in gebeugter Haltung den Stollen. Im Licht der Autoscheinwerfer und der Taschenlampe glitzerten die Wände des Eingangs. Wasser lief über den schwarzen Schiefer, rann in kleinen Bächen über den Boden und verschwand im hinteren Teil des Stollens. Nach zwei Schritten konnte ich mich wieder aufrichten.

»Henrike?«, versuchte ich es erneut. Alles blieb stumm. Der Lichtkegel hob Ausschnitte hervor, während ich die Taschenlampe langsam schwenkte und mich darum bemühte, alle Ecken des Stollens auszuleuchten. An einer Stelle zuckte ich zusammen, zögerte und schwenkte zurück auf den Platz, der als Letztes im Fokus gestanden hatte. Eine Lagerstelle. Unmengen kleiner Steine lagen an den Rand der Felswand geschoben zu Häufchen aufgetürmt. Ihre Anordnung war nicht zufällig. Dazu waren die Abstände zu regelmäßig und die Größen zu sehr aufeinander abgestimmt. Ob es eine symbolische Anordnung war oder ob einfach jemand mit dem Rücken an der Stollenwand gelehnt und gedankenverloren die Steine hin und her geschoben hatte, konnte ich nicht beurteilen. Neben den Steinen lagen helle Bällchen, und als ich näher ging, erkannte ich, dass es zerknülltes Papier war. Ich hob eines davon auf und strich es glatt. Eine Fledermaus starrte mich an. Gezeichnet im selben Stil wie ihre Artgenossen in Henrikes Heft. Sie war also hier gewesen.

»Henrike?« Der Ton prallte von den Wänden ab. Über meinem Kopf entstand Unruhe. Ich blickte hoch und ließ den Leuchtstrahl folgen. Dort hingen Henrikes Modelle in Gruppen kopfüber von der Decke.

»Weißt du, wie weit es da noch ins Innere geht?«, fragte ich, während ich mit ausgestrecktem Arm in eine dunkle Ecke zeigte, aus der nun Fledermäuse geflogen kamen, und drehte mich zu Sandra um. Sie riss den Arm hoch. Es knallte. Der Schiefer ächzte. Steine prasselten, Platten und größere Brocken stürzten von der Decke. Ich duckte mich. Hechtete nach vorn, weiter in das Innere des Stollens, bedeckte Gesicht und Kopf mit meinen Armen und versuchte, der Lawine aus Stein, Staub und aufgescheuchten Fledermäusen zu entkommen. Etwas traf mich am Kopf, aber da war kein Schmerz. Nur ein Surren in meinen Ohren.

ZEHN

Paul liegt mit offenen Augen auf seinem Bett, kämpft gegen die Müdigkeit an und darum, seine Aufgabe zu erfüllen. Er darf nicht einschlafen heute Nacht. Er ist die Wache. An jedem Abend wird ein anderer Junge mit dem Wachdienst betraut, muss den Schlaf der anderen beobachten, ohne dass sie es merken. Niemand darf wissen, wer den Dienst tut, damit jeder auf der Hut ist. Heute ist ein besonders wichtiger Abend, mit einer noch größeren Verantwortung als an den anderen, weil die Meister auf der Kirmesfeier sind und erst sehr spät heimkehren werden. Bis auf einige wenige ältere Jungen und die Frau des Direktors ist niemand im Haus. Nur die Vertrauenswürdigsten bekommen die Aufgabe übertragen, und Paul ist einer von ihnen.

Er liegt im Bett und lächelt. Wenn er die Augen schließt, steht das Bild der Mutter genauso blass vor ihm wie Emmas Gesicht, als ob sie beide tot wären. Die beiden kleinen Geschwister sind nur noch schemenhafte Umrisse, ohne Kontur. Er hat nichts mehr von ihnen gehört, weiß nicht einmal, ob der Brief, den er ihnen geschrieben hat, angekommen ist oder überhaupt abgeschickt wurde. Eine Antwort hat er nie erhalten. Es ist Sommer, und das Licht vor der kleinen Dachluke überzieht den Schlafsaal mit einem milchigen Grauschleier. Er starrt auf einen dunklen Fleck auf der grauen Wand. Hier hat er heute Morgen eine Mücke erschlagen, die ihm, vollgesogen mit seinem und dem Blut der anderen, nicht entkommen konnte. Er ist schnell. Nicht nur bei der Mückenjagd. Die Arbeit fällt ihm leicht. Er versteht, wie das Holz arbeitet und wie man es bearbeiten muss. Er kann sich vorstellen, irgendwann ein Zimmermann zu werden oder ein Schreiner. Auch wenn aus solchen wie ihm nur Gehilfen werden sollen, will er Geselle werden, vielleicht sogar ein Meister, wenn er genug Geld verdient und die Meisterschule bezahlen kann. Er sieht sich in einem Kittel die Reihen der Werkbänke entlanggehen, sieht andere Jungen, die zu ihm aufsehen und auf sein Nicken warten. Er könnte auch auf einer Baustelle arbeiten, auf dem Dach, und mit schweren Balken den First setzen. Oder Möbel bauen, nach seinen Ideen.

Ein Geräusch schreckt ihn aus seinen Träumen, er zuckt zusammen und reißt die Augen auf. Er schüttelt sich, dann setzt er sich auf und schaut sich um. Alles ist ruhig. Alle schlafen. Auf jedem Bett Decken und darunter die zusammengerollten Körper. Paul gähnt. Er darf sich nicht wieder hinlegen, sonst wird er sicher einschlafen. Er rutscht in seinem Bett nach hinten, bis er mit dem Rücken am niedrigen Kopfende anstößt. Unter der Dachschräge muss er den Kopf einziehen. Es ist unbequem, und der Druck der harten Wand hält ihn wach. Wieder hört er ein Geräusch. Es kommt nicht aus dem Schlafsaal. Er lauscht. Ein Knarren, Knacken. Die Treppe!

In einer fließenden Bewegung schlägt er die Decke zurück, schwingt die Beine aus dem Bett und steht auf. Er schwankt, als er leise zur Tür schleicht. Sie ist nur angelehnt, obwohl sie verschlossen sein müsste. Er dreht sich um, blinzelt, schaut jedes Bett genau an und kann kein leeres entdecken. Trotzdem, denkt er und öffnet die Tür. Im Flur ist es dunkler als im Schlafsaal, aber er will das Licht nicht anmachen. Er horcht noch einmal. Leises Atmen?

Durch die Schatten schleicht er nach unten, die erste Treppe hinunter bis zum Absatz. Dann die zweite.

»Mensch, Paul, du bist es.« Ludwig löst sich aus dem Dunkel einer Türnische, in der er sich versteckt hat. »Mann, hast du mir einen Schreck eingejagt.« Er flüstert, aber trotzdem ist ihm die Erleichterung anzumerken.

»Was tust du hier?«

»Sie kommen erst in ein paar Stunden zurück. Bis dahin bin ich über alle Berge.«

»Du willst weg?« Erst jetzt begreift Paul, dass Ludwig nicht sein Nachthemd, sondern Schuhe, Hose und Hemd trägt, die Kleidung, mit der sie sonntags den Gottesdienst besuchen.

»Ich kann dich nicht mitnehmen. Es wäre zu schwer, wenn wir zu zweit gehen.«

»Wohin?«

»Sei bitte nicht böse, dass ich dir nichts gesagt hab! Ich weiß, du bist mein Freund, aber ...«

»Das gibt Ärger.«

»Nein, nein. Sie sind noch auf der Kirmes. Sie werden es nicht merken. Die Wache in unserem Schlafsaal ist eingeschlafen, ich habe meine Decken so gerollt, dass es aussieht, als ob ich drinliege, und morgen früh

bin ich schon weit genug weg«, rasselt Ludwig atemlos herunter und packt Paul am Ärmel.

»Die Wache schläft nicht mehr.«

»Was?« Ludwig beugt sich über das Geländer, schaut nach oben und zieht sich wieder in die Schatten zurück. »So ein Mist. Schnell. Geh wieder rauf, damit er mich nicht entdeckt.« Er packt Paul an der Schulter, dreht ihn um und will ihn die Treppe hinaufschieben. »Los, mach schon.«

Paul rüttelt seinen Arm aus Ludwigs Griff. »Ich bin die Wache.«

»Mach keine Witze und geh ins Bett, Paul. Ich verspreche dir, ich melde mich, wenn ich angekommen bin. Ich schreibe dir.«

»Wenn heute Nacht nichts passiert und ich meine Aufgabe gut erledige, nehmen sie mich vielleicht als richtigen Lehrling.«

Ludwig beißt sich auf die Lippe, zieht seine Mütze, die er hinten in der Hosentasche zusammengerollt eingesteckt hatte, hervor und befingert sie. Langsam bewegt er sich auf den Treppenabsatz zu und sucht mit der Fußspitze die nächste Stufe auf dem Weg nach unten. Er schaut erst zu Boden, dann Paul offen ins Gesicht. »Ich halte es hier nicht mehr aus.«

»Ludwig!«, sagt Paul drohend und will ihn festhalten. »Ich werde dich nicht weglassen.«

»Lass mich los!« Ludwig schlägt nach Pauls Hand.

»Verdammt! Ich habe es fast geschafft und werde mir von dir nicht alles verderben lassen.«

Keiner von beiden achtet mehr darauf, leise zu sein. Für einen kurzen Moment stehen sie einander gegenüber, weichen keinen Millimeter, zwei Kampfhähne. Dann poltert Ludwig die Treppe hinunter und rennt durch den Flur zur Hintertür, er entriegelt sie und stürzt auf den Hof. Paul heftet sich an seine Fersen, nimmt zwei Stufen auf einmal, während er den weiten Stoff seines Nachthemdes hochrafft, um nicht zu stolpern. Er hört Ludwigs Schritte quer über den Platz, weiß, dass er zu der kleinen Tür im Zaun will, der das Grundstück zur Wiese am Bach abgrenzt. Steine bohren sich in seine nackten Füße. Er rennt schneller und schneller, bis ihn etwas am Kinn trifft, das ihn stoppt und zu Boden schickt.

Er schmeckt Blut. Auf den Lippen und in seinem Mund, der ganz trocken ist. Paul versucht zu schlucken und spürt es im ganzen Kopf. Dicht unter der Stirn, am Hinterkopf und an dem lockeren Zahn, der ihn seit

Tagen quält und der den kreisenden Bewegungen seiner Zunge folgt. Er schlägt die Augen auf. Über ihm die Dachschräge. Er blinzelt sich in die Wirklichkeit des Schlafsaals, fischt nach Erinnerungsfetzen, setzt sich, als er sie schließlich findet, suchend auf und schaut in Ludwigs grinsendes Gesicht.

»Ich konnte dich doch nicht so liegen lassen. Es fing an zu regnen.«

»Du wolltest doch …« Weiter kommt er nicht, denn der Erzieher betritt den Schlafsaal, schlägt eine Glocke und wartet im Türrahmen darauf, dass alle aufstehen und im Eilschritt die Waschräume aufsuchen.

»Es war sowieso eine blöde Idee«, nuschelt Ludwig durch die Borsten seiner Zahnbürste, während sie über die Wasserrinne gebeugt stehen. »Ich wäre sicher nicht weit gekommen. Die Genossen in Elberfeld werden noch eine Weile ohne mich auskommen müssen.«

»Gestern Abend hörte sich das aber ganz anders an.«

»Ach was.« Ludwig stößt Paul seinen Ellenbogen in die Seite und lächelt. Dann wird er ernst. »Einen Freund verrät man nicht. Nie.«

★★★

Der Garten hinter ihrem Haus lag im Dämmerlicht, das aus den Wohnungen unter und über ihr auf den Rasen fiel. Judith öffnete die Balkontür und sog die kalte Luft ein. Hier war es still, obwohl nur wenige hundert Meter entfernt die Reuterstraße, eine der Haupteinfahrtsrouten Bonns, verlief. An der linken Seite schraubte sich eine Tanne dicht am Haus empor. Rechts begrenzte eine lange Ziegelmauer das Grundstück, deren obere Kante nahtlos an den Boden von Judiths Balkon anschloss. Dazwischen lag kahle Wiese und am Ende ein Haufen Rasenschnitt, versteckt hinter einem Busch, dessen dürre, blattlose Äste den trostlosen Anblick auf das braune, faulende Grün nicht verdecken konnten. Es war der typische Mietshausgarten. Pflegeleicht, von den Bewohnern des Erdgeschosses in Ordnung gehalten, ohne sie zu überfordern. Einmal in der Woche den Rasen zu mähen, reichte vollkommen aus. Sie musste an die Lavendelbeete im Hinterhof ihrer Mutter denken, die abgezirkelten, geometrisch angelegten Wege, die sie jedes Mal an ein Kloster erinnerten, wenn sie ihre Eltern in der neuen Wohnung besuchte. Kieselsteine, Ziegelwege, Lavendel. Dazwischen blutrote Kletterrosen an alten Eisenobelisken. Dieser Garten war eines der Kriterien gewesen, die ihre Eltern dazu bewogen hatten, die Wohnung zu kaufen. Eine Miniaturausgabe ihres bisherigen Gartens. Das Haus, in dem sie ihre Kindheit verbracht hatte, war ihnen endgültig zu groß geworden, nachdem auch die beiden jüngeren Schwestern ausgezogen waren und sich in der Welt verteilt hatten, die eine war nach Amerika gegangen, wo sie mit Mann und Kind lebte, die andere in die Schweiz. Seitdem trafen sie sich nur selten. Weder untereinander noch bei den Eltern. Keine von ihnen fühlte sich wirklich wohl in der kühlen Atmosphäre dort, die die Strenge ihrer Eltern sich selbst und den Kindern gegenüber widerspiegelte, keine von ihnen fühlte sich mit den anderen verbunden. Ordnung und Disziplin, Pflichtbewusstsein und korrektes Verhalten waren die Grundpfeiler ihrer Erziehung. Für Phantasie war da nicht viel Platz gewesen.

Judith hüpfte, einem Impuls folgend, über die Schwelle wie ein Kind, das im Spiel einen kleinen Bach überquert, ging zum Geländer und beugte sich darüber. Es war nicht sehr hoch, aber hoch genug, dass sie sich verletzen würde, wenn sie fiel. Vorsichtig schob sie ein Bein hinüber, bis sie rittlings auf der Brüstung saß. Dann streckte sie die Zehen, suchte Halt und verlagerte ihr Gewicht, bis sie die Mauer unter den Füßen spürte. Es war leichter als erwartet.

»Was machst du da?«, fragte Kai von der Balkontür.

»Ich muss etwas ausprobieren«, erwiderte sie und streckte die Arme zu beiden Seiten aus. Suchte ihr Gleichgewicht, ohne sich nach ihm umzudrehen.

»Hast du keine Angst zu fallen?«

»Doch.« Sie hob einen Fuß und setzte ihn vor den anderen.

»Es ist tief.«

»Ja.«

»Wie weit willst du gehen?«

»Bis ich umkehren muss.« Sie machte einen Schritt. Dann noch einen. Und noch einen. Unter ihren Sohlen knirschte es. Je mehr sie sich vom Haus entfernte, umso schlechter konnte sie den Mauerrist erkennen. Sie tastete sich mit den Füßen vorwärts. Ging langsam weiter. Stetig. Mit jedem Aufsetzen und Abrollen sicherer. Am Ende der Mauer legte sie die Fingerspitzen an die Brandmauer des Nachbarhauses, das den Garten nach hinten hin abschloss, und drehte sich vorsichtig um. Kai lehnte in der offenen Balkontür, eine Hand in der Hosentasche versenkt, mit der anderen hielt er eine Zigarette. Er beobachtete sie und winkte ihr mit einer knappen Bewegung zu, als er sah, dass sie zu ihm hinüberschaute. In vielen Fenstern des Hauses brannte noch Licht, obwohl es beinahe Mitternacht war. Sie und ihre Nachbarn hatten alle keine Gardinen oder Rollos angebracht. Es konnte auch so niemand in ihre Wohnungen schauen, wenn er nicht, wie sie gerade, am äußersten Ende der Brandmauer stand. Das Ehepaar im zweiten Stock saß zusammen im Wohnzimmer und schaute aus müden Augen auf den laufenden Fernseher. Eines der drei Kinder lag neben der Frau auf dem Sofa, eingeschlafen und den Kopf auf den Schoß der Mutter gebettet. Sie streichelte geistesabwesend durch die Haare des Kindes. Judith lächelte. Die alleinstehende Frau in der Wohnung darüber musste ungefähr in Inas Alter sein. Sehr gepflegt und auf der Straße immer im Hosenanzug oder Businesskostüm. Judith war überrascht, sie in einem ausgeleierten Jogginganzug mit Chipstüte vor sich zu sehen, in die sie immer wieder blind griff, während sie die Seiten des vor ihr liegenden Buches umblätterte. Ganz unten saß ein Mann an einem Computerbildschirm und hämmerte auf seine Tastatur ein. Ab und an hielt er inne, notierte etwas auf einem Blatt, blätterte in einem der unzähligen Bücher, die um ihn herum auf dem Tisch verteilt lagen, und schrieb dann weiter. Er war Schriftsteller, Kriminalromane, hatte Kai ihr erzählt, der mit ihm ins Gespräch gekommen und auf ein Bier ins »Wespennest« an der Ecke gegangen war. Netter Typ, wie er lakonisch gemeint hatte.

Hatte sie hier, aufgeschlagen wie in einem Bilderbuch, die Perspektiven vor Augen, die ihre Zukunft ihr bot? Einen Spiegel dessen, wofür sie sich entscheiden konnte, irgendwann entscheiden musste? Oder ging es erst einmal darum, ihre eigenen Werte zu finden, ihre Gedanken zu filtern, zu bündeln, sich von Übernommenem freizuschwimmen und dann ihren persönlichen Weg einzuschlagen? Sie löste die Fingerspitzen von der Mauer und vertraute sich erneut dem schmalen Steg aus Ziegelsteinen an. Jetzt fiel mehr Licht auf das, was vor ihr lag. Als sie über die Brüstung zurück auf den Balkon kletterte, stand Kai in unveränderter Haltung in der Türöffnung. Seine Zigarette war nur noch ein kleiner, kalter Stumpen.

»Hast du dein Maiskorn gefunden?«

»Ja. Und ausgespuckt.« Judith lehnte im Hineingehen ihren Kopf an seine Schulter. »Es wird einem manches klarer, so mit ein bisschen Abstand.« Sie spürte, wie er nickte.

»Was willst du jetzt tun?« Er legte die Hand unter ihr Kinn, hob ihren Kopf und küsste sie.

»Mein Ziel verfolgen.«

»Und das wäre?«

»Meine Arbeit auf meine Art zu machen. Sie gut zu machen.«

»Ist das eine Frage oder eine Ansage?« Er ließ seine Hände unter ihr T-Shirt gleiten und streichelte ihre Rückenmuskeln von den Schulterblättern bis zur Taille hinunter.

»Ansage.« Sie entwand sich ihm und ging zum Schreibtisch. Ihr Laptop surrte leise, als sie ihn hochfuhr. »Ich habe keine Lust, mich von Sauerbier weiter vorführen zu lassen. Wenn er recht hat und es gibt keinen Zusammenhang, will ich auch diesen Umstand bewiesen sehen.« Sie gab die Worte »Gemünd« und »Abriss« in die Suchmaschine ein. Die erste Seite brachte keine Treffer, auf der zweiten stieß sie auf einen Artikel der lokalen Presse aus dem September 2010, der den Beschluss zum Abriss des Gebäudes zum Thema hatte.

»Das Gebäude hieß ›Anwesen‹«, sagte sie über die Schulter zu Kai, der sich wieder auf das Sofa hatte fallen lassen und ein Teil seines Modellbootes kritisch beäugte. »Hier steht, das Gelände soll der daneben liegenden Bierdeckeldruckerei zugeschlagen werden. Der Besitzer hat es gekauft.«

Kai legte das Bootsteil auf den Tisch zurück, stand auf und trat hinter sie. »Lass uns ins Bett gehen.« Er massierte ihre Schultern.

»Heissa – da wohnte aber eine Menge potenzieller Kundschaft im Laufe der Jahrzehnte.« Judith scrollte weiter nach unten. »Guck«, sie nahm eine seiner Hände und hielt sie auf ihrer Schulter fest, mit der anderen zeigte sie auf das Pressefoto, »so hat es ausgesehen.«

»Hmm. Schönes Haus.« Er fasste nach ihrer Hand und versuchte, sie vom Computer wegzuziehen.

»Sozialer Brennpunkt‹ schreiben sie hier.« Judith schüttelte den Kopf und beugte sich näher zum Bildschirm. »Heim für Asylbewerber‹, ›preiswerte städtische Wohnungen‹.« Sie griff zu Stift und Papier, machte sich Notizen.

»Judith?«

»Ja?« Sie schaute über die Schulter zu ihm hinüber. Er zog sich sein T-Shirt über den Kopf, schlug es aus und hängte es sorgfältig über die Sofalehne.

»Ich geh schlafen. Lass dich nicht weiter stören.« Er verharrte noch einen Moment, und sie wusste, dass er auf eine Reaktion von ihr wartete, die ihn von seinem Vorhaben abbringen könnte. Er war nicht mehr so dünn, wie zu dem Zeitpunkt, als sie sich kennengelernt hatten, aber trotzdem erschrak sie bei dem Anblick seiner Rippen, die sich unter der Haut abzeichneten. Hatte er heute außer dem Abendessen, für das sie eingekauft und gekocht hatte, überhaupt etwas gegessen? Vermutlich nicht. Judith legte den Stift zur Seite. Seine Gesundheit lag nicht in ihrer Verantwortung, dennoch konnte sie sich dem nicht entziehen. Sie hatte Angst um ihn. Und durfte sich selbst dabei nicht vergessen. Es stimmte nicht, was sie eben gesagt hatte. Sie hatte ihr Maiskorn nicht ausgespuckt. Vielleicht ging das auch gar nicht. Ausspucken. Vielleicht lag das Geheimnis darin, es so lange im Mund hin und her zu bewegen, bis man die Stelle fand, an der es aufzubrechen war.

★★★

Die Hände lagen vor ihr auf dem Tisch. Kräftige Finger mit schmalen, beinahe femininen Nägeln, unter denen nun Dreck hing. Eine Fliege landete auf dem linken Daumen, krabbelte über den Handrücken, verharrte und putzte ihre schillernden Flügel. Sie widerstand der Versuchung, sie zu verscheuchen, beobachtete und hielt aus. Sie wäre gerne aufgestanden und hätte eine Nagelfeile geholt, um den Schmutz unter jedem einzelnen Nagel hervorzuholen. Stattdessen drehte sie die Rechte um und strich behutsam über die Innenfläche. Folgte den Furchen. Lebenslinie. Kopflinie. Herzlinie. Wie war das noch? Sie versuchte sich zu erinnern. Ein langes Leben? Beruflicher Erfolg? Die große Liebe? Aus der Linken die Anlagen, aus der Rechten das, was man draus gemacht hatte. Die drei Einkerbungen unter dem kleinen Finger. Was bedeuteten sie noch einmal? Ehe? Kinder? Bianca lachte bitter auf. Budenzauber. Sie stand auf, lehnte sich mit dem Rücken an die Wand ihres Wohncontainers und betrachtete die Hände, die sie gestern geschlagen hatten, aus der Entfernung. Blut klebte an den Rändern. Fleischfasern. Knochen. Sie fasste sich an den Unterkiefer, öffnete und schloss ihren Mund. Es tat immer noch weh. Bei jeder Bewegung, wenn sie sprach oder die Stelle berührte. Der hintere Backenzahn wackelte, und sie würde zu einem Zahnarzt gehen müssen, wenn sie ihn nicht verlieren wollte. Aber der würde Fragen stellen. Nach dem Blau und Grün und Violett unter ihrer Haut. Und nach dem, der die Verantwortung dafür trug.

Sie hatte die Hände an sich genommen, am Rand der Grube gestanden und hinuntergeschaut, bis es hell wurde. Ohne Regung. Dann war sie in ihren Wohncontainer gekrochen wie in eine Höhle. Der Bauleiter war gekommen, hatte das Unübersehbare gesehen und gemeldet. Wieder waren sie wie Termiten über den Boden gekrochen. Weiße, blinde Gestalten, auf der Suche nach Spuren, die sie nur in die Irre führen würden.

Als die Kommissarin schließlich gekommen war und sie in ihrem Bagger entdeckt hatte, hatte sie endlich geweint.

★★★

Surren. Schwarze Dunkelheit. Kälte. Ich schlug die Augen auf, aber es blieb dunkel. Feuchter Staub auf meiner Zunge, auf meiner Haut. Ich lag auf dem Rücken. Der Boden unter mir war hart und kalt. Atmen, Finger bewegen, Hände, Arme. Etwas rollte von meiner Jacke zu Boden. Der Stollen. Ich war in dem Stollen. Vorsichtig hob ich den Kopf, drehte ihn von links nach rechts und wieder zurück. Eine Stelle hinter meinem Ohr schmerzte, und als ich hinlangte, fasste ich in feuchte, klebrige Haare. Blut, erkannte ich, als ich daran roch und leckte. Aber so wie es sich anfühlte, war es nur eine Platzwunde. Die Beine gehorchten. Alles dran. Nichts gebrochen. Vorsichtig schob ich die kleineren Brocken von meiner Hose, suchte festen Stand und stellte mich aufrecht hin. Bunte Punkte tanzten vor meinen Augen durch das Dunkel, und das Surren und Summen in meinen Ohren wurde stärker. Jetzt bloß nicht ohnmächtig werden. Ich streckte die Arme aus, tastete nach vorn, nach hinten, zur Seite. Nach oben. Schwankte. Nichts. Ich musste mich ungefähr in der Mitte des Stollens befinden.

»Sandra?« Ich hörte mich selbst wie unter einer Glocke. Leise. Weit entfernt. Als ob ich Watte in meine Ohren gestopft und eine dicke Mütze darübergezogen hätte. Mir wurde schwindelig, und ich musste mich setzen. Langsam atmen. Ein und aus. Meine Muskeln wieder spüren. Hoch auf die Knie. Atmen. Ich brauchte Licht. Musste sehen, was um mich herum geschehen war. Ich wusste nicht, wie lange ich bewusstlos dagelegen hatte. War es schon wieder Tag? Noch Nacht? Oder bereits die nächste Nacht? Mein Handy fiel mir ein. Dann wäre das Gerät zumindest für eine Sache gut. »Kein Netz.« Der Schriftzug in der linken oberen Ecke des Displays wunderte mich nicht. Meterdicker Schiefer über mir verhinderte den Empfang, der schon vor dem Stollen kaum vorhanden gewesen war. Darunter, in großen Zahlen, Uhrzeit und Datum. Drei Stunden und fünfzehn Minuten nach Mitternacht, der richtige Tag. Also hatte ich nicht allzu lange dagelegen. Diese Taschenlampenfunktion, die Henrike mir auf das Telefon gespielt hatte, hoffentlich funktionierte sie. Ich tippte mit dem Finger auf das kleine rechteckige Symbol und dann auf den Anschalter. Grelles, kaltes Licht flammte auf. Staub lag wie Nebel in der Luft. Die flirrenden Körner reflektierten den Lichtstrahl, blendeten mich und ließen die bunten Punkte wieder aufflackern. Ich blinzelte, kniff die Augen zusammen und versuchte, hinter dem Nebel etwas zu erkennen. »Sandra?«, rief ich erneut und hörte meine eigene Stimme nicht. Ich richtete die Lampe nach hinten. Im indirekten Dämmerschein ging es besser. Da, wo ich den Eingang des Stollens vermutete, lag ein großer Haufen heruntergebrochener Gesteinsstücke. Die Decke direkt darüber erschien mir deutlich höher als vorher, die Schieferstücke mussten von dort stammen.

Ich wandte mich um, wie es schien, zu hastig, denn der Schwindel kehrte zurück, erwischte mich mit voller Wucht und schickte mich erneut zu Boden. Das Handy fiel aus meiner Hand und schlidderte ins Dunkel. Das Licht flackerte noch einmal kurz auf und verlosch.

»Scheiße!« Ich kauerte mich zusammen, umschlang meine Knie und biss die Zähne zusammen. Ich durfte jetzt nicht schlappmachen. Ich musste erst das Handy, dann Sandra finden, und danach sollten wir zusehen, dass wir aus dem Stollen wieder rauskamen, bevor wir hier drin unterkühlten. »Sandra!« Wo hatte sie gestanden, vorher? Sie war hinter mir gewesen, ein paar Schritte nur. Was hatte sie kurz vorher gemacht? Die Arme hochgerissen. Um sich zu schützen? Wenn sie da schon die ersten fallenden Brocken gespürt hatte, was wäre die normale Reaktion? Flucht nach vorn? Dann musste sie irgendwo hier sein. Oder hatte sie sich umgedreht und versucht, aus dem Stollen zu entkommen? Wenn sie es geschafft hatte, wäre bald Hilfe zu erwarten. Und wenn nicht? Ich musste dieses verdammte Handy finden und wieder Licht bekommen. Auf allen vieren kroch ich vorwärts, tastete, fühlte über Steinspitzen und scharfe Kanten der Schieferabbrüche. Konzentrier dich, Ina! Weiter. Meine Handflächen brannten, und meine Knie bluteten, als ich schließlich das Handy fand. Das Display leuchtete auf. Ich weinte. Vor Freude. Vor Erleichterung und vor Erschöpfung. Rollte mich zusammen wie ein Kind. Mir fielen die Augen zu. Für einen kurzen Moment wollte ich der Versuchung nachgeben. Schlafen. Das äußere Dunkel gegen ein Inneres eintauschen. Vergessen. Aufwachen, und alles würde sich geregelt haben. Für mich und für Sandra. Sandra! Ich schreckte hoch. Ich musste sie finden. Das Handy zwischen den Zähnen, um die Hände frei zu haben, begann ich zu graben. Räumte Schieferplatten zur Seite, schob und zerrte, immer in der Angst, eine nächste Lawine auszulösen, die mich begraben würde – bis ich sie fand. Unter einer Platte. Das Gesicht bleich und blutig. Zerkratzt. Bis zum Hals verschüttet unter Steinen, die ich unmöglich allein würde wegräumen können. »Sandra!«, schrie ich und hörte mich doch nur flüstern.

Fieberhaft suchte ich nach ihrem Puls, hielt meine Hand unter ihre Nase, um einen Hauch Atem zu spüren. Nichts. Ich zitterte. Fror. Das Surren in meinen Ohren steigerte sich ins Unerträgliche, und um mich herum flimmerten bunte Punkte, engten mein Blickfeld ein. Schwärze, als ob ich durch einen immer schmaler werdenden Tunnel gleiten würde. Ich schnappte nach Luft, kämpfte gegen die Übelkeit und die Ohnmacht an. Da schlug sie die Augen auf.

ELF

Der Druck des Handgriffs treibt den Splitter weiter in die Haut unter seinem Fingernagel. Paul wird ihn entfernen müssen, bevor die Wunde sich entzündet. Schon gestern Abend im Schein der Lampe hat er es versucht, aber der kleine Holzspunt ist abgebrochen und nur noch tiefer unter seine Haut gerutscht. Jetzt bedeckt schwarzer Kohlenstaub seine Hände und macht es schwer, den Splitter zu sehen. Aber er spürt die Stiche und das Pochen mit jedem Schritt, den er den schweren Kohlenkarren hinter sich her, die lange Straße entlangzieht, während es langsam heller wird. Er ächzt. Seine Schultern schmerzen, ebenso seine Beine. Vor zwei Stunden ist er aufgestanden, mitten in der Nacht. Hat sich angezogen, sich aus dem Schlafsaal geschlichen, ohne die anderen zu wecken, und sich auf seinen Weg gemacht. Es ist eine Ehre. Es bedeutet, dass sie ihm vertrauen. Ihn allein aus dem Haus lassen können, ohne zu befürchten, dass er wegläuft. Er kommt seinem Ziel immer näher.

Trotz der Schmerzen und der Anstrengung lächelt er. Ein halbes Jahr ist er hier, in diesem Heim und in diesem Ort, Gemünd, von dem er außer der Kirche am Sonntag und der Wegstrecke dorthin noch nicht viel gesehen hat. Es wird Herbst, und jeden Mittwoch wird einer der Jungen zum Kohlenhändler neben dem Bahnhof geschickt. Der Karren muss vollgeladen sein, so viele Kohlen wie möglich in einer Fuhre. Er ist der Jüngste, dem sie es jemals erlaubt haben.

Er hat eine Menge gelernt in diesen Monaten, in der Werkstatt und auch in dem Saal, in dem jeden Samstag zuerst die Haare geschnitten und danach die Strafen verabreicht werden. »Jungfernkranz«, so nennen sie es, und alle müssen zusehen. Sie strafen für Faulheit, freche Worte und schlechte Arbeit oder das, was sie dafür halten. Er steht nicht auf ihrer Liste. Ludwig hat sich still verhalten, seit dem Tag seiner versuchten Flucht, auch wenn er mehr als einmal Schläge eingesammelt hat und Paul ihm nicht helfen konnte.

Er hat gelernt. Ideen für sich behalten, schweigend gearbeitet, auf das Urteil des Meisters gewartet. »Aus dir wird noch etwas.« Ein Nicken, eine Anerkennung, die Andeutung eines Lächelns. An Lichtmess gehen einige der älteren Gehilfen fort, in Stellung. Die Meister werden neue

Ältere brauchen, neue Lehrlinge. Er wird bald sechzehn. Er will einer von ihnen sein.

Der Splitter sticht wieder, bohrt sich tiefer. Er bleibt stehen, legt den Handgriff des Karrens auf den Boden und saugt am puckernden Nagel. Unter dem Schwarz blutet es. Er versucht, den Übeltäter mit den Zähnen zu erwischen, stößt, überrascht vom Schmerz, die Luft aus und wedelt mit den Fingern.

»Kann ich dir helfen?«

Paul schaut über die Schulter nach hinten und schüttelt stumm den Kopf. Frieda hat ihn auf ihrem Weg vom Dorf zu ihrer Arbeitsstelle eingeholt. Er darf nicht mit ihr sprechen. Er hat nicht vergessen, was passieren wird.

»Aber du blutest.« Frieda zeigt auf die roten Tropfen, die auf den Boden gefallen sind, und kommt näher, während sie die Hand ausstreckt, damit er ihr die Verletzung zeigt.

»Nur ein Splitter. Es ist nicht so schlimm.« Er reibt seine Hand an der Hosennaht, bückt sich und zieht den Karren wieder an. Frieda zuckt mit den Schultern, fasst ihr Schultertuch enger und geht mit schnellen Schritten weiter. Ihr Rock wippt, und die weiße Haube schwebt wie eine kleine Wolke über ihren Haaren.

»Verflixt«, flucht er leise, reibt und saugt, schmeckt Blut.

Frieda bleibt abermals stehen, dreht sich um. Sie stemmt die Hände in die Hüften und kehrt zu ihm zurück. »Das ist doch albern. Du bist ja wie mein kleiner Bruder. Jetzt lass mich sehen!« Zögernd reicht er ihr seine Hand, die Finger gespreizt.

»Da, am Zeigefinger.«

Frieda beugt sich über den Nagel, um besser sehen zu können, und seufzt leise. »Warte.« Sie kramt in dem kleinen Beutel, den sie bei sich trägt, und fördert eine Nadel zutage, an der noch ein weißer Faden baumelt. »Die Wäsche der Gnädigen«, murmelt sie, »ich habe es gestern nicht geschafft, sie zu flicken, und sie deshalb mit nach Hause genommen.« Sie zieht den Faden aus der Öse. »Stillhalten.«

Paul schreckt zurück, als sich die Nadel unter seinen Nagel schiebt, und stampft mit dem Fuß auf, um den Schmerz zu verdrängen.

»Stillhalten!«, ruft sie jetzt ärgerlich, kehrt ihm den Rücken zu und klemmt seinen Arm an ihrer Hüfte fest, ohne auf den Kohlendreck zu achten, der auf dem hellen Grau ihrer Tracht schwarze Schlieren hin-

terlässt. Sie bohrt nach und bekommt den Splitter schließlich zu fassen. Paul spürt, wie er sich mit einem letzten Ruck löst und hinausgleitet.

»Da!« Triumphierend hält Frieda den Übeltäter hoch und zeigt ihn Paul über ihre Schulter hinweg, während sie seine Hand weiter festhält, ohne das Blut zu bemerken, das jetzt auf ihren Rock tropft. »Oh nein«, sagt sie, als sie es sieht, hebt schnell Pauls Hand an und nimmt seinen Finger in den Mund, als ob es ihr eigener wäre. Paul erstarrt. Ihm wird warm. Sein ganzes Fühlen sitzt in diesem einen Finger. Unter ihren warmen Lippen. Frieda lässt ihn frei. »So. Alles wieder gut.«

»Entschuldige bitte«, krächzt er und zeigt auf die roten Flecken in dem hellen Grau. Frieda knickt ein wenig in der Hüfte ein, nimmt den Rock in beide Hände und breitet ihn wie einen Flügel aus, während sie die Stellen begutachtet.

»Nicht so schlimm. Da kommt nachher die Schürze drüber«, erwidert sie. Paul ist sicher, dass sie die Röte sehen muss, die seinen Hals heraufkriecht und sich über seine Wangen und die Stirn ausbreitet, aber Frieda schüttelt nur den Kopf. Ihr ganzer Körper ist Lächeln, Freundlichkeit und Lebensfreude. Ihre Augen strahlen, die Haut glüht, und Paul scheint es, als ob ein samtiger Schimmer darüber liegt. Wieder schluckt er. Er kann nichts mehr sagen. Seine Kehle hält die Worte gefangen, die er nicht zu denken wagt. »Bis später«, verabschiedet sich Frieda und nimmt ihren Weg wieder auf. Sie muss sich beeilen, damit sie pünktlich ist. Paul beobachtet das Wippen ihrer Röcke, bis sie sich so weit entfernt hat, dass er blinzeln muss, um sie noch zu erkennen. Erst dann nimmt er den Griff des Karrens hoch und macht sich auf den Weg zurück.

***

Sandra hustete und murmelte undeutlich.

»Was?«

»Mir ist kalt.«

»Ja.« Ich zitterte, kroch in mich zusammen, während ich neben ihr kniete, mich auf ihre leisen Worte konzentrierte und das fahle Handylicht über die Stollendecke wanderte.

»So kalt.«

Zaghaft räumte ich einen Stein von ihrer Brust. Dann noch einen. Ich wollte ihre Hand finden, ihre Finger. Einen Teil von ihr, den ich berühren, festhalten und wärmen konnte.

»Ina?«

»Ja?« Ich starrte auf ihre Lippen.

»Da ist kein Gefühl. Ich spüre nichts.«

»Du bist verschüttet.« Langsam arbeitete ich mich vor, immer auf der Hut, sie keinesfalls noch mehr zu verletzen. Jede Bewegung, die ich machte, jede kleinste Regung verdrängte nach und nach das Zittern aus meinen Muskeln. Das Dröhnen und Summen in meinen Ohren nahm ab. Es verschwand nicht, war nach wie vor da, aber es wurde transparenter. Wie eine Fensterscheibe, auf der der Lappen zwischen den Schlieren einzelne saubere Streifen hinterlässt.

»Es tut mir leid.«

»Der Stollen ist eingestürzt, Sandra, du kannst nichts ...«

»Es tut mir leid!« Ihr Schrei ging in einen Hustenkrampf über. Sie rang nach Luft, und eine dünne Blutspur lief aus ihrem Mundwinkel. Ich hob ihren Kopf ein wenig an. Mit bebenden Fingern strich ich über ihre Wange. Feuchte, kühle Haut.

»Schh ...«, flüsterte ich, »schh ...«, weil ich nicht wusste, wie ich sie beruhigen sollte, und räumte vorsichtig weitere Steine weg.

»Schh ...«

»Ina, ich werde sterben.«

»Unsinn. So schnell stirbt man nicht.«

Sie schloss die Augen und öffnete sie gleich wieder mühsam, um mich anzusehen, während sie mit mir sprach.

»Dauert es lange?«

»Mein Handy funktioniert nicht hier drinnen. Kein Empfang. Es ist noch Nacht, und es wird etwas dauern, bis sie uns vermissen.«

»Luisa ist allein.«

»Sie wird sicher Alarm schlagen, wenn sie bemerkt, dass du nicht da bist.«

»Sie darf nicht allein sein.«

»Sandra. Mach dir keine Sorgen. Sie ist kein kleines Kind mehr. Ihr wird nichts passieren.«

Sandra drehte den Kopf zur Seite. »Ich muss für sie da sein.«

»Das bist du doch.« Vorsichtig legte ich meine Hand auf ihre Schulter. »Das bist du doch«, flüsterte ich noch einmal.

Der Stoff ihres T-Shirts unter meinen Fingern fühlte sich feucht und warm an. Sie blutete an einer durch die Steine verdeckten Stelle. Mit beiden Händen umfasste ich einen schweren Brocken und biss die Zähne zusammen, während ich ihn hochhob und ihn ächzend zur Seite schob. Sie schrie auf.

»Es tut mir leid, Sandra. Ich wollte dir nicht wehtun.« Ich griff wieder nach dem Handy. Die Wunde sah nicht groß aus, nur ein kleines Rinnsal Blut sickerte stetig weiter. War es ein Fehler gewesen, den Stein zu entfernen? Ich wusste es nicht. Ich wusste nichts. Nicht, wie ich ihr beistehen konnte. Erstversorgung, dachte ich, zuerst die Erstversorgung. Aber was sollte ich tun? Wenn ich sie bewegte und dabei noch mehr verletzte? »Ich wollte nur helfen.«

Sie nickte. »Danke. Aber es ist zu spät.«

»Nein.« Ich stand auf und ignorierte den Schmerz in meinen Beinen und den Schwindel. »Ich werde jetzt versuchen, den Ausgang frei zu bekommen. Dazu brauche ich die Lampe, und ich werde ein Stück von dir weggehen, damit keine Brocken auf dich fallen und dich noch mehr verletzen.«

»Geh nicht weg, Ina.«

»Ich bin da. Nur ein paar Meter weit entfernt.« Ich trat zur Seite, beugte mich über den Schutt, leuchtete die Fläche ab und überlegte, an welcher Stelle ich am effektivsten vorankommen könnte.

»Ich bin dabei gewesen, als meine Großmutter gestorben ist. Sie hat im Bett gelegen. Kurz vorher wollte sie noch aufstehen, obwohl sie es eigentlich nicht mehr gekonnt hat. Sie hat ungeheure Kraft entwickelt, und wir mussten sie festhalten, damit sie nicht fiel«, sagte Sandra in meine Richtung. Ich war nicht sicher, ob sie mit mir sprach oder ob sie sich durch den Klang ihrer eigenen Stimme beruhigen wollte. »Sie hat sich am Leben festgeklammert und wollte nicht loslassen. Ich war so alt wie Luisa jetzt. Ein bisschen älter. Nicht viel. Vierzehn. Es hat mir Angst gemacht, das zu sehen.«

Ich ging wieder zu ihr und hockte mich neben sie. Ihre Haut

schimmerte blass und fahl. Unter meinen Füßen glitzerte es. Die Lache an ihrer Schulter wuchs. Langsam zwar, doch sie breitete sich immer stärker aus. Ich musste Hilfe holen, aber ich durfte sie auch nicht zurücklassen.

»Als meine Mutter gestorben ist, dachte ich, es nicht aushalten zu können, sie tot zu sehen. Mein Bruder war zu klein, erst zwei Jahre, aber ich war zwölf, und Hermann hatte mich gefragt, ob ich mitkommen möchte, um mich von ihr zu verabschieden.« Ich lächelte zaghaft.

»Woran ist sie gestorben?«

»Autounfall.«

»Hast du sie vermisst?«

»Ja. Ich konnte nicht verstehen, dass sie weg war. Einfach so. Hab immer gedacht, sie kommt wieder und macht da weiter, wo sie aufgehört hat. Aber sie kam nicht.«

»Ich hatte Angst, dass meine Großmutter doch nicht stirbt, als sie wieder aufstand. Dass sie uns noch weiter quälen würde. Als es vorbei war, war ich unendlich erleichtert.«

Ich schluckte. Angst, dass jemand nicht starb?

»Hör zu. Ich werde jetzt noch einmal versuchen, den Eingang frei zu bekommen. Zu lange darf ich die Lampe am Handy nicht brennen lassen, sonst haben wir nachher keinen Saft mehr, wenn ich endlich Empfang habe.«

Ich stand auf, ging die wenigen Schritte zu der Stelle, an der ich eben beginnen wollte zu räumen. Der Plan, wenn man es denn so nennen konnte, sah vor, die oberen Steine und Schieferplatten zur Seite zu bewegen, um eine Art Luke zu schaffen, durch die ich kriechen und Hilfe holen konnte. Ein letzter Schulterblick auf Sandra bestätigte mir, dass ich nicht mehr allzu viel Zeit hatte. Die Steine knirschten, während ich mich langsam nach oben vorarbeitete. Das Handy zwischen die Zähne geklemmt, kroch ich so flach wie möglich die kurze Steigung hinauf und musste dabei an die Kohlehaufen im Keller meines Großvaters denken, über die wir verbotenerweise zum Schüttfenster hinaufgekrochen waren, um die vorbeigehenden Passanten zu erschrecken. Unter meinem rechten Fuß löste sich ein Widerstand, ich glitt ab, rutschte und rammte mit dem Kinn eine Kante.

»Verflucht!«

»Bist du verletzt?«, fragte Sandra leise.

»Ich glaube nicht.«

»Gut.« Sie blinzelte. Es machte ihr Mühe, die Lider zu heben. »Bei manchen Menschen ist es besser, wenn sie sterben. Sie fügen anderen Leid zu und lassen ihnen keine Luft zum Atmen.«

»Was hat sie getan, deine Großmutter?« Ich begann ächzend damit, grob verkantete Schieferfelsen zur Seite zu schieben.

Sandra lachte ein heiseres Lachen. »Bist du gläubig?«

»Wie meinst du das?«

»Glaubst du an Gott?«

»Möchtest du gerne, dass ich mit dir bete?«

Sie lachte wieder. Leiser diesmal und schwächer. »Nein. Ich möchte nicht beten. Ich musste zu viel beten. Das reicht für ein ganzes Leben. Ich will nur wissen, wie du darüber denkst.«

»Ich weiß es nicht.«

»Wirklich? Oder willst du es nicht sagen? Bist du auch eine von denen, die sich nicht trauen, das zu sagen, was sie wirklich denken, nur um des lieben Friedens willen? Weil man hier eben in die Kirche rennt und alle Feiertage mitmacht, nur weil es sich gehört? Ohne wirklich dahinterzustehen? Vorne christlich reden und hintenherum auf alle Gebote pfeifen, Hauptsache, niemand redet schlecht über dich?«

»Denkst du so?«

»So bin ich erzogen worden. Sie hat uns auf einem Kantholz knien und den Rosenkranz beten lassen, wenn sie dachte, wir hätten etwas gemacht, was in ihren Augen Sünde war. Und davon gab es reichlich.« Sie räusperte sich. »Ich hatte mein Leben damit verbracht, mir Schmerz zufügen zu lassen. Ich wollte nicht, dass es Luisa ebenso geht. Eines Tages musste Schluss sein.«

»Wie meinst du das?« Ich hielt inne und leuchtete in ihre Richtung. Das spärliche Licht reichte nicht aus, um von hier oben ihr Gesicht zu erkennen. Schritt für Schritt suchte ich den Weg rückwärts über den Schotter hinunter. Langsam. Nicht von der Vorsicht, sondern von dem Wunsch getrieben, dem intuitiven Gespür, das sich mir angenähert hatte, Raum und vor allem die Zeit zu lassen, die es brauchte, um zu einem fassbaren Gedanken zu werden.

Womit musste Schluss sein? Was hatte Sandra getan, damit der Schmerz endete?

»Wie lange dauert es, bis man verblutet?«, fragte sie statt einer Antwort auf meine Frage. »Eine Stunde, zwei Stunden?«

»Das wird nicht passieren, Sandra. Wir schaffen es.« Wenn ich nun endlich zupacken und die Steine zur Seite schaffen konnte. Unsere einzige Chance. Aber dazu musste ich sie allein lassen.

»Ich habe Durst.« Sie leckte sich über die Lippen. Hilflos sah ich mich um. Es gab nichts in diesem verdammten Stollen, womit ich ihr das Leben leichter machen könnte.

Von Nahem wirkte ihre Blässe beängstigend. Hohle Wangen. Schneller Puls. Die Adern an ihrem Hals eingefallen.

»Ich muss wissen, wie viel Zeit mir noch bleibt.«

»Warum?«

»Es gibt Dinge, die ich erledigen muss. Die in meiner Verantwortung liegen.«

»Macht es dabei einen Unterschied, ob du das hier«, ich zeigte auf den Steinhaufen über ihrem Leib, »überlebst oder nicht? Ginge es dann um andere Dinge?«

»Nein, nicht wirklich.« Sie hustete. »Schaffst du es, mir zuzuhören?«

»Ja.«

»Versprich mir, auf Luisa aufzupassen.«

Ich nickte.

»Er hat mir Schmerzen zugefügt. Mir und Luisa.«

***

Halb fünf. Judith stöhnte, drehte sich auf die andere Seite und zog sich die Bettdecke über die Schulter. Kai lag neben ihr auf dem Rücken, die Arme zur Seite ausgestreckt. Atmete lautlos. Judith widerstand der Versuchung, ihn zu berühren. Sie wollte ihn nicht wecken. Lieber beobachtete sie ihn, seinen Körper, die Konturen seines Profils, seine Augenlider, die sichtbare bläuliche Ader, die unter seinem Kinn ihren Ursprung hatte und wie ein Fluss hinter seinem Ohr im Haardschungel verschwand. Einmal hatte sie, während sie seine Haare mit einer Schermaschine auf Igelstachellänge

157

zurückstutzte, den Lauf der Ader weiterverfolgt, wie ein Kind mit dem Finger auf der Landkarte. Die Ader umrundete beinahe den kompletten Schädel, bevor sie kurz vor der Stirn endete. Seitdem nannten sie diese Ader seinen Gedankenfluss.

Kai bewegte sich. Im Schlaf wandte er ihr sein Gesicht zu. Sie beobachtete ihn weiter von ihrem Platz aus. Still. Rührte sich nicht. Sie dachte an das erste Mal, als sie mit ihm zusammen gewesen war. In seinem Wohnmobil. Er hatte sein Essen mit ihr geteilt. Einfache Nudeln mit nichts als Parmesankäse und ein wenig Ketchup, den er zuvor aus der Imbissbude mitgebracht und der in Alufolie eingewickelt auf dem Tisch zwischen ihnen gestanden hatte. Sein erster Kuss, die Spontaneität und sein Mut, es überhaupt zu versuchen, schien ihn selbst überrascht zu haben. Irgendwann später hatte er ihr erzählt, nicht damit gerechnet zu haben. Nicht mit ihr gerechnet zu haben. Nicht mit den zaghaften Berührungen. Zögernd und tastend, als ob im Hintergrund immer das Warten auf ein Nein, auf die Zurückweisung, auf den Sieg der Vernunft über die Begierde gelauert und den Augenblick bedroht hätte. Sie waren verwundert gewesen über das, was sie einander bedeuten konnten, obwohl sie beide gedacht hatten, nicht zueinander zu passen. Unabhängig voneinander. Gemeinsam.

Aus den langsamen Bewegungen waren neue erwachsen. Mutigere. Forschende. Fordernde, schnelle, kraftvolle Bewegungen. Sie war auf ihn geklettert, hatte ihn in Besitz genommen, ihn gierig verschlungen, ohne den Hunger stillen zu können, diesen Hunger, der noch in ihm wütete, als sie am nächsten Morgen erwacht waren. Er hatte ihre Hand genommen und seine Wange darangelegt, war über sie gekrochen, ihren Bauch und ihren Hals hinauf. Hunger. Aber da war in ihr bereits wieder die Vernunft erwacht gewesen, hatte das Tier bezwungen und der Realität den Vortritt gelassen.

»Judith?« Sie schrak zusammen. Kai sah sie an. Er war wach. Der Augenblick war vorbei.

»Ja?« Sie beugte sich zu ihm und streifte seine Wange mit ihren Lippen, zog seinen Kopf näher zu sich heran und küsste ihn. Ihre Finger wanderten über seinen Bauch.

»Judith?« Kai richtete sich auf, stützte sich auf seinen Ellenbogen und rückte ein Stück von ihr ab. Schlaftrunken rieb er sich über die Augen.

»Ja?« Sie stoppte mitten in der Bewegung.

»Ich schlafe.«

»Du bist wach.«

»Das sieht nur so aus«, knurrte er und legte einen Arm um sie, während ihm die Lider zufielen. Judith rückte näher an ihn heran und schob ihr Bein zwischen seine. Ihr Körper erinnerte sich an dieses erste Mal, wollte mehr. Sie küsste sein Kinn an der Unterseite. »Später«, murmelte er und zog sie noch näher an sich heran, in die Wärme und die Geborgenheit. Judith seufzte leise, wand sich aus seiner Umarmung und stand auf. Der Laminatboden unter ihren nackten Füßen fühlte sich kalt an, und sie fror. Sie fischte sein T-Shirt vom Stuhl, roch daran, zog es an. Der dünne Stoff wärmte sie. Judith weckte den Computer aus dem Standby, in das er gestern Abend gefallen war, und öffnete erneut die Seite mit den Suchergebnissen. Sie probierte verschiedene Wortkombinationen aus, verfolgte die Angaben, fand aber nur Einträge zum Ort Schwäbisch Gmünd, nicht zu Gemünd in der Eifel.

»Es muss doch noch mehr geben«, murmelte sie leise und starrte auf den Bildschirm. Immer wieder kehrte sie zu dem Artikel zurück. Sie klickte sich durch unzählige Seiten, jagte Namen durch die Suchmaschinen, vergaß die Zeit.

»Musst du nicht ins Präsidium heute?« Kai hockte auf der Bettkante und rieb sich die Augen. Judith drehte sich zu ihm um und sah links hinter ihm die Displayanzeige ihres Radioweckers. Kurz vor acht.

»Scheiße!« Sie sprang auf, suchte hektisch ihre Klamotten zusammen und verschwand im Badezimmer. Sie hatte schon die Bürste und ein Haargummi in der Hand, als sie sich im Spiegel sah. Ihre neue rote Kurzhaarfrisur sah aus, als sei sie gerade aus dem Bett gekrochen. Vom Friseur so beabsichtigt, aber nicht das, was sie jetzt wollte. Sie ließ Wasser über ihre Hände laufen, klatschte sich einen Schwung ins Gesicht und fuhr im Anschluss daran mit den Fingern durch die Haare. Die Bürste brachte Fasson.

»Jetzt siehst du fast aus wie deine ehemalige Chefin Ina. Nur sind deine Haare rot.« Kai grinste und sah ihr von seinem Platz aus nach, als sie ihre Jacke überstreifte und die Tür hinter sich ins Schloss zog.

Judith parkte ihren Wagen im Parkhaus des Bonner Polizeipräsidiums auf der obersten Etage. Die untere war den Dienstwagen vorbehalten, die dort vom Hauptgebäude aus am schnellsten zu erreichen waren. Kalter Wind zog durch die Gitter der Seitenwände. Judith fror. Der Herbst war nicht ihre Jahreszeit. Sie lief die Treppen hinunter, nahm zwei Stufen auf einmal, damit ihr wärmer wurde, bis sie zu der kurzen Brücke kam, die das Parkhaus mit dem Präsidium verband. Rechts unter ihr auf dem Hof, in dem auch die Hundestaffeln ihre Bleibe hatten, stand ein kleiner alter Polizeiwagen. Grüne Motorhaube, weiße Kotflügel und ebenfalls in typischem Polizeigrün und entsprechender Aufschrift gehaltene Türen. Ein großes »BN« für Bonn prangte in weißen Buchstaben lotrecht auf der Haube. Aufgebockt und ohne Reifen wartete er darauf, von seinem Besitzer, einem oldtimerbegeisterten Kollegen, restauriert zu werden. Judith gefiel das kleine Auto.

Links unter ihr befand sich der Einlieferungstrakt. Hierhin brachte man die Kundschaft zur weiteren Verwahrung. Hohe Mauern und ein gut gesicherter Zaun signalisierten äußerst deutlich, dass hinter der roten Trennlinie ein Gedanke an Flucht eher Zeitverschwendung war. Im Glas der Eingangstür sah sie ihr Spiegelbild, brauchte zum zweiten Mal an diesem Morgen einige Sekunden, bis sie sich selbst erkannte, und bekam, ebenfalls zum zweiten Mal, Zweifel, ob sie das Richtige getan hatte. War sie das? Oder war das eine Person, die sie gern sein wollte? Ihre Finger huschten über die Tastatur der Zeiterfassung, um sich ordnungsgemäß anzumelden, und sie setzte ihren Weg fort. Die Absätze ihrer Schuhe knallten auf dem hart lackierten Holzboden.

Ihr schlechtes Gewissen meldete sich, als sie an einem Plakataufsteller vorbeikam, der sie mit großen roten Buchstaben fragte, ob sie »Lust auf Laufen« hätte. Hatte sie. Im Prinzip. Nur keine Zeit. Das war ihr Problem. Oder ihre Ausrede. Obwohl ihr klar war, dass diese Ausrede irgendwann zu ihrem Problem werden konnte. Sie schob das Datum und den Treffpunkt zum ersten Polizei-Lauftreff in die unterste Schublade ihrer Erinnerung und stopfte das schlechte Gewissen gleich dazu. Erst den Gemünder Fall abschließen. Dann. Später. Sie schaute auf die Uhr.

»Guten Morgen, Judith«, begrüßte Sauerbier sie, ohne sich zu ihr umzudrehen. Er saß mit dem Rücken zur Tür. »Wir haben schon auf dich gewartet.« Erst als sie um den Tisch herum auf ihren Platz vor dem Fenster zuging, sah er sie an. »Oh.« Er strich sich über den Schnäuzer und musterte sie. Seine Miene vollführte eine Wandlung von Erstaunen über Irritation bis hin zur deutlichen Missbilligung.

»Guten Morgen«, erwiderte Judith knapp. Sie war nicht zu spät, auch wenn Sauerbier so tat, als ob. Ohne ein weiteres Wort setzte sie sich und wartete, bis die anderen Kollegen sich auf ihren Stühlen zurechtgerückt hatten. »Was haben wir?«, fragte sie und eröffnete damit das Gespräch.

»Die Berichte des Rechtsmediziners sind eben eingetroffen.« Eine Kollegin, die ihnen für diesen Fall als interne Unterstützung zugeteilt worden war, reichte Judith einen Stapel Papier. »Es gibt eine Reihe Merkwürdigkeiten.«

»Inwiefern?«

»Dem Toten, Arno Kobler, wurden nach dem Tod die Hände abgetrennt. Das Blut hatte bereits aufgehört zu zirkulieren.«

»Aha. Also diese Variante«, murmelte Judith.

»Bei der ersten Leiche, von der wir nicht wissen, wer es ist, fehlten die Hände ebenfalls.«

»Das ist nichts Neues«, fiel Sauerbier ihr ins Wort. Die Kollegin sah ihn missbilligend an, sprach aber weiter, ohne darauf einzugehen.

»Es mögen Jahre zwischen den Morden liegen, aber es wurde bei beiden Opfern dasselbe Werkzeug benutzt. Darauf weisen die Spuren hin. Metallreste. Schnittführung. Öl. Die Details erspare ich euch, nur so viel: Die Proben scheinen nicht älter zu sein als die bei Arno Kobler genommenen.«

Judith rückte auf ihrem Stuhl nach vorne, stützte sich auf die Ellenbogen und beugte sich zu der Kollegin hinüber. »Heißt das, jemand hat der Leiche aus der Kiste die Hände abgetrennt, *nachdem* sie ans Tageslicht gekommen ist?«

»Das können wir nicht genau sagen. Aber ich finde, es ist wahrscheinlich. Warte.« Die Kollegin fuhr mit den Fingerspitzen über die Zeilen des Berichts. »Da stand etwas dazu drin. Ah. Hier.« Sie verstummte, las und murmelte vor sich hin. »Also, hier steht: Wäre die Abtrennung bereits zum Zeitpunkt des Todes vorgenommen worden, hätte die Fettwachsbildung die zu dem Zeitpunkt noch frischen Fasern verändert. Im Fall des Jungen sind nicht die Zellfasern, sondern das Leichenlipid selbst durch den Schnitt verändert.« Sie sah in die Runde. Judith nickte.

»Und es wurde dasselbe Werkzeug benutzt«, sagte sie mehr zu sich als zu den anderen.

»Ja. So steht es im Bericht.«

Judith warf Sauerbier einen schnellen Blick zu. »Dann tippe ich auf die Baggerführerin, Bianca Friese. Sie hat die Kiste gefunden, und als der Arzt die Leiche gesehen hat, fehlten die Hände bereits. Demnach war sie die Einzige, die Gelegenheit dazu gehabt hätte, die Leiche zu manipulieren, bevor wir an der Baustelle eintrafen.«

»Aber warum sollte sie das tun?« Sauerbier lehnte sich in seinem Stuhl zurück und verschränkte die Arme hinter dem Kopf. »Leichen werden zerstückelt, um die Identifizierung zu erschweren oder um Spuren zu beseitigen, die zum Mörder führen können. Die Leiche in der Kiste ist nicht erst seit gestern tot. Wie lange genau, wissen wir nicht. Könnte man aus der Annahme, dass die Baggerführerin dem Toten die Hände abgetrennt hat, was ja immer noch sehr hypothetisch ist, denn gleichzeitig schließen, dass sie ihn auch getötet hat?«

»Was ist, wenn sie ihn nicht umgebracht, sondern ›nur‹ die Hände abgetrennt hat?«

»Wie passt dann Kobler ins Schema? Hat sie ihm auch ›nur‹«, Sauerbier zeichnete Gänsefüßchen in die Luft, »die Hände amputiert? Oder hat sie ihn getötet?«

»Kobler starb durch mechanische Gewalteinwirkung. Oberhalb der rechten Augenbraue hat der Rechtsmediziner doppelkonturierte Intrakutanblutungen und auf dem Hinterkopf eine Lappenwunde mit Knochenverletzung darunter festgestellt«, warf die Kollegin ein.

»Also zwei Wunden?«, wollte Judith wissen.

»Mit dem gleichen Werkzeug?«, fragte Sauerbier im gleichen Augenblick.

»Ja und nein.« Die Kollegin grinste. »Könnt ihr euch einigen, wer zuerst?« Sauerbier nickte stumm in Judiths Richtung.

»Gut.« Die Kollegin blätterte in ihren Unterlagen und zog die Seiten mit den Fotos der Obduktion hervor. »Zwei verschiedene Verletzungen: ja. Mit dem gleichen Werkzeug: nein. Die Wunde an der Stirn muss durch einen länglichen Gegenstand verursacht worden sein. Diese parallelen Striemen entstehen, wenn die Haut beim Aufprall der Fläche zusammengepresst und an den Seiten gedehnt wird. Also hat der Mörder hier einen Stock oder etwas Ähnliches verwendet.« Sie reichte Judith die Seite. »Die Stelle am Hinterkopf kann nach Ansicht des Rechtsmediziners zum Beispiel durch einen Hammerschlag verursacht worden sein, der schräg auf dem Schädel aufgekommen ist und der die Haut zuerst hat einreißen und dann nach unten rutschen lassen.« Sie gab Sauerbier das andere Foto. Der nahm es und drehte es hin und her, hob seinen rechten Arm und führte eine schlagende Bewegung aus.

»Die Verletzung verläuft schräg. Nicht, wie man es erwarten würde, von oben nach unten. Hat er was dazu geschrieben?«, fragte er die Kollegin.

»Bestimmt.« Sie überflog die Zeilen. »Hier ist etwas. Ja.« Sie las und nickte dann. »Er geht davon aus, dass Kobler lag, als ihn der zweite Schlag traf. Und zwar mit dem Gesicht auf dem Boden.«

»Dann müssten sich am Tatort Blutspuren aus der Stirnwunde finden.« Judith machte sich Notizen, während sie sprach.

»Er bestätigt hier auch noch mal, dass der Fundort nicht der Tatort sein kann«, ergänzte die Kollegin.

»Und wie kommt da jetzt unsere Baggerführerin ins Spiel?« Sauerbier zwirbelte seinen Schnauzer. »Diese Bianca, wie hieß sie doch gleich?«

»Friese. Bianca Friese«, antwortete Judith ungeduldig, ohne von ihren Notizen aufzusehen. »Ina Weinz hat als Erste mit ihr gesprochen. Ich rufe sie an.« Judith nahm ihr Handy aus dem Rucksack, stand auf und ging ans Fenster. Zum einen, um einen besseren Empfang zu haben, und zum anderen, um ungestört mit Ina reden zu können. »Bevor ich wieder nach Gemünd fahre«, fügte sie hinzu. Sie wählte den Kontakt und wartete auf ein Freizeichen.

»Bevor *wir* wieder nach Gemünd fahren.« Sauerbier stand auf. »Diese Friese steht unter dringendem Tatverdacht der Leichenschändung und dem Mord an Arno Kobler. Das reicht, um sie vorläufig festzunehmen, bis wir den richterlichen Haftbefehl bekommen. Und das werde ich nicht Frau Weinz überlassen.«

»Der Teilnehmer ist zurzeit nicht erreichbar, bitte versuchen …«, hörte Judith. Sie legte auf und wählte Inas Privatnummer. Nach dem fünften Klingeln sprang der Anrufbeantworter an.

»Seltsam.« Sie schüttelte den Kopf.

»Polizei Schleiden«, meldete sich die Zentrale umgehend, als Judith es dort versuchte.

»Judith Bleuler. Guten Morgen. Ist Ina Weinz im Haus?« Nach einigen »Moments« und einem »einen Augenblick noch« sprach die Schleidener Kollegin wieder mit Judith. Sie schien zu wissen, mit wem sie es zu tun hatte, denn sie fragte nicht nach, sondern sagte bedauernd: »Ina ist nicht da. Dabei hat sie Dienst und ist seit einer halben Stunde überfällig. Der Chef hat versucht, sie zu erreichen, aber sie geht nicht ran. Ich sage ihr Bescheid, sobald sie eintrifft.«

»Danke.«

»Wollt ihr nicht wissen, was ich noch habe?«, fragte die Kollegin, als Judith aufgelegt hatte. »Nur so der Vollständigkeit halber, bevor ihr hier in Aktionismus ausbrecht.«

Sauerbier lächelte sie an. »Ich höre.«

»Die Kiste bestand aus verschiedenen Holzsorten und war genagelt, nicht verschraubt.«

»Was sagt uns das?«

»Noch nicht viel.«

»Und weiter?« Sauerbier wurde ungeduldig.

»Es wurden vier verschiedene DNA-Spuren an der Kleidung von Arno Kobler gefunden. Alle vier stammen von Frauen.«

Judith zog ihren Stuhl zu sich heran und setzte sich wieder.

»Eine stammt von der Kollegin Sandra Kobler. Der Ehefrau des Opfers.«

»Das überrascht nicht«, warf Sauerbier ein.

»Zwei konnten wir nicht zuordnen, die vierte aber schon.«

»Lass mich raten.« Judith packte ihre Papiere zu einem ordentlichen Stapel zusammen. »Bianca Friese?«

»Wir hatten Proben von ihr zum Abgleich beim Fund der ersten Leiche genommen«, bestätigte die Kollegin.

»Tja.« Sauerbier stand auf, rückte seinen Hosenbund zurecht und klatschte in die Hände. »Ich liebe es, wenn die Technik meine Intuition bestätigt!«

ZWÖLF

»Hilfst du mir?«, fragt Ludwig.

»Warum ich?«

»Weil du mein Freund bist?« Er zieht Augenbrauen und Schultern hoch und zeigt für einen Moment Unsicherheit.

Paul steht neben seinem Bett im Schlafsaal, richtet zuerst das Laken und streicht dann die Decke glatt. »Du weißt, dass ich nichts gegen die Regeln mache«, sagt er und hofft, damit eine Antwort gegeben zu haben.

»Ich vertraue dir.«

»Danke.«

»Wenn ich dir sage, worum es geht, und du mir nicht helfen willst, versprichst du mir dann, nichts zu verraten?«

Paul zuckt mit den Schultern. Er will in nichts hineingezogen werden.

»Bitte!« Ludwig lässt seine Hände, die er die ganze Zeit über in die Hüfte gestemmt hat, sinken und deutet eine flehende Geste an.

Paul nickt. Er ist es ihm schuldig. Ludwig ist sein Ohr, seine Verbindung zu den anderen Jungen, die mehr und mehr Abstand von ihm nehmen und ihn aus ihrer Mitte ausschließen. Sie spüren, dass er bald keiner der ihren mehr sein wird. Dass er ein Stück der Macht bekommen wird, vor der sie sich alle fürchten. Aber noch ist es nicht so weit, und er steht dazwischen. Gehört auf keine Seite, hat niemanden, zu dem er gehen kann, wenn er Hilfe braucht. Außer Ludwig, der ihm ungebrochen die Treue hält, von der er nicht weiß, womit er sie verdient hat. »In Ordnung«, stimmt er zu. »Erzähl.«

Ludwig strahlt. »Danke!« Mit einem letzten Ruck gibt auch er seinem Bett die militärische Ordnung, die die Erzieher von ihnen verlangen, und nimmt seine Jacke auf, die er achtlos auf den Boden geworfen hatte. »Frieda wird sich freuen.«

Paul runzelt die Stirn. »Frieda? Was hat sie damit zu tun?« Seit ihrer Begegnung vor einigen Tagen auf seinem Weg zurück vom Kohlenhändler hat er sie nur aus der Ferne gesehen, ihr zugelächelt und sich über jede freundliche Regung in ihrem Gesicht gefreut. Hat seinen Weg von der Werkstatt zum Haupthaus, wo sich über dem Speisesaal der Jungen die Wohnräume des Direktors befinden, ausgedehnt, in der Hoffnung, ihr zu begegnen. *Abends liegt er in seinem Bett, streicht mit den Spitzen seiner Finger über die Kuppe des einen, von dem sie das Blut geleckt hat, und spürt, wenn er die Augen schließt, immer noch ihre Lippen.* »Was hat Frieda damit zu tun?«, ruft er Ludwig hinterher, der bereits auf dem Weg aus den Schlafsälen nach unten ist.

»Psst!« Ludwig bleibt auf dem Treppenabsatz stehen, eine Hand auf dem Geländer, dreht sich zu Paul um und zischt: »Gleich!«

Paul versteht. Schweigend folgt er Ludwig. Aber erst nachdem sie das Morgengebet, das kurze Frühstück und den Arbeitsbeginn in der Werkstatt hinter sich gebracht haben, können sie wieder darüber sprechen. Leise und über ihre Werkstücke gebeugt, immer auf der Hut vor dem Erwischtwerden. Während dieser ganzen Zeit kann Paul an nichts anderes als an das Geheimnis zwischen Frieda und Ludwig denken. Was das wohl sein kann und wie sehr es ihn schmerzen wird, wenn er es erfährt. Ob er es wirklich hören will.

»Du kennst Frieda?« Er stockt, als ihm klar wird, wie unsinnig die Frage wirken muss, und ergänzt: »Näher?«

Ludwig nickt. Strahlt.

»Woher?«

»Ich habe ihr geholfen, den Baum aus dem Gemüsebeet zu ziehen, den die Überschwemmung angetrieben hatte.«

Paul sieht es vor sich. Die beiden. Gemeinsam stemmen und schieben sie das schwere Holz, verschwitzt und stolz auf ihre Arbeit, als es ihnen schließlich gelingt. Er fühlt sich ausgeschlossen aus etwas, was er nie gehabt hat und doch so gerne haben möchte. Sein Herzschlag pocht in seinen Ohren.

»Wollt ihr weglaufen?«, überwindet er schließlich seine Angst und schiebt Gelassenheit vor. »Zusammen?«

»Nein.« Ludwig schüttelt den Kopf, und eine Welle der Erleichterung durchströmt Paul, nur um in Hass umzuschlagen, als Ludwig ergänzt: »Wir wollen nicht weg. Frieda wird ihre Familie nicht verlassen. Aber wir wollen uns treffen.«

»Allein?«

»Nein, mit dem Direktor und seiner Frau und den Meistern und allen anderen.« Ludwig griemelt und wird rot. »Hinten im Wald kenne ich eine kleine Stelle, wo uns niemand findet.«

Paul sagt nichts dazu.

»Du darfst nicht schlecht über Frieda denken. Wir werden heiraten, wenn ich hier rauskomme. Sie ist anständig, glaub mir.«

Paul nickt. Etwas frisst an ihm, und er weiß nicht, warum es so wehtut. Ludwig und Frieda. Frieda und Ludwig. Er fasst sich an den Hals. Seine Kehle ist eng. »Ich muss nachdenken«, sagt er und ist froh, als der Meister seine Runde beginnt.

»Ludwig hat mir gesagt, dass du es weißt.«

Frieda hat ihn in dem kleinen Gang zwischen dem Vorratshäuschen und dem Lager für das Trockenholz abgepasst. Er ist nicht sicher, ob sie auf ihn gelauert hat oder ob es Zufall ist, als sie vor ihm steht, einen Krug mit Sahne in der einen und eine Schüssel mit Rüben in der anderen Hand. Er bleibt stehen, betrachtet sie. Ihre Haare, den Schwung ihrer Wangen, die Frische ihrer Haut.

»Und?«

»Was und?«

»Hilfst du uns?«

Er zuckt mit den Schultern.

»Ludwig sagt, du schuldest ihm was.«

»So?«

Frieda schaut zu Boden, lässt die rechte Fußspitze im Sand kreisen. Dann hebt sie den Kopf, sucht seinen Blick und stellt sich dicht vor ihn. Er kann ihren Atem spüren, warm, wie ein weiches Tuch an seinem Hals. Er legt beide Hände auf ihre Schultern und zieht sie an sich. Die Rüben kullern aus der Schüssel auf den Boden, Sahne schwappt über den Rand des Krugs und landet mit leisem Platschen auf seinen Schuhen. Frieda versteift sich unter seinen Händen, beugt ihren Rücken nach hinten durch. Bringt Abstand zwischen sich und ihn. Verharrt.

»Warum Ludwig?«, flüstert Paul heiser. Er stellt sich vor, sie zu küssen, nichts mehr als ihre Lippen zu spüren, die sich öffnen und seinen Kuss erwidern. Er schließt die Augen, taucht tiefer ein in diesen Traum, löst sich darin auf. Frieda bewegt sich in seinem Arm, und plötzlich sieht er Emma, die vor ihm steht, ihre Hand ausstreckt und ihn genauso anlächelt, wie es sich unter seinen Lippen anfühlt. Warm und nah und vertraut. Schwester. Er schnappt nach Luft, schiebt Frieda von sich weg. Sie stehen sich wie zwei Krieger gegenüber.

»Ich glaube an ihn. An seine Ideen. Es ist falsch, wenn die einen sich am Unglück der anderen bereichern. Ich hoffe für ihn.« Sie senkt den Kopf. »Und mit ihm«, flüstert sie. »Wir werden ein bessres Leben haben. Er ist ein Kämpfer. Er wird es schaffen.«

Paul räuspert sich, bückt sich nach den Rüben und sammelt eine nach der anderen wieder ein und legt sie in Friedas Korb.

»Ich helfe dir«, sagt er schließlich, ohne dass Frieda ihn erneut bittet, rückt von ihr ab und geht über den Hof zurück in die Werkstatt.

Paul wartet. Alles ist still. Er horcht auf die Schritte, auf das Knarren des Wagenrades, sein keuchendes Atmen. Sie haben Ludwig geschickt. Zum ersten Mal ist er der Kohlenjunge. Aber Ludwig ist spät. Zu spät. Durch den Morgenfrost schlägt die Kirchturmglocke sechsmal. Ist etwas geschehen? Ob sein Versprechen nicht genug war? Ist er gegangen? Hat er ihn und Frieda zurückgelassen? Der Frost beißt sich in sein Gesicht und in seine Hände. Bald ist Winter. Paul tritt auf die Straße hinaus, blinzelt gegen die Dämmerung an, glaubt, in einiger Entfernung einen Schemen zu erkennen. Er läuft los.

»Wo bleibst du?«, herrscht er den Freund an, als er ihn erreicht hat, und verbirgt seine Erleichterung hinter einer finsteren Miene. Statt einer Antwort zeigt Ludwig hinter sich auf den Kohlewagen. Eine Gestalt sitzt auf dem kleinen Kutschbrett, halb auf den Kohlen liegend. Den Kopf nach hinten geknickt, die Kehle preisgegeben, mit offenem Mund.

»Ich hab ihn aus dem Graben aufgesammelt. Der wär sonst erfroren.« Ludwig wischt sich den Schweiß von der Stirn.

Paul tritt näher an den Wagen heran.

»Löhbach?«

»Voll wie tausend Haubitzen.«

Paul betrachtet ihren schnarchenden Meister und stößt ihn an die Schulter. Löhbach stöhnt und rutscht ein Stückchen tiefer. Paul greift zu, stützt ihn.

»Wir müssen ihn ins Haus schaffen.«

»Ehrenscheid! Weber!«

»Ja.« Ludwig nimmt Haltung an. Paul dreht sich in die Richtung der Stimme.

»Was treibt ihr da?« Der Direktor.

»Ich war auf dem Weg, die Kohlen zu holen, und habe Herrn Löhbach gefunden. Er muss wohl gestürzt sein und …«
»Ich sehe. Ich sehe.« Der Direktor kommt näher, betrachtet Löhbach. Er beugt sich über ihn, schnuppert und hebt eine Augenbraue. »Wachen Sie auf, Mann!«, dröhnt er ihm ins Ohr. »Machen Sie, dass Sie ins Haus kommen und Ihren Rausch ausschlafen.«
Löhbach blinzelt, rappelt sich hoch. Er erkennt den Direktor, sieht Ludwig.
»Das wird Konsequenzen haben!«, donnert der Direktor und wendet sich ab.

***

»Es kostet weniger Kraft, es auszuhalten, als zu gehen.« Sandra leckte sich über die Lippen. »Ich weiß, dass es lachhaft ist, aber ich bin nicht die Einzige in meinem Freundeskreis, die länger in einer Beziehung bleibt, als ihr guttut.«

Ich setzte mich auf den Boden neben ihrem Kopf. Ich wollte ihr Gesicht sehen. Nicht lachhaft. Ganz und gar nicht.

Durch einen schmalen Spalt drang mattes Licht in den Stollen. Tagesanbruch. Der Eingang lag verdeckt unter überhängenden Felsvorsprüngen tief im Schatten. Unter Umständen war es auch später, früher Morgen oder Vormittag. Jegliches Zeitgefühl war mir abhandengekommen.

»Ich war nie ein Männerschwarm. Er hatte drei Mädels an jedem Finger. Aber er hat *mich* ausgesucht. Als er das erste Mal fortmusste, zu einer Fortbildung, kurz nachdem wir zusammengekommen sind, hat er mich jeden Tag zu Hause angerufen. Er hat sich gekümmert, wollte wissen, was ich tat und mit wem ich zusammen war. Jede Minute des Tages sollte ich ihm schildern. Auch als wir zusammenzogen, blieb das so.« Sandra seufzte. »Zuerst war es schön und hat mir geschmeichelt, aber er hat mehr und mehr Kontrolle über mein Leben bekommen. Er entschied, mit wem, wann und wie lange ich mich verabreden durfte. Meistens ging das nur, wenn er nichts von mir wollte. Ich musste aber auch Treffen absagen, weil ihm plötzlich einfiel, ins Kino zu wollen. Er war mein Mann und wichtiger als irgendwelche Fremden, wie er sie nannte. Er war so eifersüchtig. Einfach nicht mehr auszugehen war die leichteste Lösung.«

Durch den Stoff meiner Hose zog die Feuchtigkeit, und Steinspitzen bohrten sich in mein Fleisch. Behutsam verlagerte ich mein Gewicht, ich wollte sie nicht unterbrechen.

»Ina?« Sie sah mich an. Tränen liefen über ihre Wangen und zogen Furchen durch den Staub auf ihrer Haut.

»Ja?«

»Versprich es mir.« Sie schluchzte. »Versprichst du es mir? Bitte! Luisa darf nichts geschehen.« Ich legte meine Hand auf ihre Schulter. »Meine größte Angst war immer, dass sie mich findet, blutüberströmt auf dem Küchenboden liegend, mit eingeschlagenem Schädel. So ein Bild könnte sie nie wieder vergessen.«

»Warum sollte sie dich so finden?«

»Weil er mich umgebracht hätte. Irgendwann.«

»Arno hat dich geschlagen.«

»Ja.«

»Hast du dich gewehrt?«

»Nein.« Sie schluckte. »Zuerst nicht.«

Warum nicht?, wollte ich fragen, aber sie kam mir zuvor.

»Beim ersten Mal, als ich zu spät von einer Dienstbesprechung zurückkam, kassierte ich Prellungen, geschwollene Wangen und ein blaues Auge«, erklärte sie und lachte leise. »Ich habe mich krankgemeldet. Wie hätte ich es vor den Kollegen verbergen sollen? Es tat ihm leid. Sehr leid. Er hat sich entschuldigt, mir Blumen mitgebracht, mich versorgt. Er war nett. So nett.« Sie starrte an die Decke. »Liebevoll, zärtlich. Ein wunderbarer Liebhaber.«

»Du bist bei ihm geblieben.«

»Er war mein Mann, Ina. Ich hatte Hoffnung. Ich gab mir Mühe.«

»Womit?«

»Ich sollte ihn nicht reizen, und ich versuchte es. Es war ja meine Schuld. Wenn ich mich richtig verhielt, hatte er keinen Grund, sich zu ärgern und mich zu schlagen. Vor allem, als Luisa da war. Er hatte sich eine Tochter gewünscht, und ich habe ihm seinen Wunsch erfüllt.«

Ich biss mir auf die Lippe. Hier waren nicht der Ort und die Zeit, um Sandra klarzumachen, dass nicht sie die Ursache dafür war, dass Arno sie schlug. Dass es nicht ihr Verhalten war, was ihn provozierte, und dass nicht sie die Verantwortung trug. Die lag ausschließlich auf seiner Seite. »Hat er Luisa auch geschlagen?« Bilder tauchten vor mir auf. Luisa. Still. In sich gekehrt. Mit einer Bedrücktheit im Blick, die ich für typische Teenagermelancholie gehalten, in der ich nie den Hilferuf erkannt hatte.

»Ja. Und er hat ...« Sie hustete wieder. Tief in ihrem Körper gurgelte etwas. Sie riss die Augen auf, rang nach Luft, während ich ihren Kopf stützte, sie an den Schultern fasste und versuchte, ihr das Atmen zu erleichtern. Der Hustenanfall ebbte ab, und erneut lief ein dünner Blutfaden aus ihrem Mund. Ich musste mich vorbeugen und mein Ohr nah an ihr Gesicht bringen, damit ich sie verstehen konnte. Die Worte kamen leise, aber sehr bestimmt, sie musste sie loswerden, weil sie Angst hatte, zu sterben und sie ungesagt zu lassen. »Er hat sie in einer Kiste eingesperrt, vergraben und erst nach Stunden befreit. Mehrmals. Sie sollte lernen, ihn nicht so zu provozieren, wie ich das immer tat.«

Das Gefühl der Enge in meiner Brust nahm mir die Luft. Was hatte sich da direkt vor meinen Augen abgespielt, ohne dass ich es gesehen hatte? Wie blind war ich gegenüber dem gewesen, was sich in Zeichen und Hinweisen gezeigt hatte, ohne dass ich sie gedeutet und geholfen hätte.

Das Sprechen strengte Sandra an. Ihre Lider sanken herab. Mit geschlossenen Augen sprach sie weiter. »Erinnerst du dich an meinen letzten Geburtstag?«

»Ja«, murmelte ich leise und kramte in meiner Erinnerung. Sie hatte einen Kuchen mitgebracht, von dem ich aber nichts abbekommen hatte, weil ich zu einem Einsatz musste und bei meiner Rückkehr nur noch Krümel übrig waren.

»Hansen hatte mir Blumen überreicht.«

»Wie er es bei jedem macht.« Es war nichts Großartiges, nur eine kleine Geste der Anerkennung. Ein paar Blümchen und manchmal noch ein kleines Präsent, ein Buch oder eine Schachtel Pralinen.

»Arno hat mir Ohrfeigen zum Geburtstag geschenkt und mir

unterstellt, ich hätte ein Verhältnis mit Hansen. Ich musste die Blumen in die Mülltonne werfen, und zur Strafe hat er Luisa noch länger in der Kiste gelassen. Es war Hochwasser. Die Grube lief voll. Luisa wäre fast ertrunken.«

»Warum hast du nie etwas gesagt?«

Sie riss die Augen auf und heftete den Blick auf mich. »Was hättet ihr denn machen können? Ihn anklagen? Ihn festnehmen? Und dann? Ich wäre allein mit Luisa gewesen, eine alleinerziehende Mutter mit dem Gehalt einer Teilzeitschutzpolizistin. Großartig. Ganz großartig. Kannst du mir sagen, wie das hätte funktionieren sollen?«

»Du bist bei ihm geblieben wegen des Geldes?« Ich war fassungslos, verstand nicht, was eine intelligente Frau dazu trieb, bei so einem Mann zu bleiben. Doch sie war nicht das erste Opfer häuslicher Gewalt, dem der Absprung allein nicht gelang, das es noch nicht einmal schaffte, den Mut zusammenzunehmen und um Hilfe zu bitten. In meiner Zeit bei der Kölner Polizei hatte ich mehr als eine Frau erlebt, die, selbst zerschunden und zerschlagen, die Schuld für die Brutalität ihres Mannes bei sich suchte. Solche Typen vollbrachten es immer, ihre Frauen fertigzumachen, ihnen jede Selbstachtung und den Willen ebenso wie die Fähigkeit zur Gegenwehr zu rauben.

»Als Luisa letztes Jahr krank wurde und wir dachten, es sei etwas Schlimmes, hab ich im Internet nach einer Spezialklinik gesucht und festgestellt, dass ein ehemaliger Schulfreund von mir dort arbeitete. Ich hab ihn kontaktiert. Arno kontrollierte den Verlauf der Internetchronik und meine Mails. Er ist ausgerastet. Warf mir vor, ich würde ihn betrügen. Hat mir keine Möglichkeit gegeben, es zu erklären, hat sofort zugeschlagen und nachgetreten, als ich auf dem Boden lag. Er hat gebrüllt, ich soll aufstehen, weitergetreten, immer weitergetreten.« Sandras Stimme verebbte. Ich hörte ihre Verzweiflung. Die Mutlosigkeit. Den Hass. »Ich meine, was hab ich denn falsch gemacht? Ich wollte Luisa helfen. Meiner Tochter. Seiner Tochter!«

Ich erinnerte mich daran, dass Luisa eine Zeit lang nicht in der Schule gewesen war. Henrike hatte etwas von einer Schilddrüsenerkrankung erzählt, ohne aber die Ernsthaftigkeit zu erwähnen.

»Eines Tages hab ich begriffen, dass er mich sowieso schlägt, egal, was ich mache.«

»Hast du dich da entschlossen, ihn zu verlassen?«

»Nein.« Sie hustete und krampfte. »Nein«, sagte sie, und ich hatte den Eindruck, ihre Kraft sei zurückgekehrt. »Ich habe ihn umgebracht.«

***

Sauerbiers Auto stand noch nicht auf dem Parkplatz der Schleidener Wache, als Judith ihren Wagen in der hintersten Ecke abstellte. Er war vor ihr in Bonn losgefahren und hatte, da sie ihn auf der gesamten Strecke nicht überholt hatte, vermutlich einen anderen Weg gewählt. Sie stieg aus, schwang sich ihren Rucksack über die Schulter und betrat das Gebäude. Der diensthabende Kollege grüßte stumm hinter der Glastür, als sie zum Treppenhaus ging.

Das Büro war leer. Sie setzte sich an ihren Schreibtisch, überlegte, was sie bis zu Sauerbiers Eintreffen und der anschließenden Festnahme von Bianca Friese an Arbeiten erledigen konnte, warf den Computer an und spürte, wie das Grollen über die Großspurigkeit ihres Chefs wieder in ihr aufstieg. Er liebte es also, wenn die Technik seine Intuition bestätigte. »Seine Intuition.« Ja sicher. Judith stieß die Luft in einem langen Seufzer aus, drückte den Rücken durch und beugte ihren Kopf zur rechten und danach zur linken Schulter. Entspannung und Konzentration. Sie beschloss, ihren Ärger über Sauerbier hintanzustellen, ihre Arbeit nicht davon beeinflussen zu lassen, und öffnete ihr Mailfach. Die Kollegen hatten ihre Anfrage zu den Vermisstenanzeigen beantwortet. Sie überflog die wenigen Auskünfte. Natürlich waren Jungen verschwunden, weggelaufen. Aber wie sich dann zum Glück später herausstellte, waren alle wieder aufgetaucht. Hier kam sie also nicht weiter. Sie seufzte und wollte das Fach schon wieder schließen, als ihr etwas einfiel. Hatte eigentlich schon jemand die Zeugin Bianca Friese durch die internen Datenbanken laufen lassen? Sie überflog die Einträge. Es sah nicht so aus. Verdammt. Ging Sauerbier wie selbstverständlich davon aus, dass sie das übernahm, und würde ihr einen Vorwurf machen, weil sie es nicht getan hatte? Egal, ob es so war und welche Absicht dahinterstand, die Arbeit musste erledigt werden, damit sie keine wichtigen Informationen übersahen. Rasch gab sie die notwendigen Daten ein und startete die Anfrage. Sie war gespannt, wie lange sie diesmal warten musste. Das System arbeitete rasch, wenn sie mitten im Einsatz steckten und für ein erstes Einschreiten oder eine laufende Aktion Informationen brauchten. Dann spuckte es im einstelligen Sekundenbereich das Gewünschte aus. Diese Sofortauskünfte gab es für den Ermittlungsbereich nicht, da musste man sich hinten anstellen und benötigte ein wenig mehr Geduld. Je nachdem Minuten oder Stunden.

»Kaffee?« Sauerbier balancierte mit je einem Pappbecher in jeder Hand und seiner unter den Arm geklemmten Aktentasche durch die Tür.

»Danke!« Judith sah ihn erstaunt an. Sauerbier hatte glänzende Laune.

»Es geht wunderbar voran. Die Kollegen in Uniform haben die Friese bereits eingesammelt. Sie sitzt im Verhörzimmer und soll uns jetzt erst mal was erzählen zur Sache.« Er trank einen Schluck und verzog die Mundwinkel. »Kein Vergleich mit Helgas Kaffee«, murmelte er, stellte den Becher auf der Fensterbank ab und schob ihn demonstrativ mit dem Zeigefinger noch ein Stückchen weiter von sich weg.

»Ich beende nur eben die Anfrage hier, dann komme ich.« Judith erhob sich und tippte im Stehen die letzten Befehle ein, während sie mit der anderen Hand nach dem Rucksack hangelte.

»Keine Hektik. Mach mal ganz in Ruhe zu Ende. Dich brauche ich da jetzt nicht. Du kannst deine Sache weiter vorantreiben«, erwiderte Sauerbier beiläufig.

»Bitte?« Judith gefror in der Bewegung. »Was soll das heißen ›meine Sachen weiter vorantreiben‹? Ist Bianca Frieses Festnahme nicht meine Sache?«

»Nein. Das kann ich wunderbar mit einem Kollegen hier aus der Wache erledigen, während du uns mit Fakten zu unserer Fettwachsleiche versorgst. Oder hast du da schon etwas vorliegen?«

»Nein, nur ein paar Ansätze, was die Geschichte des Hauses angeht, weil ich dachte, damit kämen wir ...«

»Siehst du. Teamarbeit«, unterbrach er sie. »Wunderbar. Wenn die beiden Fälle zusammenhängen, müssen wir darüber unbedingt mehr wissen. Grab dich da mal rein.« Sauerbier ging zur Tür und legte seine Hand auf die Klinke. »Ich halte dich auf dem Laufenden und erwarte das von dir im Gegenzug auch.« Weg war er.

Mit offenem Mund schaute Judith ihm nach, bevor sie ihrem Ärger Luft machte, indem sie mit der flachen Hand auf den Tisch schlug. »Verdammter Mist! Was bildet der Kerl sich ein?«

Kurz überlegte sie, ob sie aufspringen, ihm hinterherrennen und ihm ihre ganz persönlichen Ansichten über eine gute Teamarbeit erklären sollte, ließ es dann aber doch sein. Nicht mehr manipulieren lassen. So lautete der Vorsatz. Dass er sie nicht dabeihaben wollte, hatte den unschätzbaren Vorteil, dass auch sie ihn nicht mitnehmen musste. Sie war frei in ihrem Handeln, und das kam ihr sehr gelegen. Gut. Wie die Sache nun am besten angehen? Die Internetrecherche gestern Abend hatte sie nicht wesentlich weitergebracht. Sie schlug die Akte auf und wählte die Nummer der Stadt Schleiden. Diesmal erreichte sie den Sachbearbeiter, aber mehr Auskünfte, als sie online in dem Zeitungsartikel gefunden hatte, konnte der ihr auch nicht geben: Der Komplex hatte sich im städtischen Besitz befunden, war als kostengünstiger Mietraum angeboten worden und hatte als Asylbewerberunterkunft gedient.

»Die Akten?«

»Hab ich für Sie zur Seite gelegt. Die helfen Ihnen dann aber vermutlich auch nicht weiter. Aus denen hatte ich ja damals die Informationen für den Journalisten.«

»Was ist mit dem Archiv? Hab ich da eine Chance?«

Der Sachbearbeiter lachte trocken. »Wenn Sie viel Zeit mitbringen.«

»Es gibt also keine Alternative, mehr über das Gebäude zu erfahren?«

»Die Stadt hat das Gebäude nach dem Zweiten Weltkrieg übernommen. Es gibt aber keine Mieterlisten oder Ähnliches mehr. Das ist wohl der Zeit damals geschuldet …«

»Und davor? Vor 1950? In dem Artikel stand, das Anwesen sei 1892 errichtet worden.«

»Vielleicht gibt es jemanden im Ort, der sich erinnern kann«, erwiderte er.

»Haben Sie einen Namen?«

»Nein. Aber die Zeitspanne, für die Sie Auskünfte suchen, liegt ja nun schon etwas länger zurück. Da werden sich nicht mehr viele dran erinnern.«

Judith stockte. »Danke«, erwiderte sie, »mir ist gerade etwas eingefallen. Ich glaube, ich komme ohne Sie weiter.«

»Ina hatte mich auch schon darum gebeten, mich einmal umzuhören. Ich habe jemanden gefunden: einen Sangesbruder von mir, ehemaliger Geschichtslehrer. Wohnt auf dem Salzberg. Der weiß alles, was man über die Gemünder Geschichte so wissen kann, und kennt auch im Archiv jede Ecke«, beantwortete Hermann Stein ihre Frage, ohne zu zögern.

»Können Sie mir seinen Namen und seine Telefonnummer sagen?«, fragte Judith und zog mit spitzen Fingern einen Stift aus dem Becher neben dem Bildschirm. Sie kritzelte Ringe auf die Ecke der Akte, aber der Stift hinterließ nur Riefen im Papier.

»Also, die Nummer ist 02444 für Gemünd und dann ...«

»Warten Sie.« Judith nahm einen weiteren Kugelschreiber, probierte ihn aus und griff, als er ebenfalls nicht funktionierte, nach einem Bleistift. Hermann Stein nannte die Nummer des Anschlusses und den Namen.

»Sagen Sie Ina, sie könnte sich ruhig mal melden. Ich hab versucht sie anzurufen, weil ich ihr die Information geben wollte, aber bekomme sie nirgendwo. Wissen Sie vielleicht, wo meine Tochter ist?«

»Nein, tut mir leid. Ich habe keine Ahnung. Aber wenn ich mit ihr spreche, richte ich es ihr aus.«

»Bitte sagen Sie auch meinem Sangesbruder einen schönen Gruß von mir.«

Judith versprach, die Grüße umgehend auszurichten, und bedankte sich. Sie beendete das Gespräch und wählte die Nummer, die Hermann genannt hatte, ohne den Hörer aufzulegen.

»Hallo?«

Judith erläuterte dem freundlichen Herrn am anderen Ende der

Leitung ihr Anliegen, beantwortete einige Fragen und hatte wenige Minuten später einen Termin und eine Adresse. Sie schaute auf die Uhr. Wie sie Sauerbier einschätzte, würde er Bianca Friese warten lassen. Wenn sie sich beeilte, könnte sie rechtzeitig zur Vernehmung wieder auf der Wache sein. Im Hinausgehen drückte sie auf die Wahlwiederholung ihres Handys. Als Inas Mailbox ansprang, berichtete sie kurz von ihrem Gespräch mit Hermann Stein und dessen Ergebnis, richtete pflichtgemäß Grüße und Meldebefehl aus und erweiterte diese Bitte auch auf sich selbst. »Melde dich mal, bevor wir alle anfangen, uns Sorgen zu machen.«

Auf dem Salzberg folgte sie der Hauptstraße beinahe bis zum Ende, um kurz vorher links abzubiegen. Über das Lenkrad gebeugt suchte sie die Häuser nach den Hausnummern ab und fand die richtige auf der linken Straßenseite, drehte den Wagen in dem kleinen Wendehammer und parkte neben der Ausfahrt. Der pensionierte Geschichtslehrer wohnte in einem großen Haus, das, wie viele in dieser Wohngegend, den typischen Charme der siebziger Jahre ausstrahlte. Sie schellte und hörte Schritte hinter der Haustür.

»Frau Bleuler?« Der ältere Herr sah genauso freundlich aus, wie seine Stimme sich am Telefon angehört hatte. Judith nickte. »Bitte kommen Sie rein.« Er wies auf eine offene Holztreppe, die sich in den ersten Stock hinaufwand. »Ich darf vorausgehen?«

Automatisch putzte sie sich die Schuhe an der Fußmatte ab, betrat den Hausflur und folgte ihm, nachdem sie die Tür hinter sich geschlossen hatte, nach oben.

»Wissen Sie, ich arbeite zurzeit selbst an einem Artikel über dieses Haus. Ich hatte schon länger mit dem Gedanken gespielt, aber erst jetzt, wo es abgerissen wird, komme ich auch dazu.« Sie hatten den ersten Stock erreicht. »Ich hoffe, Ihnen die Auskünfte geben zu können, die Ihnen weiterhelfen«, sagte er über seine Schulter hinweg zu Judith und öffnete bei den letzten Worten die Tür zu einem kleinen Raum, über dessen Wände sich Buchregale vom Boden bis zur Decke erstreckten. Nur die Türöffnungen und das Fenster waren frei geblieben. Auf den Regalbrettern reihten sich unzählige Bücher aneinander. Alte Lederbände neben neuen Broschüren, Lehrmittelsammlungen, alphabetisch sortierte Buchreihen, Taschenbücher, Folianten.

»Wow!« Beeindruckt sah Judith sich um und sog die Luft ein. Sie mochte diesen Geruch nach Gelehrsamkeit, er erinnerte sie an das Arbeitszimmer ihrer Großmutter, die eine leidenschaftliche Leserin und Hobbygeologin gewesen war.

»Nehmen Sie doch Platz.« Er zeigte auf einen der beiden Stühle, die links und rechts neben einem Tisch vor dem Fenster standen, und verschwand kurz in einem kleinen Nebenraum. Mit einem Stapel Unterlagen kam er zurück. »Sie wollten etwas über das Anwesen erfahren?«

»Ja.«

»Warum, wenn ich fragen darf?«

Judith wägte ab. Über laufende Ermittlungen durften keine Einzelheiten an Personen weitergegeben werden, die nicht direkt damit zu tun hatten. Aber um an die Informationen zu kommen, die sie benötigte, musste sie ihm die Sachlage schildern.

»Wir haben Probleme damit, die Liegezeit der Leiche und damit den Todeszeitpunkt zu bestimmen«, erklärte sie, »an dem Körper selbst ist es nicht möglich. Nur mit Hilfe von Artefakten können wir es in Jahren eingrenzen, stand im Bericht des Rechtsmediziners. Wenn wir wissen, wer wann in dem Haus gelebt hat, erleichtert das die Sache ungemein.«

»Was ist das für eine Leiche?«

»Ein Junge. Oder ein junger Mann. Ungefähr fünfzehn Jahre alt.«

»Wobei man vielleicht in Erwägung ziehen sollte, dass das biologische Alter der Knochen nicht unbedingt dem chronologischen entspricht.«

»Bitte?«

»Sie sagten mir gerade, dass Sie vermuten, es handele sich um die Knochen eines etwa fünfzehnjährigen Jungen. Sie konnten anhand der Untersuchung des Leichnams aber möglicherweise nicht feststellen, ob der Junge krank oder gesund war. Oder wie er gelebt hat, in armen oder wohlhabenden Verhältnissen. Solche Faktoren können den Gesamtzustand des Körpers so beeinflussen, dass die Angaben ungenau werden.«

»Diese Aussage habe ich vom Rechtsmediziner«, erwiderte Judith, verblüfft darüber, welches Wissen in dem Mann steckte.

»Und um welche Artefakte geht es?«

»Um die Kiste, in der die Leiche gelegen hat. Der Junge selbst war nackt und hatte nichts bei sich.«

»Ich gehe davon aus, dass ihre Kollegen die Kiste bereits untersucht haben.«

»Sagen konnten sie darüber leider nur wenig. Verschiedene Holzsorten, mit langen Nägeln grob zusammengenagelt.«

Er nickte. »Na ja. Wie dem auch sei«, fuhr er fort. »Ich habe Ihnen hier schon mal ein bisschen was aus meinem Stapel herausgesucht, was unter Umständen interessant für Sie sein könnte.« Er setzte sich. »In den letzten zehn Jahren hat das Gebäude leer gestanden. Mehr oder minder. Ab und an hat ein Obdachloser darin gewohnt und nach dem Rechten geschaut.« Er lehnte sich in seinem Stuhl zurück. »Davor gab es wechselnde Bewohner. Eine Zeit lang diente es als Unterkunft für Flüchtlinge aus dem Balkankonflikt.« Er reichte Judith einige Kopien. Daten. Chronologisch aufgeführt. Sie überflog sie.

»Das war so Mitte der neunziger Jahre?«

»Ja. Das Anwesen war seit dem letzten Krieg immer mehr oder minder eine Notunterkunft. Flüchtlinge, Vertriebene, Asylsuchende.«

»In dem Artikel, den ich gelesen habe, war als Baujahr 1892 angegeben. Das hat mir ein Mitarbeiter der Stadt bestätigt.«

»Das stimmt auch. Es wurde als kirchliche Anstalt für Jungen errichtet.«

»Also war es eine Schule oder eine Art Erziehungsheim?«

»Ein Erziehungsheim. Oder, um genau zu sein, eine Handwerkerbildungsanstalt.«

»Ist das etwas anderes?«

»Im Kontext schon.«

»Inwiefern?«

»Schauen Sie, der Begriff ›schwer erziehbar‹ wird heute anders definiert als zur Zeit der Jahrhundertwende. Es gab ein sogenanntes Fürsorgegesetz, das 1901 in Kraft trat. Demnach konnten Jugendliche ›zur Verhütung des völligen sittlichen Verderbens‹ oder, um sie vor Verwahrlosung zu schützen, in Heime gesteckt werden. Das ist oft politisch ausgenutzt worden. Aus damaliger Sicht wurden die Jugendlichen schließlich auch von Gewerkschaftern verdorben.«

»Das heißt, es waren keine Kleinkriminellen?«

»Nein. Jedenfalls nicht alle. Wobei Sie auch nicht von einem Haufen Unschuldslämmer ausgehen dürfen.«

»Was haben die Jungen dort gemacht?«

»Wie der Name schon sagt: Sie wurden zu Handwerkern ausgebildet. Schreiner. Schlosser. Tischler.«

»Eine echte Chance.«

»Sicher. Aber das Ganze war sicherlich kein Vergnügen.« Er blätterte in seinem Stapel und zog einige weitere Papiere heraus. »Hier. Das können Sie mitnehmen. Ich hatte es für mich ausgedruckt. Vielleicht hilft es Ihnen. Sehr interessant.« Er packte die restlichen Unterlagen zusammen und stand auf. Ende der Audienz.

Judith überflog kurz die Blätter. Deutsche Frakturschrift. Zwei Spalten. »Reichstag – 48. Sitzung, Freitag, den 4. März 1910«, stand zuoberst. Sie blinzelte und versuchte, die Buchstaben zu entziffern. Die schnörkeligen Buchstaben zu lesen, fiel ihr schwer.

»Vielen Dank.« Sie schob den Stuhl zurück, stand ebenfalls auf und packte die Kopien ein. »Darf ich Sie anrufen, wenn ich noch Fragen habe?«

»Immer doch.« Er lächelte. »Es freut mich, wenn ich helfen kann.« Er begleitete sie die Treppe hinunter bis zur Haustür. »Da fällt mir ein, diese Nägel, die könnten Ihnen vielleicht etwas über das Alter der Kiste verraten.«

»Und wie?«

»Es ist nicht mein Fachgebiet, aber ich könnte mir vorstellen, dass …« Er brach ab, hob beide Hände in einer entschuldigenden Geste und lachte. »Man kann ja nicht alles wissen. Und bevor ich Unsinn erzähle, fragen Sie besser im Freilichtmuseum in Kommern nach. Die kennen sich mit so etwas bestens aus.«

Es dauerte fünf Minuten, bis ihr erster Kontakt in der Zentrale den zuständigen Mitarbeiter erreicht hatte und sie durchstellte. Die

Verbindung war schlecht. Sie startete den Motor und fuhr bis zum höchsten Punkt des Salzbergs hinauf. Besser.

»Können Sie mir sagen, ob es eine Möglichkeit gibt, das Alter von Nägeln zu bestimmen?«, fragte sie den freundlichen Herrn am anderen Ende der Leitung, nachdem sie sich vorgestellt hatte.

»Nur schwierig. Sind sie handgeschmiedet?«

Judith versuchte, sich an den Bericht zu erinnern. Sie hatte nicht genau darauf geachtet, weil andere Fakten im Vordergrund standen. »Ich denke ja.«

»Wissen Sie etwas über die Materialzusammensetzung?«

»Noch nicht.«

»Wozu brauchen Sie die Informationen?«

Sie erläuterte ihm die Zusammenhänge.

»Mit den Nägeln wird das schwierig, wie gesagt. Industriell hergestellte Nägel gibt es seit fast 200 Jahren. Selbst wenn sie handgeschmiedet sind, gibt es keine Möglichkeit, die Schmiedetechnik einer Zeit zuzuordnen. Aber die Kiste, die könnte Ihnen weiterhelfen.«

»Die Kiste?«

»Dendrochronologie heißt das Zauberwort.«

»Bitte?«

»Altersbestimmung bei Holz. Ist gar kein Problem, wenn Sie ein ungehobeltes Brett haben. Am besten noch mit einem Stück Waldkante daran. Wissen Sie, ob die Kiste aus Eiche ist?«

»Bitte, was für eine Kante?«

»Waldkante. Rinde.«

»Nein. Weder das mit der Rinde noch, aus welcher Holzart die Kiste besteht. Es sind verschiedene, soweit ich weiß.« Judith fischte ihr Notizbuch aus dem Rucksack, schlug es auf und legte es auf das Lenkrad, während sie ihr Handy auf Lautsprecher stellte. »Wie funktioniert denn das mit der Dendrochronologie?«

»Mit dem Begriff der Jahresringe können Sie etwas anfangen?«

»Natürlich.«

»Nun, die Baumprobe lässt sich anhand der Abfolge und Breite der Jahresringe sehr exakt zuordnen, wenn ein paar Bedingungen erfüllt werden.«

»Das mit der Rinde.«

»Ja. Und es muss eine bestimmte Anzahl an Jahresringen vorhanden sein. Je nach Witterung haben sie eine unterschiedliche Breite. In trockenen Jahren legen die Bäume nur wenig an Umfang zu, in feuchten Jahren deutlich mehr. Zusammen mit den gesicherten Wetterdaten kann der Computer sehr schnell sagen, in welchem Jahr der betreffende Baum gefällt wurde.«

»Wie bei einer Schablone, die man anlegt und die Übereinstimmungen prüft?«

»So ungefähr kann man sich das vorstellen.«

»Wer macht solche Bestimmungen?«

»In unserer Gegend? Das Institut für Ur- und Frühgeschichte in Köln. Die haben dort ein Labor für Dendrochronologie.«

»Wie lange dauert das?«

»Wenn die Probe die Anforderungen erfüllt, kann das Ergebnis schnell vorliegen.«

Judith bedankte sich und beendete das Gespräch. Das waren gute Neuigkeiten. Am schnellsten ginge es, wenn sie einen Kollegen von der Spurensicherung bat, das für sie zu erledigen und ihr dann Bescheid zu geben. Das dürfte kein Problem sein. Die Kiste war samt der Leiche in Bonn gelandet. Sie wählte die Nummer der Spurensicherung und informierte den Bonner Kollegen.

»… und sag mir sofort Bescheid, wenn ihr etwas wisst«, verabschiedete sie sich und startete den Motor.

DREIZEHN

Paul steht am Fenster des Schlafsaals, sieht der Gestalt hinterher, die, nachdem sie die Straße überquert hat, geduckt über die Wiese in Richtung Waldrand läuft, ohne sich umzudrehen. Er wird nachlässig, denkt Paul und hofft, dass es auch diesmal gut geht. Dass Ludwig wie die Male zuvor zurückkehren, in sein Bett kriechen und diese Mischung aus Waldluft, Friedas Geruch und noch etwas anderem, das er nicht zuordnen kann, mitbringen wird. Dass Frieda glücklich sein wird und er es ihr ansehen kann, wenn sie sich zufällig im Haus begegnen.

Auch wenn Ludwig glaubt, es sei sein Versprechen an ihn, hat er gehalten, was er Frieda versprochen hat. Er lehnt die Stirn gegen das kühle Glas und schaut seinem Spiegelbild in die Augen, die denen von Emma so ähnlich sind. Es ist, als ob sie auf der anderen Seite des Glases ist und er nur die Hand ausstrecken muss, um sie zu berühren. Mit jedem Atemzug beschlägt die Scheibe. Es ist kalt draußen. Der Herbst hat mit aller Macht Einzug gehalten, die Blätter von den Bäumen gerissen und alles mit einem feuchten, klammen Schleier überzogen. Er kennt die Stelle, an der sie sich treffen, war da, hat mit der Hand über den weichen Moosboden gestrichen. Ludwigs Gestalt wird immer kleiner, je mehr er sich dem Waldrand nähert. Er hält sich in den Schatten, verschwindet, taucht auf, wird selbst zum Schatten. Paul schließt die Augen. Hinter seinen geschlossenen Lidern vermischt sich wieder Friedas Gesicht mit den Bildern seiner Erinnerung an Emma.

Ludwig wollte ihm berichten nach dem ersten Mal, aber er hatte sich abgewandt.

»Je weniger ich weiß, umso besser ist es für uns alle«, hatte er gesagt und Ludwig in dem Glauben gelassen, es ginge nur um sein Verschwinden und die Wege aus dem Haus und wieder hinein.

Er hört ein Geräusch und fährt herum. Im Saal hinter ihm ist alles ruhig. Wie dunkle Bündel liegen die Jungen auf ihren Betten, schlafen im Zwielicht, die Decken verstecken jedes Lebenszeichen. Paul sieht wieder aus dem Fenster. Sein Gehör hat ihn nicht getäuscht und ihm das Geräusch einer zufallenden Tür nicht nur vorgegaukelt. Auf der Straße vor dem Haus steht eine Gestalt. Reglos. Witternd wie ein Wolf. Sie späht

in alle Richtungen und nimmt dann die Spur auf. Löhbach. Es scheint,
als ob er wüsste, wohin seine Beute geflohen ist. Zielsicher folgt er dem
Pfad, den Ludwig vor wenigen Minuten eingeschlagen hat. Er ist ge-
fährlich. Löhbach hat es als Ludwigs Schuld angesehen, dass er beim
Direktor in Ungnade gefallen ist. Seitdem sucht er Ludwigs Fehler und
schlägt gnadenlos zu. Will Rache.
Pauls Herz hämmert im Rhythmus der Schritte, mit denen der Meis-
ter die Wiese überquert. Ohne nachzudenken, rennt er aus dem Saal, im
Nachthemd und mit nackten Füßen, die Treppe hinunter und an die
Haupttür, die, an allen Schlössern entriegelt, einen Spaltbreit offen steht,
und schlängelt sich hindurch. Die Wiese ist kalt und nass unter seinen
Sohlen, die Feuchtigkeit setzt sich im dicken Stoff seines Nachthemdes
fest, lässt es an seinen Beinen kleben und ihn beinahe stolpern. Aber er
rennt weiter, Löhbach hinterher, Ludwig hinterher, zu Frieda. Sein Atem
peitscht. Er keucht, hält inne und presst die Hände in die stechenden
Schmerzen an seiner Seite. Er ringt nach Luft, richtet sich wieder auf.
Weiter. Den Verfolger einholen, ohne dass der es bemerkt. Je näher er
kommt, umso leiser bewegt er sich. Duckt sich. Hofft auf den Jagdtrieb
des anderen, der diesen nicht daran denken lässt, selbst zur Beute zu
werden. Und wenn doch, wenn Löhbach ihn doch entdeckt, wird er ihm
sagen, er habe ihn für einen Flüchtigen gehalten und nur seine Pflicht ge-
tan.
Als er den Waldrand erreicht hat und den schmalen Pfad erkennt, der
zur Lichtung führt, hat er sich bis auf wenige Schritte genähert. Ein
Lachen hallt durch die Stille. Frieda. Glücklich. Löhbach verharrt und
horcht, geht weiter, schiebt mit beiden Armen die Äste zur Seite, die ihm
den Weg versperren, und lässt sie hinter sich zurückschnellen. Paul fängt
sie mit seinen Unterarmen auf. Wie Peitschenhiebe hinterlassen sie
blutige Striemen auf seiner Haut, aber er weiß, sie sind nichts gegen die
Schläge mit den Schwarzdornruten, die ihn und Ludwig erwarten. Und
Frieda? Werden sie sie auch schlagen? Sie werden sie aus dem Haus ja-
gen, ein gefallenes Mädchen, ohne Zukunft und ohne die Aussicht, je-
mals eine ehrbare Frau im Dorf zu sein. Auch für solche gibt es Heime.
Bei den Nonnen. Das will er nicht für sie.
Er lauscht, während er geht, kann aber außer Löhbachs dröhnenden
Schritten im raschelnden Laub nichts hören. Die Lichtung ist nur noch
wenige Meter entfernt. Löhbach bleibt stehen, zögert. Hat er ihn ent-

deckt? Paul springt zur Seite, durch ein Gebüsch und wirft sich hinter einem umgestürzten Baumstamm auf den Boden. Als er wieder aufschaut, ist Löhbach ein Stück weitergegangen. Beide haben jetzt durch die entlaubten Sträucher freien Blick auf die Waldlichtung. Es dauert einen Moment, bis Paul das Bild erkennt, bis er Menschen und Natur unterscheiden kann. Ludwig sitzt an einen Baumstamm gelehnt, der so breit ist, dass Paul von seiner Position aus nur seine Arme in den weiten Hemdsärmeln sieht, die sich wie Flügel ausbreiten, schließen und schließlich links und rechts zu Boden fallen. Auf der Höhe, wo Ludwigs Kopf sein muss, kriechen Hände um den Stamm, helle, schmale Frauenhände. Friedas Hände. Sie krallen sich in die Rinde, spreizen sich und suchen wieder Halt. Ihre Arme, ihre Schultern bewegen sich auf und ab. Paul kann ihr Gesicht und ihren Körper nicht sehen, nur eine dichte Strähne ihres Haares, die sich aus dem Knoten, den sie sonst streng gebunden trägt, gelöst haben muss und die über ihre Schulter fällt. Der Rhythmus wird schneller, fordernd. Paul hört einen tiefen Laut aus Ludwigs Kehle. Ein Knurren. Ächzen. Dann versinken sie ineinander, klammern sich aneinander und schließen die Welt um sich herum aus. Sie bauen einen Kokon um sich, den auch Löhbach zu spüren scheint, denn er steht reglos an seiner Position und starrt mit offenem Mund auf das Schauspiel. Paul zieht die Knie unter seinen Leib und krümmt sich zusammen, die Eifersucht wird zu einem dichten Schmerz in der Mitte seines Körpers. Dann stöhnt Frieda, und es ist, als ob dieses Geräusch die schützende Hülle zerplatzen lässt, sie allem preisgibt.

»Ehrenscheid!« Löhbachs heisere Stimme sprengt das Paar auseinander. Wut und Entrüstung liegen darin. Frieda will aufstehen, stolpert über ihren Rock, den sie um die Beine gerafft hat, und fasst sich in die aufgelösten Haare. Ludwig stopft hastig sein Hemd in den Hosenbund, stützt sich mit der rechten Hand am Baumstamm ab und arbeitet sich hoch. Mit hängenden Armen und heißen Gesichtern starren sie auf Löhbach. Entsetzen in den Augen. Gehetztes Wild.

Paul kann wieder atmen. Sie haben ihn noch nicht gesehen. Als er aufsteht, streift seine Hand einen Ast, dick und schwer. Er umklammert ihn, trägt ihn wie einen Schatz an die Brust gedrückt, während er sich von hinten an Löhbach anschleicht, der Drohungen und Gottesflüche gegen die beiden ausstößt. Ludwig reißt sich von Frieda los. Er rennt auf Löhbach zu, die Fäuste hocherhoben. Ein Berserker. Paul macht einen

Satz nach vorne und weiß nicht, ob das Knacken vom Brechen des As-
tes oder vom Bersten der Schädelknochen stammt. Er sieht nur, wie Löh-
bach lautlos zu Boden fällt und den Blick freigibt auf Frieda und Lud-
wig. Der Ast entgleitet seinen Händen. Die drei sehen sich an. Stumm.
Der Wald atmet.

***

Dieses Geständnis so unumwunden aus ihrem Mund zu hören,
brachte in meinem Inneren einen Knoten zum Platzen. Er zer-
barst in viele kleine Teile, die sich verschoben, anordneten, zuei-
nanderfanden.

»Er hat mir Schmerzen zugefügt«, hatte sie gesagt. Sie hatte die
Kraft gefunden, sich gegen ihn zu wehren.

Fragen drängten an die Oberfläche, nach Notwehr, nach seinem Angriff, auf den sie endlich mit Verteidigung reagiert hatte,
nach einem Unfall, der es gewesen sein konnte. Keine davon stellte ich. Nichts davon kam über meine Lippen. Nur ein leises
»Wie?«.

»Er muss gestolpert und gefallen sein. Ich habe ihn gefunden.
Er lag auf dem Boden, auf seiner Stirn war eine Wunde. Er war
bewusstlos. Beim Umstürzen sind die Werkzeuge aus dem Regal
gefallen. Eine Axt und ein Hammer. Ich habe den Hammer genommen und damit zugeschlagen.«

Stille.

Durch die Ritzen zwischen den Steinen drang Licht und mar-
kierte die Spitze des Geröllhaufens mit einem hellen Kranz. Das
Rauschen in meinen Ohren schien von außen in den Stollen zu
dringen. Regen.

»Sandra. Ich werde jetzt versuchen, einen Ausgang zu graben.
Du brauchst auf dem schnellsten Weg Hilfe. Alles andere ist jetzt
unwichtig.« Ich stand auf und streckte meine Knie gegen die Steifheit.

»Das war nicht alles, Ina. Bleib.« Sie hustete wieder. Mehr Blut
rann aus ihrem Mund. »Ich …«

»Sandra, wir schaffen das.«

»Henrike ist …«

»Sandra! Hast du mit ihr gesprochen? Weißt du, wo sie ist?«

»Sie weiß, wer Arno umgebracht hat. Sie durfte nichts …« Ihre Lider sanken herab, und ihre Stimmer erstarb. Ich fiel neben ihr auf die Knie und verharrte sekundenlang in Fassungslosigkeit, bis die Bilder in meinem Kopf Gestalt annahmen. Henrike. Ihre Miene, bleich und blutüberströmt. Kalte Haut. Ihre leeren Augen. Ich packte Sandra an der Schulter, schlug ihr mit dem Handrücken ins Gesicht.

»Was? Was hast du mit Henrike gemacht?« Meine Muskeln gaben nach. Das Flimmern war wieder da. Was hatte sie ihr angetan? Lebte Henrike noch? »Sandra!«, schrie ich, rüttelte an ihren Schultern, ohne auf ihre Verletzungen Rücksicht zu nehmen. Sie blieb still. Aber sie atmete noch. Ich legte mein Ohr auf ihren Brustkorb, lauschte. Tief in ihrem Inneren rasselte es. Sie starb.

Ich musste hier raus. Was hatte sie mit Henrike gemacht? Hatte sie sie in dieselbe Kiste gesperrt, in die Arno Luisa gesteckt hatte? In der Luisa beinahe ertrunken war? Der Regen prasselte unaufhörlich vor dem Stollen. Mir wurde eiskalt. Die Urft führte Hochwasser.

»Henrike!« Die Steine glitten unter meinen Sohlen weg, rutschten und ließen mich den Halt verlieren, als ich den Geröllberg hinaufkletterte. Weit vorgebeugt griff ich nach allem, was sich vor mir auftürmte, riss, zog, zerrte. Steine rutschten, Schieferplatten lösten sich. Der Spalt verbreiterte sich. Mein Herz raste, meine blutigen Fingerspitzen brannten. Unter mir bewegte sich etwas. Es knackte. Knirschte. Berstende Knochen eines Riesen. Dann löste sich alles, glitt und rutschte. Eine Steinlawine, die mich nach unten riss.

***

Der Beamte hatte sie von dem Auto aus über den Parkplatz geführt. Die wenigen Stufen zum Eingang hinauf, vorbei an einem Raum, in dem hinter einer hohen Theke ein Polizist in Uniform Dienst tat. Der hatte kurz aufgeschaut und die Hand zum Gruß gehoben. Mehr nicht. Ein kurzer Blick zu ihr. Abschätzend.

»Du kannst in den Besprechungsraum mit ihr.«

»Danke.« Der Beamte hatte ihr die Tür aufgehalten, doch die Geste hatte nichts Zuvorkommendes gehabt. Sie wirkte eher kontrollierend. Du bist meine Beute. Ich habe dich gefangen und weise dir jetzt den Weg. Eine weitere Treppe. Im rechten Winkel. Eng. Dunkel. Die Farbe der Wände hatte sie an ihre Kindheit erinnert, als schlammiges Braun, milchiges Orange und stumpfes Grün die Modefarben gewesen waren und sie selbst sich nicht hatte dagegen wehren können, dass die Wände ihres Zimmers mit wilden Mustern überzogen wurden. Sie mochte es nicht. Weder damals noch heute, wo es nicht alt wirkte, sondern irgendwie vergessen. Sie hatten ein Büro betreten. Sie hatte sich auf den Stuhl gesetzt, den der Beamte ihr an die Seite des Tisches geschoben hatte, auf die äußerste Kante, bereit zum Sprung. Dann hatte sie lange gewartet.

Sie wollte nicht hier sein. Sie wandte den Kopf zur Seite, die Tür zum Flur stand weit offen. Die junge Beamtin, die sie von der Baustelle kannte, ging vorbei, sah herein und schien zu überlegen, ob sie reinkommen sollte, entschied sich aber dagegen. Sie hatte sich verändert. Bianca dachte darüber nach, was sie irritiert hatte. Die Beamtin machte so einen frischen, kühlen Eindruck. Aufgeräumt und klar. Sie schloss die Augen, wartete auf das Bild. Als es kam, lächelte sie. Die Haare hatten sich verändert. Sie hatte eine neue Frisur. Eine neue Farbe. Viel kürzer. Unwillkürlich streckte Bianca die Fingerspitzen aus, berührte ihre eigenen dichten, langen Haare, an die sie nie zu rühren gewagt hatte. Vielleicht wurde es Zeit. Sie rutschte noch ein Stück weiter nach vorne auf dem Stuhl. Sie hatte das Gefühl, hinter einer Glasscheibe zu sitzen und wie ein Tier im Zoo beobachtet zu werden. Reizvoll, aber ungefährlich, weil unnahbar.

»Etwas zu trinken?« Ein anderer Beamter als der, der sie hergeführt hatte, stellte zwei Gläser in die Mitte des Tisches, schraubte eine halb leere Flasche auf und goss in das vor ihm stehende Glas Wasser ein. Ein paar müde Kohlensäureblasen stiegen an die Oberfläche und zerplatzten. Sie kannte ihn von der Baustelle.

»Nein.«

»Kaffee?«

Sie stellte sich das heiße Getränk auf ihrer Zunge vor und nickte stumm. Der Beamte stand auf, verließ das Zimmer und schloss die Tür hinter sich. Sie hörte seine Schritte auf dem Flur erst leiser, dann wieder lauter werden. Als sich die Tür wieder öffnete, fiel ihr ein, dass sie noch nicht einmal nachgeprüft hatte, ob die Tür abgeschlossen gewesen war oder sie einfach hätte gehen können. Er reichte ihr den Kaffeebecher, setzte sich und schaltete ein Aufnahmegerät ein. Er nannte seinen und ihren Namen, das Datum, die Uhrzeit. Er hieß Sauerbier.

»Frau Friese. Sie wissen, warum Sie hier sind?«, fragte er leise. Sie antwortete nicht. Starrte weiter vor sich ins Nichts. Nur ihre Hände arbeiteten. Sie knetete, zupfte an ihren Fingern und umfasste abwechselnd mit der einen das Gelenk der anderen Hand. Die junge Beamtin trat ein, nickte Sauerbier kurz zu und setzte sich ans andere Ende des Tisches.

»Guten Morgen, Frau Friese«, sagte sie unter ihrer neuen Frisur. Nun fiel Bianca auch ihr Name wieder ein, Judith Bleuler hieß sie. Sauerbier räusperte sich.

»Beiden Leichen, die wir im Tagesabstand auf der Baustelle gefunden haben, die Ihr Arbeitsplatz ist, wurden die Hände auf die gleiche Art und Weise – und, wie unsere Kriminaltechniker sagen, auch mit dem gleichen Werkzeug – abgetrennt. Die erste Leiche haben Sie, laut ihrer eigenen Zeugenaussage, in einer Kiste gefunden. Auf der zweiten konnten wir Spuren mit Ihrer DNA nachweisen. Können Sie uns das erklären?«

Sie wollte Sauerbier nicht ansehen, sponn sich ein. Wie eine Raupe in ihrem Kokon. Dabei konnte sie den Blick nicht von seinen Händen wenden. Waren das gute Hände? Sie erkannte einzelne dunkle Haare auf den Fingergliedern, einige graue.

Judith Bleuler stand auf, nahm ihren Stuhl und stellte ihn leise und behutsam neben dem ihren ab. Sie setzte sich, rutschte auf dem Stuhl nach vorn, ließ die Schultern hängen und senkte den Kopf, ohne sie aus den Augen zu lassen. Bianca hatte das Gefühl, in einen Spiegel zu sehen.

»Was haben die Hände getan?«

Sie zuckte zusammen. Was wusste sie? Woher wusste sie? Judith Bleuler wartete. Sauerbier holte tief Luft und ließ sie, als Judith die Hand hob, zischend wieder entweichen. Sein Stuhl knackte, als er sich nach hinten lehnte und die Arme vor der Brust verschränkte.

Judith Bleuler schwieg immer noch. Bianca kaute auf ihrer Unterlippe herum, unschlüssig darüber, ob sie die Worte hinauslassen sollte.

»Ich konnte sie nicht …« Sie brach ab. »Er war schon tot. Ich habe ihn nicht …«

»Was haben Sie mit den Händen gemacht, Bianca?«

»Sie mussten weg.«

»Warum?«

»Weil sie schlecht waren.«

»Die Hände des Jungen?«

Bianca Friese schüttelte den Kopf. »*Seine* Hände.«

»Arno Koblers Hände.«

»Ja.«

»Hat er Ihnen wehgetan?«

»Ja.«

»Was hat er getan?«

»Er hat mich geschlagen.«

»Haben Sie sich gewehrt?«

Es dauerte einen Moment, bis sie antwortete. »Ich habe an etwas anderes gedacht.«

»Woran haben Sie gedacht?«

»An …« Sie antwortete nicht, sondern weinte, ohne die Tränen zu spüren. Ihre Haut auf den Wangen war taub.

»Wie war es vorher?«

»Da hab ich mich auf ihn gefreut.«

»Waren Sie mit ihm verabredet?«

»Nein. Ich hatte gehofft, dass er kommt.«

»Hatten Sie eine Beziehung zu Arno Kobler?«

»Ja.«

»Eine intime Beziehung?«

»Ja.«

»Seit wann?«

Bianca Friese sah auf. Ihr Blick wurde weich. »Seit ein paar Tagen. Zuerst war er sehr aufmerksam. Freundlich. Er hat mich gut behandelt.«

»Aber dann hat er Sie nicht mehr gut behandelt.«

Bianca Friese fiel wieder in sich zusammen. »Nein, nicht mehr.«

»Wann haben Sie Arno Kobler das letzte Mal getroffen?«

»Am Tag vor seinem Tod.«

»Wann genau?«

»Abends in der Disco.«

Sauerbier räusperte sich. »Sind Sie gemeinsam mit ihm gegangen?«

»Nein.« Sie schüttelte den Kopf. »Nein, das stimmt ja nicht. Zuerst ja. Ich bin mit ihm nach draußen vor die Tür gegangen.«

Sauerbier schwieg und wartete.

»Wann hat er Sie geschlagen, Bianca?«, fragte Judith Bleuler leise. Bianca sah sie stumm an. »An diesem Abend, dort draußen vor der Disco?«

»Ja.«

»Hat es jemand gesehen? Der Türsteher vielleicht?«

»Nein. Wir waren zu weit entfernt vom Eingang. Er hätte mir sonst sicher geholfen. Ich bin dann zurück in den Club.«

»Können Sie das beweisen? Gibt es Zeugen?«

»Den Mann am Eingang?«

»Haben Sie mit niemandem gesprochen?«

»Doch. Vorher. Ein Mann hat mich angesprochen. Er hieß Steffen. Es sah so aus, als ob er Arno kannte. Er war noch da, als ich wieder reinkam.«

»Wir werden das überprüfen«, warf Sauerbier ein und machte sich eine Notiz. »Erzählen Sie uns, was geschehen ist. Was war mit den Händen?«

Bianca erstarrte. Wenn er wollte, dass sie es ihm erzählte, würde sie sich erinnern müssen. An ihre Gedanken, an die Angst, die sie gehabt hatte, und an die Zeit, die Sekunden, die Minuten, die Stunde, an die sie keine Erinnerung mehr hatte und von der sie nichts wissen wollte. Sie legte den Kopf in den Nacken und schloss die Augen, wollte sich ausschließen. Weg. Weg von hier. Ihr Herz raste. Sie schwitzte. Ruhe bewahren! Der oberste Grundsatz. Sieben Zeichnungen, Haare wie Helme, starr und steif. Seine Finger in ihrem Mund. Der Druck auf ihrer Kehle. »Erste Hilfe muss immer wieder trainiert werden.« Sie hatte es nicht vergessen. Der Arzt hatte recht behalten. Es war wiedergekommen.

»An den Händen des Jungen haben Finger gefehlt. So wie damals, als ich …« Sie stockte. Kämpfte den Pulsschlag in ihren Ohren nieder. »Als er mich …« Sie verstummte, schaffte es nicht.

»Als was geschehen ist?« Judith Bleulers Stimme hatte einen angenehmen Klang. Sie beruhigte sie und gab ihr das Gefühl, in den richtigen Händen zu sein. Judith Bleuler hatte gute Hände. »Ich habe von der Anzeige gelesen«, fügte sie sanft hinzu. »Es gibt einen Eintrag.«

Bianca sah ihr in die Augen und erkannte, dass Judith Bleuler Bescheid wusste und sie keine Scheu mehr haben musste, es endlich auszusprechen.

»Als ich vergewaltigt wurde. Ihm fehlten zwei Finger. Ich hab die Stümpfe auf meiner Haut gespürt. Hab mich geekelt. Er hatte schlechte Hände.«

»Und dem toten Jungen in der Kiste fehlten ebenfalls Finger?«

»Ja. Auch zwei.«

»Was haben Sie gedacht?« Sauerbier.

»Ich weiß es nicht mehr. Ich habe nicht gedacht. Es war so … Ich war wie … Ich weiß es nicht mehr. Ich habe sie weggemacht, damit ich sie nicht mehr sehen musste.«

»Wo haben Sie sie hingebracht?«

»In den Bach geworfen, der hinter der Baustelle fließt.«

»Und dann?«

»Habe ich die Polizei gerufen.«

»Arno Koblers Hände, liegen die auch in der Urft?«

»Nein. Sie sind bei mir. In meinem Wohncontainer. Ich hab sie da gefunden.«

»Sie haben sie in ihrem Wohncontainer gefunden? Wollen Sie sagen, dass jemand anderes sie dort hingelegt hat?«

»Nein. Ich war es. Auch wenn ich mich nicht erinnere.«

»Warum haben Sie sie dorthin gebracht?«

»Ich weiß nicht.«

Sauerbier beugte sich vor. »Sie können sich also nicht an das Abtrennen erinnern und wissen auch nicht mehr, was Sie danach mit den Händen getan haben. Sie bewahren sie nur in Ihrem Wohncontainer auf. Wieso sollen wir Ihnen glauben, dass nicht Sie Arno Koblers Mörderin sind?« Sie spürte seinen Atem und hielt ihn aus.

»Weil er …« Sie brach ab und sammelte sich. »Weil doch nur seine Hände schlecht waren.« Sie spürte, wie die Tränen in ihren Augen brannten und sich stauten. Nicht fließen konnten, weil es nicht die Wahrheit war. Nicht allein seine Hände waren schlecht. Er, Arno, hatte sie geschlagen. Seine Hände waren ein Teil von ihm. Das Schlechte war ein Teil von ihm.

»Erzählen Sie uns, an was Sie sich erinnern«, bat Judith Bleuler. »Versuchen Sie es.«

Sie musste sich konzentrieren, in sich kriechen auf der Suche nach dem, was aus ihrer Erinnerung verschwunden war. Bilder stiegen in ihr auf, verschoben, verschwommen, klärten sich und gaben den Blick frei. Die Baugrube.

»Er lag da. An fast der gleichen Stelle wie der tote Junge aus der Kiste am Tag zuvor, seine Arme und seine Beine so komisch verschränkt. Als ob ihn jemand hinuntergeworfen und dann noch einmal zurechtgelegt hätte. Ich bin zu ihm hinuntergestiegen, über die Leiter, bin näher ran, und dann hab ich erst gesehen, dass er es war. Er hatte Blut am Kopf, auf dem Gesicht, in den Haaren, überall. Ich wusste sofort, dass er tot war. Seine Augen standen offen, und die Fliege lief darüber. Er hat nicht gezuckt. Oder versucht, sie zu verscheuchen. Verstehen Sie? Niemand kann eine Fliege über sein offenes Augen laufen lassen. Niemand. Da wusste ich es.«

»Haben Sie an der Baustelle sonst noch jemanden gesehen?«, fragte Sauerbier.

»Nein. Da war außer mir niemand.«

»Was haben Sie dann gemacht?«

»Die Säge aus meinem Bagger geholt«, antwortete sie, erstaunt über die Ruhe, die sich langsam in ihr ausbreitete.

VIERZEHN

»Heh, du! Aufstehen!« Schritte poltern über den Holzboden des Schlaf-saals, noch während die Tür mit lautem Krachen gegen die Wand schlägt. Paul reißt die Augen auf, springt aus dem Bett. Nimmt automatisch Haltung an. Der Raum ist voller Menschen. Die Jungen stehen in der Mitte des Ganges, schwankend vom Schlaf. Niemand beachtet sie. Män-ner in dunklen Anzügen und grauen Kitteln beugen sich wie hungrige Raben über Ludwigs Bett, schlagen und zerren ihn hoch. Paul sieht, wie er schützend die Hände über den Kopf hebt. Zwei ältere Jungen nehmen Ludwig an den Oberarmen, schleppen ihn mehr, als dass er selbst läuft, zwischen sich aus dem Saal die Treppe hinunter.

»Wer hatte Wachdienst?«

Paul tritt vor. An seinen Füßen klebt grünlich braune Erde. »Ich.«

»Mitkommen.«

Er folgt.

Im großen Saal kämpfen einige wenige Lichter die Schatten nieder. Es ist früh. Fast noch mitten in der Nacht, und alles im Raum zeigt, wie hastig die Vorkehrungen getroffen wurden. Das Feuer im Kamin brennt zögerlich, die schweren Vorhänge, halb zur Seite gezogen, schwingen hin und her und wirbeln den Staub des vergangenen Tages auf.

Am Kopfende der langen Tafel steht der Direktor. Auch er wirkt über-rumpelt, derangiert und rückt sich eilig die Kleidung gerade. Neben ihm die anderen, Erzieher, Meister, sogar die Frau des Direktors ist anwesend. Auf einem Stuhl sitzt, zusammengesunken und einen Kopfverband wie eine Krone tragend, Löhbach. Sein linkes Auge ist geschwollen und blut-unterlaufen, aus dem rechten kriechen Schmerz und Hass. Paul holt ge-gen den Widerstand seiner Rippen, die sich wie ein Band zusammen-schnüren, Luft. Er hat ihn nicht totgeschlagen. Doch die Erleichterung darüber, nicht die größte aller Sünden begangen zu haben, weicht der Angst vor dem, was kommen wird. Vor dem Zerbrechen seiner Zukunft. Sie schlängelt sich durch sein Rückgrat, stellt die Haare auf seinen Ar-men auf und schaudert über die Haut in seinem Nacken. Es war alles umsonst. Er schaut sich um. Ein Tier in der Falle, kein Ausweg, kein Entweichen. Ihm ist übel. Sein Magen ballt sich zu einem Knoten, und *er würgt. Trocken. Kämpft alles, was in ihm aufsteigen will, nieder, als er Ludwig sagen hört:* »*Ja, ich habe es getan.*«

Paul erstarrt. Was sagt Ludwig da? Er reckt den Hals, schaut über die Schultern der Umstehenden in das Gesicht des Freundes.

Der Direktor hat sich drohend vor ihm aufgebaut. »*Und du warst allein, Ehrenscheid?*«, *fragt er mit eisiger Stimme.*

»*Ja.*«

Kein Wort über Frieda. Nichts über ihn. Paul schüttelt sich. Glaubt Ludwig wirklich, er habe Löhbach niedergeschlagen? Hat er in seinem Zorn den Ast nicht gesehen? Seinen hocherhobenen Arm? Er darf nicht die Schuld für etwas auf sich nehmen, was er nicht getan hat. Paul drückt sich an einem der älteren Jungen vorbei, die die Riege der Meister wie Trabanten umstehen, und formt die Worte in seinem Kopf, doch sie bleiben in seinem Hals stecken, als er sieht, wie Löhbachs und Ludwigs Blicke sich begegnen. Über dem Hass in Löhbachs Augen sieht er noch etwas anderes: Triumph. Das Gefühl des Schwächeren, gesiegt zu haben. Ludwig schließt langsam die Augen, und als er sie wieder öffnet, begreift Paul. Er weiß es. Ludwig weiß, wer zugeschlagen hat, um Frieda zu schützen.

»*Fünfzig Schläge dürften dir wohl eine ausreichende Lehre sein, Ehrenscheid.*« *Der Direktor wirbelt herum, stakst mit langen Schritten auf Paul zu und bohrt den Zeigefinger in dessen Brust.* »*Und du, Weber, du wirst sie ausführen. Das wird dich lehren, deine Wache zu verschlafen.*«

★★★

»Wo bist du, Ina? Ich fange an, mir Sorgen zu machen. Jetzt melde dich endlich«, murmelte Judith und unterbrach die Verbindung. Sofort klingelte der Apparat wieder. Sie riss den Hörer hoch. »Ina?«

»Nein. Nicht Ina«, hörte sie Steffen Ettelscheids Stimme sagen und war enttäuscht.

»Was ist so wichtig, dass du mich unbedingt sprechen musst?« Judith klemmte den Telefonhörer zwischen Ohr und Schulter und speicherte das Formular auf ihrem Computer. Natürlich hatte Sauerbier ihr das Protokollschreiben überlassen. Er selbst würde weiter Fakten zusammenfügen, wie er es nannte, um Arno Koblers Mörder zu fassen. Sie hatten sich darauf verständigt, Bianca Friese zu glauben. Sich nicht auf sie einzuschießen und so einem anderen die Chance zu geben zu entkommen. Wenn es auf die Störung der Totenruhe hinauslief, die sie zugegeben hatte, erwartete sie eine Geldstrafe oder im höchsten Fall drei Jahre Gefängnis, abhängig von den Umständen, der Schwere und der Vorgeschichte. Wenn.

»Ina ist verschwunden.« Steffen Ettelscheid klang sehr beunruhigt. »Ich versuche seit heute Morgen vergeblich, sie zu erreichen. Wir wollten uns wegen der Feuerstellen im Wald zusammensetzen, aber sie ist nicht erschienen, hat sich noch nicht einmal abgemeldet, obwohl sie es fest zugesagt hatte. Das ist nicht ihre Art.«

»Ich bin auch besorgt. Auf der Wache ist sie nicht«, erwiderte Judith und versuchte, ihr schlechtes Gewissen darüber zu unterdrücken, dass nun Steffen und nicht sie die Initiative ergriff.

»Warum hast du nichts unternommen? Oder zumindest Bescheid gesagt?«

»Was unternommen? Wegen einer erwachsenen Frau, die nicht zum Dienst erscheint? Und wem Bescheid gesagt? Dir? Ich habe sie vor ziemlich genau vierundzwanzig Stunden noch gesehen. Sie kann Gott weiß wo sein.« Judith hörte sich die Worte reflexartig sprechen, als ob sie sie zu ihrer Verteidigung aus dem Lehrbuch ablesen würde. Laut Dienstvorschrift wurde nur die Fahndung nach hilflosen, verletzten oder minderjährigen Personen früher aufgenommen. Oder wenn der dringende Verdacht bestand, der Vermisste sei selbstmordgefährdet. Sie schüttelte den Kopf. Unsinn. Was hatte sie von Ina gelernt? Bestimmt nicht die buchstabengetreue Auslegung der Dienstvorschriften. Ina war, entgegen ihrer Art, spurlos verschwunden. Sie hätte sich gemeldet, wenn sie gekonnt hätte. »Entschuldige, Steffen. Du hast recht. Wir müssen sie suchen.«

»Ich war bei ihrer Wohnung. Niemand öffnet, und der Wagen ist nicht da.«

»Wo hast du noch nachgefragt?«

»Ihr Vater weiß nicht, wo sie ist. Ich habe ihn angerufen. Henrikes Handy ist ausgeschaltet.«

»Was ist mit ihrem neuen Freund, dem Arzt?«

»Er hat keine Ahnung.«

»Ich fahre in die Schule und spreche mit Henrike. Das geht schneller, als wenn sie Henrike erst aus der Klasse holen und herbringen müssen. Seit wann genau hast du Ina nicht mehr erreicht?«

»Gestern Mittag habe ich zuletzt mit ihr gesprochen.«

»Genau wie ich. Weißt du, ob später noch jemand mit ihr Kontakt hatte?«

»Nein.«

Der Direktor führte Judith durch die Gänge der Schule zu Henrikes Klasse, klopfte und hielt ihr dann die Tür auf, damit sie den Raum als Erste betreten konnte. Ihr Blick wanderte über die Reihen junger Gesichter, die mit einer Mischung aus Erstaunen und Neugier zu ihr hochsahen, und sie erkannte, noch bevor die Lehrerin es aussprach, dass Henrike nicht da war.

»Henrike und Luisa fehlen heute. Wobei Luisa«, die Lehrerin nickte mitfühlend, »natürlich entschuldigt ist.«

Judith bedankte sich, verließ die Schule und setzte sich in den Wagen, ohne den Motor anzulassen. Fehlanzeige. Sie trommelte mit den Fingern auf dem Lenkrad. Mehr noch: Nicht nur Ina war verschwunden, sondern auch Henrike. Konnte es sein, dass Inas Verschwinden mit Henrike zusammenhing? Sie hatte angedeutet, dass es nicht immer einfach war, die Rolle als Ersatzmutter gut auszufüllen. Was, wenn Henrike verschwunden und Ina auf der Suche nach ihr war? Aber wenn das stimmte, wieso hatte sie dann nicht Bescheid gegeben? Wieso hatte sie nicht einen der Kollegen um Hilfe gebeten? Sie oder Sauerbier oder … Verdammt. Sie griff nach ihrem Handy.

»Sandra Koblers Privatnummer, schnell bitte«, sagte sie zu dem Kollegen auf der Wache, der ihren Anruf entgegennahm, ohne ihm eine weitere Erklärung zu geben.

Nach zwei Minuten Freizeichen gab sie auf. Sandra meldete sich nicht. Wenn Ina, wie Judith vermutete, Sandra um Hilfe gebeten hatte, musste sie dafür einen guten Grund haben. Eine Frau, die erst vor wenigen Stunden ihren Mann verloren hatte, belästigte man nicht mit Nichtigkeiten.

Auch Luisa war nicht in die Schule gekommen. Niemand hatte sich in Anbetracht der Umstände darüber gewundert. Luisa musste ihre Trauer verarbeiten, sich zurückziehen, mit vertrauten Menschen darüber sprechen können.

»Ja, natürlich!« Sie schlug mit der flachen Hand auf das Lenkrad. Ein Teenager redete mit Freunden. Vielleicht hatten Luisa und Henrike sich zusammen verkrochen, und ihre Mütter suchten sie? Aber wo?

Welcher Ort diente Mädchen in dem Alter als Rückzugsort? Sie hatte keine Ahnung, versuchte sich zu erinnern, wie es bei ihr gewesen war. Die Atmosphäre war wichtig gewesen. Das Geheimnis. Sie starrte auf den Eingang der Schule. Immer mehr Jugendliche strömten einzeln, zu zweit oder in Grüppchen die Treppen herunter. Michaela Rüttner hatte einen Fledermausstollen erwähnt, als Ina und sie gestern bei ihr gewesen waren. Hatte sie nicht gesagt, einige Mädchen aus der Klasse hätten noch mal hinfahren wollen, weil sie ihn »chillig« fanden? Was, wenn den Mädchen, Sandra Kobler und Ina dort etwas passiert war und sie niemanden alarmieren konnten?

»Ich weiß, wo sie sind«, rief sie in den Hörer, noch bevor Steffen Ettelscheid sich melden konnte.

»Sicher?«

»Nein. Nicht sicher. Aber sehr wahrscheinlich. Wo ist dieser Fledermausstollen bei Erkensruhr genau, und wie kommen wir am schnellsten dorthin?«

»Der Eingang ist eingestürzt!« Steffen bremste und sprang aus dem Geländewagen. »Ina?«, rief er und stürzte zu dem Geröllhaufen, der sich unter dem Felsvorsprung angehäuft hatte und den Zugang zum Stollen versperrte. »Ina?«

***

»Bitte lesen Sie das Protokoll genau durch und unterschreiben Sie es«, brummte Sauerbier und reichte ihr einen Bogen Papier und einen Kugelschreiber.

»Kann ich dann gehen?«

»Sie sind nach wie vor unsere Hauptverdächtige, solange wir

niemand anderen überführen können. Wir dürfen Sie also nicht einfach gehen lassen.«

»Glauben Sie mir nicht?«

»Darum geht es hier nicht, es geht darum, einen Mörder zu fassen. Das hat mit Glauben oder Nichtglauben nichts zu tun.«

Das Telefon klingelte. Sauerbier nahm das Gespräch an.

»Ja?« Er schwieg und lauschte. Bianca sah aus dem Fenster. Durch die Lücken in einer Wand aus Nadelbäumen sah sie bunte Wimpel im Wind flattern.

»Die Feuerwehr?«, raunzte der Kommissar.

Bianca blinzelte. Sie fühlte sich erleichtert. Auch wenn sie noch hierbleiben musste, würde es sich aufklären. Alles würde gut. Endlich. Keine schlechten Hände. Sie schloss die Augen.

»Oder einen kleinen Bagger? Wo soll ich denn so schnell einen kleinen Bagger herbekommen?«, fragte Sauerbier aufgebracht.

Bianca wandte ihm das Gesicht zu. Sauerbiers Augen verengten sich. »Wie lange dauert es, Ihren Bagger zu verlagern?«

***

»Jetzt können Sie durchkommen«, sagte Bianca Friese und fuhr die Schaufel hoch. »Aber seien Sie vorsichtig. Ich weiß nicht, wie es dahinter aussieht.« Ein Echo sirrte für einen Moment durch die Bäume, als Bianca Friese den dröhnenden Bagger abgeschaltet hatte. Judith kletterte gleich nach Steffen Ettelscheid durch den schmalen Durchgang in den Stollen, gefolgt von Thomas Breitenbacher und einem Sanitäter. Sauerbier blieb neben dem Bagger zurück. Ein paar Meter weiter vorne wartete der Rettungswagen auf seinen Einsatz.

Judith blinzelte in die Dunkelheit.

»Ich hab sie gefunden!« Erleichterung und Sorge sprachen aus dem Tonfall. Steffen kniete neben Ina auf dem Boden. Thomas Breitenbacher trat neben ihn, riss seinen Notfallkoffer auf, hörte sie ab, fühlte ihren Puls. Vorsichtig stieg Judith über das Geröll bis nach unten und trat einen Schritt zurück. Sie wollte nicht im Weg stehen. Inas Lider bewegten sich. Sie stöhnte leise, kam zu sich.

»Ina!«, riefen beide Männer. Gleichzeitig.

Judith zwang sich, trotz ihrer Erleichterung nicht nur auf Ina zu starren. Sorge mischte sich in das Gefühl. Sie zögerte. Sie hatte vier Menschen in dem Stollen erwartet. Wo waren die anderen? Sie sah sich um. Ihre Augen hatten sich an die veränderten Lichtverhältnisse gewöhnt, und sie erkannte weitere Umrisse.

»Scheiße.« Sie stürzte zu dem leblosen Körper, der beinahe vollständig unter Steinen begraben war. »Sandra!«

Thomas Breitenbachers Kopf fuhr hoch. Mit seiner freien Hand gab er dem Sanitäter ein Zeichen, sich um Sandra Kobler zu kümmern.

»Sie hat ihren Mann umgebracht und Henrike in einer Kiste eingesperrt«, flüsterte Ina. Schwach. Verzweifelt. Sie hatte die Augen geöffnet und versuchte sich aufzurichten. Thomas Breitenbacher stützte sie von links und Steffen Ettelscheid von rechts, aber sie schüttelte den Kopf. »Nein, nicht. Henrike! Sie wird ertrinken, wenn wir ihr nicht helfen.«

***

Um mich herum drehte sich alles, als ich mich hochkämpfte, und ich hatte Mühe, auf den Beinen zu bleiben. Trotzdem biss ich die Zähne zusammen und versuchte, mich zu konzentrieren. Mir war schlecht. In meinem Kopf pochte der Schmerz. Aber es brachte nichts, wenn ich nicht klare Anweisungen gab. Fehler waren nicht erlaubt.

»Judith, ruf Hansen an. Sag ihm, er soll Leute in Sandras Haus schicken. Sie müssen es auf den Kopf stellen. Es muss eine große Kiste sein. Im Keller. In der Nähe des Bachs. Ich weiß es nicht. Irgendwo dort. Sucht überall. Arno hat Luisa darin oft eingesperrt. Wenn das Hochwasser kommt, läuft die Kiste voll, und Henrike ertrinkt.« Meine Beine gaben nach. Thomas fing mich auf. Steffen zuckte zurück. Auch er hatte seine Hände ausgestreckt, um mir zu helfen, wandte sich jetzt aber an Judith.

»Ich bringe Sie hin. Wir brauchen jeden vor Ort«, sagte er und wechselte einen Blick mit Thomas. »Kommen Sie mit ihr nach, sobald sie einigermaßen auf den Beinen steht.« Thomas nickte.

»Nein! Ich fahre mit euch. Sofort.«

»Ina, du kannst nicht …«, setzte Thomas an, aber ich unterbrach ihn.

»Henrike ist mein Kind, Thomas. Du glaubst doch wohl nicht, dass ich hier warte, bis du mir erlaubst zu gehen!«

Thomas sah mich an, zögerte. Schließlich nickte er.

»Wenn dir schlecht wird oder du dich übergeben musst, wendest du dich umgehend an einen Arzt. Ich kann nicht ausschließen, dass du eine Gehirnerschütterung hast. Und wenn ich sage ›umgehend‹, dann meine ich ›sofort‹. Klar?« Er wartete meine Zustimmung ab und wandte sich um. »Steffen?«

»Komme.«

Das Grundstück der Koblers grenzte im hinteren Teil an die Urft. Der Fluss fraß an den Rändern, schwappte über die Ufer und verwandelte die Rasenfläche in einen Sumpf, auf den der unablässig strömende Regen niederging. Vor dem Haus parkte ein Mannschaftswagen, die Tür stand offen. Kollegen durchkämmten das Haus von oben bis unten. Bisher offenbar ohne Erfolg. Sanitäter und ein Notarzt warteten noch auf ihren Einsatz. Das breite Grundstück gewährte Einblick in den Garten dahinter. Auf der Wiese stand ein Schaukelgerüst, dessen knallige Farben über die Entfernung hinweg leuchteten. Die Schaukel hing schief. Dahinter trotzte ein Unterstand für die Fahrräder dem Wetter. In einem massiven Holzklotz, der im Schatten des überstehenden Dachs lag, steckte eine Axt.

»Ich habe Angst«, flüsterte ich und hatte das Gefühl, der Sicherheitsgurt würde mich einschnüren, mich auf dem Beifahrersitz festhalten, mich daran hindern, auszusteigen und mit den anderen gemeinsam nach Henrike zu suchen.

»Wir finden sie sicher.« Steffen machte Anstalten, auszusteigen. »Komm, Ina.« Er lächelte mich an, nahm meine linke Hand in seine und drückte sie leicht. Die Wärme seiner Haut überraschte mich und ließ mich spüren, wie eiskalt meine Finger geworden waren. »Sie braucht dich.«

»Ja.« Ich wandte den Kopf und fixierte durch die fallenden Tropfen das Haus. Eine Burg, durch deren Mauern nichts drang. Ein stummer Zeuge. Undurchlässig nach beiden Seiten. Wo war die

Kiste? Wenn sie voll Wasser laufen konnte, musste sie doch in der Nähe des Baches sein oder im Keller, oder nicht? Es klopfte an die Autoscheibe.

»Wir haben das Haus von oben bis unten durchkämmt, aber keine Kiste und kein Versteck gefunden«, sagte der Beamte, als ich die Tür geöffnet hatte. »Dafür aber etwas anderes, was sich der Erkennungsdienst dringend ansehen sollte.«

»Sag ihnen Bescheid, dass sie sich drum kümmern. Wir müssen diese verdammte Kiste finden«, sagte ich, stieg aus und ging auf den Garten zu. In der Mitte der Wiese blieb ich stehen, drehte mich langsam um mich selbst und versuchte, die Umgebung durch die Augen eines gewalttätigen Mannes zu sehen, dem es sehr wichtig war, die Fassade der Gutbürgerlichkeit aufrechtzuerhalten. Gepflegter Rasen, ordentliche Terrasse, geharkte Beete. Die Schaukel, der Unterstand, der Zaun am Ende des Gartens, das Tor nur angelehnt, dahinter die Urft.

Ich stutzte. Etwas stimmte nicht. »Ist im Haus ein Kamin?«, rief ich dem nächststehenden Beamten zu, als mir klar wurde, was mich gestört hatte: Neben dem Holzklotz lag kein Stapel mit fertigen Scheiten, auch keine größeren Stücke, die darauf warteten, zerhackt zu werden.

»Nein.« Die knappe Antwort reichte mir. Ich ignorierte den Schwindel, der sich in meinem Kopf ausbreitete, und rannte zu dem Holzklotz. »Hierher!«, schrie ich, schob und zerrte an dem Block, der sich nur schwer bewegen ließ. Vor meinen Augen tanzten Punkte in schillernden Farben. Ich schnappte nach Luft. Hände griffen zu, ohne dass ich hätte sagen können, zu wem sie gehörten. Gemeinsam wälzten wir den Block zur Seite. Darunter kam eine Falltür zum Vorschein. Steffen kniete nieder, löste den Riegel und öffnete die Tür. Ein Hohlraum, gerade groß genug, um einen zusammengekrümmten Menschen darin einzusperren. Ich schrie auf. Der Hohlraum war leer.

»Scheiße!« Steffen trat nach dem Holzblock und ballte die Fäuste. Mein Magen krampfte. Ich schwankte und hatte Mühe, nicht umzukippen, fühlte im gleichen Moment, wie Steffen mich auffing und stützte. »Hat Sandra gesagt, dass sie Henrike eingesperrt hat?«, fragte er. Ich sah ihn an und versuchte, meine Gedanken zu ordnen, mich zu erinnern, was genau Sandra in dem Stollen gesagt hatte. Ich schüttelte langsam den Kopf. Arno hatte Luisa in diesen Hohlraum eingesperrt. Das hatte sie gesagt, aber mit keinem Wort erwähnt, was mit Henrike war. »Sie weiß, wer Arno umgebracht hat. Sie durfte nichts …«, hatte sie gemurmelt, bevor sie das Bewusstsein verlor. Ich war es, die daraus geschlossen hatte, sie hätte Henrike ebenfalls in dieser Kiste eingesperrt, um zu verhindern, dass sie den Mörder verriet. Aber diese Annahme war falsch gewesen. Ganz falsch. Ich stöhnte. Eine Mutter, die darunter litt, was ihr Mann ihrem Kind antat, und ihn deswegen umbrachte, tat doch nicht der einzigen Freundin dieses Kindes die gleiche Grausamkeit an.

»Sie hat sie nur eingesperrt.« Ich fuhr herum und ging, so schnell es das Pochen in meinem Kopf zuließ, über die Wiese auf das Haus zu und suchte nach dem Kollegen, der vor ein paar Minuten mit mir über den »anderen Fund« gesprochen hatte. »Was sollte sich der Erkennungsdienst ansehen?«, fragte ich ohne weitere Erklärung. Vielleicht half uns das weiter. Er drehte sich um und bedeutete mir, ihm zu folgen. Steffen blieb dicht hinter mir.

»Hier«, sagte der Kollege und öffnete eine Tür. »Bitte den Raum nicht betreten. Wegen der Spuren«, ergänzte er mit einem Blick auf Steffen. Ich sah hinein und brauchte einige Sekunden, bis das Bild, das sich uns dort bot, einen Sinn für mich machte. Auf dem Boden lagen zerbrochene Marmeladengläser, eine dünne rote Flüssigkeit vermischte sich mit einer dunkleren, die an den äußeren Rändern bräunlich eingetrocknet war. Es roch nach Alkohol. Auf dem Boden und an der Stirnwand des Raumes verteilten sich Blutspritzer. Grüne Scherben wie ein zerstörtes Mosaik verstreut auf dem Boden. Quer über dem Ganzen lag ein schweres Metallregal. Achtlos weggeworfen ein Hammer. Sandra hatte die Wahrheit erzählt. Alles passte zusammen. Wir hatten den Tatort gefunden. Ich sah mich weiter um. Gab es hier Hinweise, die uns helfen konnten, Henrike zu finden? Am anderen Ende des Raumes stand ein Hocker unter dem kleinen Kellerfenster. Ich blinzelte. Hatte sich das Fenster bewegt? War es offen? Mit drei großen Schritten durchquerte ich den Raum und hörte den Kollegen scharf die Luft einziehen, während ich mit einem Griff das Fenster aufschwang, mich auf den Hocker stellte und prüfte, ob man es schaffen konnte, durch die Luke zu entkommen. Es gelang mir, wenn auch mühsam, mich hochzustemmen. Einem fitteren und kleineren Menschen würde es mühelos gelingen. Ich kletterte wieder hinunter, trat einen Schritt zur Seite und stieß dabei den Hocker um. Unter meinen Füßen knirschte es. Ich bückte mich und hob das glänzende Teil auf.

»Henrike war hier und ist durch dieses Fenster entkommen«, sagte ich und hielt Steffen zum Beweis ihren Ohrring hin.

FÜNFZEHN

Sie stopfen Ludwig öligen Leinenstoff in den Mund, er ringt um Atem. Speichel läuft aus seinem rechten Mundwinkel den Hals herab bis unter das Hemd. Ludwig würgt. Er hebt den Kopf. Paul kann sehen, wie er mit der Zunge schiebt, zerrt und sich gegen den Widerstand des Knebels stemmt. Ludwig schließt die Augen. Sie haben ihn fest verschnürt. Ein Tier vor dem Schlachter. Er hat sich nicht gewehrt. Schweigend nachgegeben, als sie seine Arme weit über die Platte nach vorne zogen, die Beine spreizten und ihn an allen vier Gelenken mit groben Seilen festbanden. Löhbach schlägt ihn, wahllos prasseln die Schläge auf Ludwigs Kopf, seinen Rücken und seinen Hintern nieder. Löhbach hat Paul die Rute aus der Hand genommen, ihn weggedrängt, mit einem Gesichtsausdruck, der keinen Zweifel offenließ: Er will sich rächen. Er wartet auf ein Stöhnen, ein Geräusch von Ludwig. Einen Laut, den Ludwig von sich gibt, als Reaktion auf das, was er ihm antut. Löhbach muss die Ordnung wiederherstellen. Eine Ordnung, die er bestimmt, die seinen Regeln gehorcht.

»Jetzt du, Weber!« Löhbach stößt Paul die Rute wie einen Degen in die Seite.

Dieser Auftrag ist Strafe, Anerkennung und Probe zugleich. Als Wachdienst hat er versagt, als Lehrling gehorsam gedient und als Älterer sich noch nicht bewährt. Sie beobachten ihn genau. Seine Reaktion, die Heftigkeit und Stärke seiner Schläge, seine Miene. Paul holt tief Luft, umfasst die Rute, spürt die Dornen an der Innenseite seiner Handflächen und greift fester zu. Sie bohren sich in sein Fleisch. Zu wenig Schmerz, und doch schießen ihm Tränen in die Augen, machen ihn blind.

»Los!« Löhbach packt ihn am Ellenbogen, stößt ihn in Ludwigs Richtung, der ein wenig den Kopf dreht, als wolle er ihn um Gnade bitten, dann aber wieder mit dem Gesicht auf die Tischplatte sinkt, die Augen zum Fenster gerichtet.

»Und du schau hin«, sagt der Direktor, und Paul weiß, er meint Frieda. Sie steht neben der Tür in ihren Kleidern, die sie so von den anderen unterscheiden. Ihren Rang deutlich hervorheben und für jeden sichtbar machen, damit keine weiteren Grenzen überschritten werden. Sie haben

sie hergebracht, damit sie zusieht, was mit einem wie Ludwig geschieht. Paul riecht sie, ihren Geruch nach Sommer, der in diesem Haus so fremd und falsch ist. Sie sieht Paul an, bittet um Gnade für den Freund. Paul hebt den Arm mit der Dornenrute. Er schlägt zu. Wieder und wieder. Strafe, Anerkennung, Probe. Ludwig bäumt sich auf. Löhbach neben ihm keucht, treibt ihn an. Paul lässt den Arm sinken, aber Ludwigs Körper zuckt weiter, im Echo der Schläge. Blut läuft über seinen Rücken, er ringt nach Luft. Liegt reglos.

»Genug.« Der Direktor ist aufgestanden. »Geht«, sagt er zu den Jungen und treibt sie mit ausgebreiteten Armen wie eine stumme Herde vor sich aus dem Saal. »Löhbach, Weber«, sagt er, während er die Türen schließt und dann ebenfalls hinausgeht, »kümmern Sie sich um ihn.«

»Jawohl.« Löhbach deutet einen Diener an und wartet, bis sie allein sind.

Paul gleitet die Rute aus der Hand. Sie fällt zu Boden, zieht rote Schlieren aufs Parkett.

»Er lebt noch, Weber«, sagt Löhbach leise. »Der Bastard lebt noch.« Paul sieht ihn erschrocken an.

»Ich bringe ihn auf die Krankenstation.« Paul rafft Ludwigs Hemd zusammen, will ihn über seine Schulter legen.

»Stopp!«, zischt Löhbach. Paul erstarrt in der Bewegung. »Lass ihn liegen.«

»Aber jemand muss ihn versorgen.«

Ein kaltes Lächeln teilt Löhbachs Gesicht. »Jemanden wie dich kann ich gut gebrauchen. Wenn du tust, was ich dir sage, wird es dir nicht schlecht ergehen.«

»Was wollen Sie?«

»Alfons Cremer verlässt uns zu Lichtmess. Er ist mein Auge und mein Ohr. Mein Gehilfe. Er wird seine Gesellenprüfung machen dürfen.« Er lacht laut, geht zur Anrichte neben der Tür und lehnt sich mit dem Ellenbogen darauf.

»Was wollen Sie?«, wiederholt Paul und versucht erneut, Ludwig hochzuheben.

»Erschlag ihn.« Löhbach packt einen der beiden schweren Kerzenleuchter. »Tu, was ich dir sage. Du willst doch auch deinen Gesellen machen.«

»Nein!« Paul weicht zurück.

»Ich habe dem Direktor nichts von der Hure gesagt.« Er sieht Paul
an. *»Noch nicht. Weil ich weiß, dass dir etwas an ihr liegt.«*
»Das stimmt nicht.«
»Ich bin nicht blind, Weber.« Löhbach kommt auf Paul zu. *»Erschlag*
ihn, oder die Hure wird ihres Lebens nicht mehr froh.«
Paul zittert. Er nimmt das schwere Metall aus Löhbachs Hand ent-
gegen. Sein Arm sackt unter der Last nach unten, der Körper folgt ihm.
»Schlag endlich zu!«, kreischt Löhbach, greift nach Pauls Hand und
umfasst sie. Er führt ihn, der sich nicht wehrt, wie eine Marionette, hebt
Pauls Arm, presst seine Finger auf den Leuchter und schlägt zu. Knochen
knirschen. Ludwig zuckt einmal. Dann liegt er still. Paul hört Löhbach
atmen, als der sich von ihm löst, mit der Hand über seine Stirn fährt und
vor Ludwig auf den Boden spuckt. *»Bring ihn weg. Bau eine Kiste und*
pack ihn in den Keller. Dort wird ihn niemand suchen. Ich werde sa-
gen, er ist weggelaufen. Das genügt.« Er dreht sich um und verlässt den
Raum.

***

»Nichts. Sie ist nicht da.« Steffen schaltete sein Handy aus und
hielt es unschlüssig in der Hand. Er hatte mit meiner Nachbarin
telefoniert, bei der ich einen Haustürschlüssel deponiert hatte, und
sie gebeten, in der Wohnung nachzusehen, ob Henrike nach Hause gekommen war. Auch sein Anruf im Altenheim bei Hermann
war erfolglos geblieben. »Wo, zum Teufel, ist sie?«

Ich hockte auf einem der Gartenstühle, die Arme um mich ge-
schlungen. Trotz einer dicken Jacke, die Steffen aus seinem Wagen
geholt und mir um die Schultern gelegt hatte, fror ich.

»Luisa ist auch nicht auffindbar«, murmelte ich und beugte
mich vor, in der Hoffnung, den Schwindel aus meinem Kopf zu
verdrängen. Das Denken fiel mir schwer, und eine bleierne Müdigkeit kroch durch alle meine Glieder. Ich schloss die Augen.
Henrike. Ich hatte keine Ahnung, wo ich noch suchen sollte. Wie
ich ihr helfen konnte. »Und wenn die Mädchen zusammen weg
sind?« Ich sah Steffen an, der mich aber gar nicht beachtete, sondern aufsprang, dabei seinen Stuhl umstieß, und zum Ende des
Gartens lief.

»Henrike!«, rief er und breitete die Arme aus. Ich schoss hoch, bemüht, an ihm vorbei etwas zu erkennen, und setzte mich mit unsicheren Schritten in Bewegung. Mein Kreislauf streikte, trotzdem schaffte ich es, ihn einzuholen. Eine Welle der Erleichterung rollte über mich hinweg. Henrike und Luisa. Blass, hohlwangig, die Kleidung klebte an ihren Körpern, aber sie waren unverletzt. »Kümmert euch um meine Freundin. Kümmert euch um Luisa«, hörte ich Henrike sagen, dann packten mich Schwindel und Übelkeit. In einem Schwall übergab ich mich auf die Wiese, stolperte und fiel in mein Erbrochenes, während das Grün um mich herum verschwamm und mich mit sich riss.

»Ina? – Sie rührt sich nicht.«

»Sie müssen sie jetzt schlafen lassen.« Eine Frauenstimme. Leise. Freundlich. »Sie wird von allein aufwachen. Es ist alles in Ordnung.«

»Aber sie ist bewusstlos!«

»Nein, sie schläft. Machen Sie sich keine Sorgen.«

Schlafen.

Jemand hatte einen Ring um meinen Schädel gelegt und zog ihn langsam enger. Unter meiner Haut pochte der Schmerz.

»Frau Weinz?« Jemand legte eine Hand auf meine Schulter. Ich zwang mich zu blinzeln. »Ach, Sie sind wach. Das ist gut.«

Ich bin nicht wach, dachte ich und ließ meine Lider dort, wo sie mir am wenigsten Mühe machten.

»Können Sie mich bitte ansehen?« Die Stimme ließ nicht locker. Höflich, aber bestimmt.

Ich seufzte und öffnete die Augen. Hoffentlich ließ er mich dann in Ruhe in meinem Bett liegen.

»Hallo, Frau Weinz. Mein Name ist Müller. Ich bin Ihr Arzt. Wissen Sie, wo Sie sind?«, fragte der Mann neben meinem Bett. Er trug einen weißen Kittel, ein Stethoskop um den Hals und ein freundliches Lächeln im Gesicht. Hinter ihm erkannte ich Hermann.

»Im Krankenhaus?« Ich wollte mich aufsetzen, aber der Versuch misslang gründlich.

»Bleiben Sie liegen. Sie haben eine schwere Gehirnerschütterung. Ein Wunder, dass Sie nicht schon früher zusammengeklappt sind.«

Ich war verwirrt. Krankenhaus? Bilder drehten sich in meinem Kopf. Konzentrier dich, Ina! Streng dich an!

»Henrike!«

»Es ist alles gut, Kind.« Hermann schob sich an dem Arzt vorbei und setzte sich zu mir auf die Bettkante. »Reg dich nicht auf. Dr. Müller hat gesagt, du sollst dich nicht aufregen.«

»Pap, was ist mit Henrike?«

»Amalie ist bei ihr. Es geht ihr gut. Sie ist ebenfalls zur Überwachung hier. Im Nebenzimmer. Sie schläft. Sie wird alles gut überstehen. Körperlich ist sie, bis auf ein paar Kratzer, unversehrt«, redete er ohne Unterbrechung auf mich ein, während er meine Hand festhielt und sie mit dem Daumen streichelte. »Das Mädchen hat eine großartige Leistung vollbracht.« Erneut versuchte ich, mich aufzusetzen. Hermann griff mir unter die Arme und stopfte das Kopfkissen hinter meinem Rücken fest.

»Hat sie gesagt, was geschehen ist? Wo waren die beiden? Warum hat sie sich nicht bei mir gemeldet?«

»Luisa wollte sich umbringen. Henrike hat sie davon abgehalten«, sagte Hermann mit heiserer Stimme. »Sie will nichts erzählen, nur dass sie Luisa überredet hat, es nicht zu tun.«

»Wie?«

»Luisa hatte Sandras Dienstwaffe und wollte sich damit erschießen.«

»Oh mein Gott.« Mir wurde kalt. Wir durften die Waffen nicht mit nach Hause nehmen, sondern mussten sie in der Waffenkammer der Wache verwahren, aber auch ich hatte der Versuchung, sich den Weg zu sparen, schon oft nachgegeben.

»Luisa ist jetzt in ärztlicher Obhut. In Sicherheit. Aber sie wird lange brauchen, um alles zu verarbeiten.« Er senkte den Kopf. »Die Mutter bringt den Vater um«, murmelte er, »das arme Kind. Henrike hat sich wirklich sehr toll verhalten.« Hinter seinen Worten hörte ich die Sorgen, die er sich um Henrike machte. Wir schauten uns an. »Das war hart für sie. Sie braucht dich jetzt, Ina.«

Ich nickte.

»Sie braucht uns alle. Sie braucht eine Familie«, ergänzte Hermann und lächelte.

»Die hat sie.« Es klopfte, die Tür öffnete sich, und Judith steckte ihren Kopf ins Zimmer.

»Hallo«, sagte sie und kam näher. In ihrer Miene lag Zweifel, der aber mehr und mehr verflog, je näher sie meinem Bett kam. »Es geht dir besser?«

»Ich bin wach. Und ich muss mich nicht übergeben. Das ist doch ein Fortschritt, oder?«

»Kannst du sprechen? Ich hab einige Fragen, die ich dir stellen muss.« Sie grinste zaghaft.

»Wie geht es Sandra?«, fragte ich, erschrocken darüber, dass ich erst jetzt an sie dachte.

»Sie lebt, ist aber sehr schwach. Die Ärzte haben entschieden, sie in künstlichen Schlaf zu versetzen. Sie hat nicht nur viel Blut verloren, auch ihre Wirbelsäule ist verletzt. Ich weiß nicht, wann wir mit ihr sprechen können.« Sie griff nach einem der Besucherstühle und sah fragend zu dem Arzt hinüber, der immer noch neben meinem Bett stand und Notizen in der Krankenakte machte. Er nickte.

»Wenn Frau Weinz sich fit genug fühlt, können Sie hierbleiben.« Er drehte sich zu mir und mahnte: »Nicht überanstrengen! Und sagen Sie Bescheid, wenn noch Fragen sind.« Dann verließ er das Zimmer. Judith begrüßte Hermann und stellte den zweiten Besucherstuhl neben meinen Nachttisch.

»Kannst du dich an das erinnern, was in dem Stollen geschehen ist?« Sie sah mich erwartungsvoll an. Auf ihrem Schoß lag ein Kinderbuch, und erst als sie es aufschlug, erkannte ich, dass es ein Notizblock war.

»Ja.« Ich sah aus dem Fenster. Der Regen hatte endlich aufgehört. »Sie hat gesagt, sie hat ihn mit einem Hammer erschlagen, als er auf dem Boden lag.«

Judith nickte und machte sich Notizen.

»Er hat sie gequält, Judith. Er hat ihr und Luisa das Leben zur Hölle gemacht.«

»Hat sie gesagt, es war Notwehr?«

»Nein. Er war bewusstlos, als sie ihn getötet hat. Das Regal ist umgefallen, hat ihn erwischt, und sie ist dazugekommen. Sie hat dann erst mit dem Hammer auf ihn eingeschlagen.«

»Wie oft?« Judith sah von ihren Notizen auf. »Hat sie das gesagt?«

Ich zögerte, rief mir die Situation ins Gedächtnis, versuchte, mich an meine Gedanken dazu zu erinnern, an die Bilder, die ihre Worte in mir ausgelöst hatten, von Blut und Raserei, die nur einen Ursprung hatten. Die Schuld des Opfers. »Nein.«

»Ina, du hast Arno Kobler doch auch gesehen. Er hatte nur zwei Wunden an seinem Kopf. Eine Doppelstriemenwunde vorne an der Stirn, die zu der Geschichte mit dem Regal passt. Und eine Lappenwunde, die ihm mit dem Hammer zugefügt worden sein muss, als er auf dem Boden lag. Eine Wunde, Ina. Nicht viele. Für jeden Richter sieht das nach Vorsatz aus.«

»Judith. Im Stollen … Sie war verletzt und dachte, sie würde sterben. Da achtet man nicht so auf jedes Wort. Wir befragen sie noch einmal, wenn sie aufgewacht ist und es ihr besser geht.« Ich schwieg und knetete meine Finger. »Auch Vorsatz ist in so einem Fall Notwehr.«

»Für den Richter nicht.« Judith klappte ihr Notizbuch zu. »Wir werden sehen, was sie sagt, wenn sie wieder vernehmungsfähig ist. Ich muss auch noch mit Henrike reden, wenn es ihr besser geht. Sag mir Bescheid. Vielleicht macht es Sinn, wenn noch jemand dabei ist. Eine Therapeutin unter Umständen?«

»Danke. Es ist sicher besser zu warten.« Ich nickte und spürte, wie das Pochen hinter meiner Stirn langsam wieder schlimmer wurde und mich die Müdigkeit zu überrollen drohte. Trotzdem wollte ich noch etwas wissen. »Was ist denn aus der ersten Leiche geworden? Gab es also doch keinen Zusammenhang zwischen den beiden Toten?«

»Ja und nein.« Judith hob ihren Rucksack hoch und verstaute den Notizblock darin. »Wir haben inzwischen das Alter der Leiche anhand der Holzkiste bestimmen können. Sie stammt ungefähr vom Anfang des letzten Jahrhunderts – genauer gesagt wurde der Baum, aus dem die Kiste gebaut wurde, im Jahr 1903 gefällt und vermutlich auch da verarbeitet. Die Experten meinten, es sei eine eilig zusammengeschusterte Kiste gewesen, weil sie verschiedene Holzarten gefunden haben. Buche, Fichte und ein unbehandeltes Eichenbrett. Das war unser Glück. Daran konnte man es schließlich festmachen.«

»Was ist mit dem Jungen?«

»Vermutlich einer der Zöglinge aus dem Erziehungsheim, das damals in dem Haus beheimatet war. Wir werden nicht mehr rausfinden können, wer er ist oder warum er in dieser Kiste gelandet ist. Allerdings habe ich Reichstagsprotokolle aus dem Jahr 1910 gelesen, in denen schlimmste Misshandlungen aufgeführt werden, die in diesem Erziehungsheim geschehen sind.«

»Aber die Hände? Seine Hände waren doch abgetrennt, genau wie die von Arno Kobler.«

Judith nickte und berichtete mir von Bianca Friese und dem, was sie dazu gebracht hatte, bei beiden Toten die Hände abzutrennen. Von der Vergewaltigung und von ihrem Erlebnis mit Arno, der auch sie misshandelt hatte. Erfahrene Gewalt verändert den Menschen. »Die fehlenden Finger an den Händen der ersten Leiche waren der Auslöser. Sie erinnerten sie an ihren Vergewaltiger.« Sie strich gedankenverloren über ihren Rucksack. »Sie wird eine Therapie machen, um das Geschehene zu verarbeiten, und ich wünsche ihr eine verständnisvolle Richterin.«

»Die hat sie verdient, nach dem, was du erzählst. Es ist trotzdem bedauerlich, dass der Junge beerdigt wird, ohne seinen Namen zurückzubekommen«, sagte ich.

Judith richtete sich auf ihrem Stuhl auf, und für einen Augenblick hatte ich wieder die strebsame Judith Bleuler vor Augen, der Perfektion und Korrektheit viel bedeuteten und die jeden ihrer Rechercheerfolge an den Mann bringen wollte.

»Ich werde noch weiter nachforschen. Vielleicht gibt es Listen mit den Namen der Jungen, die damals weggelaufen sind. Möglicherweise hat man sein Verschwinden so vertuscht, und ich finde doch noch heraus, wer er war.«

»Was sagt Sauerbier dazu?«

»Wozu? Dass ich noch weiter an dem Fall dran bin?« Sie lachte kurz auf. »Nichts. Oder besser, er hat nichts dagegen.« Sie betrachtete ihre Fingernägel. »Sauerbier hat recht gehabt. Auch wenn etwas so aussieht, als ob es zusammenhängt, muss es nicht immer so sein. Oder wie in unserem Fall nicht in Gänze. Verbindungen zu sehen, wo keine sind, kann einen blind für die Wahrheit machen. Auch wenn sie deutlich spektakulärer wären als die Realität.«

»Doch was von dem alten Recken gelernt, kurz bevor er das Schlachtfeld verlässt?«

»Ja.« Sie lachte erneut und sah mich wieder an. »Wer hätte das gedacht.« Sie stand auf. »Noch was. Die Rechtsmedizin hat eine interessante Information über den Jungen nachgereicht. Er hatte einen sogenannten Spaltfuß, das ist eine angeborene Fehlbildung, bei der Zehen fehlen oder verstümmelt sind. Der Rechtsmediziner vermutet nun, dass seine Finger nicht aufgrund eines Unfalls fehlten, sondern ebenfalls zum Krankheitsbild gehörten.«

»Ektrodaktylie«, sagte Hermann, der die ganze Zeit wortlos ausgeharrt und unserem Gespräch gelauscht hatte. Erstaunt sahen wir ihn an. »Ektrodaktylie«, wiederholte er langsam. »So ist der Fachausdruck dafür. Vererbt sich.«

»Woher weißt du das?« Hermann überraschte mich immer aufs Neue.

»Hubert, du erinnerst dich? Unser ›Reiseberater‹ aus dem Altenheim. Ihm fehlen zwei Finger.«

»Er war Schreiner, dachte ich.«

»Ja, war er auch. Schreinerei Weber. Hat er von seinem Vater geerbt. Alter Familienbetrieb. Der Großvater war auch schon Schreiner. Paul Weber. Der hatte aber alle seine Finger bis ans Lebensende. Vermutlich hat Hubert es über die mütterliche Linie geerbt und auch an seinen Jungen weitergegeben.« Er lachte. »Na ja, Junge ist übertrieben. Hat ungefähr dein Alter.« Hermann stand auf. »Jetzt brauchst du aber Ruhe, Kind«, sagte er mit einem Seitenblick auf Judith. »Vertagt eure weiteren Ermittlungen auf später. Wir kommen heute Nachmittag wieder und besprechen, wie wir dir in den nächsten Wochen helfen können.«

»Danke, Pap.« Er hatte recht. Ich sollte mich ausruhen. »Danke, für alles, was du für mich tust.« Ich zögerte. In den nächsten Wochen? »Was wird denn dann aus eurer Reise? Hattet ihr nicht schon gebucht?«

»Ach die.« Hermann winkte ab. »Haben wir storniert. Die ist

nicht so wichtig wie das Wohlergehen unserer Familie. Für dich tu ich doch alles, Kind.« Er grinste, ging mit Judith aus dem Zimmer und fügte, bevor er leise die Tür ins Schloss zog, hinzu: »Na ja. Fast alles.«

Ich sank in die Kissen zurück und schloss die Augen. Henrike, Hermann und jetzt auch Amalie. Wir waren wirklich auf dem Weg, eine Familie zu werden. Eine Familie, die einander half, wenn Not am Mann war. Die das eigene Wohl zurückstellte, um denen zur Seite zu stehen, die man liebte. Ich lächelte trotz der Kopfschmerzen. Eltern taten das für ihre Kinder. Als Henrikes Schicksal noch nicht klar war und ich Angst gehabt hatte, ihr sei etwas geschehen, hätte ich auch alles getan, um sie zu schützen.

Meine Gedanken schweiften ab, verloren sich in immer weiteren Kreisen. Ich war müde. Wollte schlafen. Ein Gedanke aber störte mich, kämpfte sich durch die Schleier des Schlafes zurück in mein Bewusstsein. Mutterliebe. Etwas stimmte nicht an Sandras Schilderung. Sie hatte gedacht, sie würde sterben. Hatte nichts mehr zu verlieren gehabt. »Er hat mir Schmerzen zugefügt. Mir und Luisa.« Luisa. »Luisa darf nichts geschehen.«

Jetzt war ich wach und vollkommen klar. Trotz der Übelkeit, die sich in mir ausbreitete, schob ich die Beine aus dem Bett, suchte festen Halt unter den Füßen und stand auf. Sandra hatte Henrike eingesperrt, weil Henrike wusste, wer Arno Kobler wirklich umgebracht hatte. Ich musste mit ihr sprechen. Sie lag im Nebenzimmer. Nur ein paar Schritte. Das musste zu schaffen sein.

An der Tür zu ihrem Krankenzimmer hielt ich mich mehr fest, als dass ich sie öffnete. Schwankend betrat ich den Raum. Henrike schlief. Ich ging um ihr Bett herum und setzte mich zu ihr. Sie lag auf der Seite, die Beine angewinkelt. Zusammengekauert und einen Arm wie zum Schutz über das Gesicht gelegt. Ihre schwarzen Locken lagen um ihren Kopf wie ein dunkler Strahlenkranz. Ich sah reglos auf sie herab und merkte, wie sich etwas in mir verschob. Sie war nicht länger nur ein Gast in meinem Leben. Sie gehörte zu mir. Ich strich ihr behutsam über die Stirn.

»Ina?« Sie war wach.

»Ja, Kind?«

Henrike krümmte sich noch mehr zusammen, griff nach meiner Hand und zog sie unter ihre Wange. Sie schmiegte sich an sie.

»Rück ein Stück«, sagte ich und legte mich, als sie zur Seite rutschte, zu ihr unter die Decke und meinen Arm um sie. Wir schwiegen lange Zeit, atmeten im gleichen Rhythmus, und ich konnte ihr Herz schlagen hören. Gleichmäßig und stark. Mit einem Mal war ich mir sicher, dass sie es schaffen würde.

»Ina?«, fragte sie leise in die Stille hinein und kuschelte sich enger an mich.

»Ja?«

»Sie hat es mir erzählt.« Henrike zitterte. »Sie hat mir alles erzählt, was passiert ist.« Ich streichelte ihre Haare, drehte einzelne Strähnen um meinen Finger und ließ sie wieder fallen, ohne etwas zu erwidern. Sie wollte reden. Ich musste zuhören. »Luisa hat im Wald irgendwelche okkulten Feuer gelegt, als sie rausfand, dass ihr Vater was mit Frau Rüttner hatte. Dann hat sie eine Mail an die Nationalparkverwaltung geschrieben und darin Frau Rüttner beschuldigt, damit das aufhört. Ihr Vater hat die Mail entdeckt und ist ausgerastet. Er wollte sie wieder in das Loch sperren. Aber sie hatte solche Angst davor. Hat Panik bekommen und sich gewehrt. Dabei ist das Regal umgefallen. Er hat dagelegen und sich nicht mehr gerührt. Der Hammer ist ihr vor die Füße gefallen. Sie hat ihn einfach aufgehoben, die Augen zugemacht und dann wohl auf seinen Kopf eingeschlagen. Sie kann sich nicht daran erinnern, nur dass ihre Mutter plötzlich hinter ihr gestanden hat und ihren Arm festgehalten hat, weiß sie noch. Aber es war zu spät. Er war tot. Sie hat es an seinen Augen gesehen. Sandra hat sie weggebracht, auf ihr Zimmer.«

»Wann hat sie es dir erzählt?«

»Am nächsten Tag. Ich wollte sie besuchen. Es ging ihr doch so schlecht morgens in der Schule.« Sie verstummte. Ich spürte, dass sie weinte, und wartete. Warum hatte sie mir nichts davon erzählt? »Ich bin von ihr weg zum Bach und musste erst mal nachdenken. Das war alles so heftig«, beantwortete sie meine unausgesprochene Frage. »Aber ich konnte sie doch nicht allein lassen! Ich wollte sie überreden, alles zu sagen, aber als ich wieder bei ihr ankam, hat Sandra mich in den Keller gesperrt.« Ich nahm sie fester in den

Arm. »Ich habe mich erst getraut abzuhauen, nachdem ich Sandra mit dem Auto habe fortfahren hören. Ich wollte noch mal mit Luisa reden, aber sie war weg. Da hab ich Angst um sie bekommen und sie gesucht.« Ich nickte stumm und spürte ihren Scheitel unter meinem Kinn. »Wird sie bestraft werden, Ina? Ich meine, sie wollte sich umbringen. Ist das nicht Strafe genug?«

»Wir werden es untersuchen müssen. Aber sie ist erst vierzehn Jahre alt.« Ich überlegte, was wäre, wenn Sandra durchkommen und auf ihrer Aussage, sie habe ihren Mann umgebracht, beharren würde. »Ich weiß es nicht, Kind«, murmelte ich, »ich weiß es nicht, Kind.« Ich zog sie an mich, in die Wärme der Decke, und spürte, wie ihr Zittern langsam verebbte.

Nachwort und Danksagung

In meinen Lesungen erzähle ich darüber, wie ich auf die Ideen zu meinen Kurzgeschichten und Romanen komme. Manchmal sind es besondere Situationen, die ich erlebe, Begegnungen oder auch, wie im Fall des zweiten Bandes der Ina-Weinz-Reihe,»Luftkurmord«, ein altes Fotoalbum aus Familienbeständen. Die Idee für»Eifler Zorn« erwischte mich im sprichwörtlichen Vorbeigehen, genauer gesagt im Vorbeifahren an einer Abrissbaustelle an der Kölner Straße in Gemünd. Das Gebäude, das»Anwesen«, dem da zu Leibe gerückt wurde, hatte mich schon als Kind wegen seiner düsteren Atmosphäre fasziniert. Hier finden sie jetzt eine Leiche in den Kellergewölben, dachte ich und beeilte mich, nach Hause zu gelangen, um mehr über das Haus und seine Geschichte herauszufinden, als ich bisher vom Hörensagen wusste. Was ich schließlich entdeckte, verschlug mir die Sprache und führte dazu, dass der Roman in der vorliegenden Form entstanden ist: Ein Reichstagsprotokoll aus dem Jahr 1910, das die herrschenden Missstände in dem Erziehungsheim aufzeigt, das damals in dem Gebäude untergebracht war. Schwerste Misshandlungen, die das zu dieser Zeit»übliche« Maß bei Weitem überschritten, waren an der Tagesordnung.

Wer dieses Protokoll selbst lesen möchte, findet es im Internet unter folgender Adresse: www.reichstagsprotokolle.de/Blatt_k12_bsb00003323_00187.html.

Der historische Handlungsstrang um die beiden Jungen Paul Weber und Ludwig Ehrenscheid inklusive aller auftretenden Personen ist frei erfunden, orientiert sich aber stark an den sozialen Gegebenheiten um die Zeit der Jahrhundertwende. Produktionsmethoden in der Textilindustrie, politische Verhältnisse und die Praxis der damals gängigen Pädagogik habe ich, soweit es die Fiktion zuließ, berücksichtigt und verwendet.

Der Fledermausstollen bei Erkensruhr, in dem Ina und Sandra verschüttet werden, ist ein sehr lohnendes Ausflugsziel im Nationalpark Eifel. Allerdings ist er nie, wie im Roman, eingestürzt und

zum Schutz der Fledermäuse auch nicht zu betreten. Wer die Schauplätze in Hirschrott selbst einmal unter die Lupe nehmen möchte, dem sei diese ausgeschilderte Wanderroute zum Thema »Schieferbrüche und Fledermäuse« empfohlen:
www.nationalpark-eifel.de/go/eifel-detail/german/
Auf_eigene_Faust/Markierte_Rundwege/
695_schieferbrueche_und_fledermaeuse_themen_tour_3.html

Wie bei jedem meiner Bücher eröffnete mir die Recherche zu den einzelnen Themen neue Wissensfelder, und ich bin sehr froh und dankbar, dass mir auch bei der Arbeit an diesem Band Fachleute, Experten und Testleser geduldig Rede und Antwort standen. Alle Fehler, die sich trotz der fachlichen Unterstützung in den einzelnen Bereichen vielleicht eingeschlichen haben, sind allein der Dramaturgie und/oder mir zuzuordnen.

Ein herzlicher Dank an ...

... Rudolf Gehrke, Gemünd, für die Informationen zur Geschichte des »Anwesens«, den freundlichen Empfang in seinem faszinierenden Bücherzimmer und seine große Hilfsbereitschaft.
... Michael Lammertz, Nationalparkforstamt Eifel in Gemünd, Leiter des Fachgebiets Kommunikation und Naturerleben, für die Hinweise zu den Fledermausstollen in Erkensruhr und das offene Ohr für alle meine Fragen bezüglich des Nationalparks.
... Jörg Pfefferkorn, Polizeipräsidium Bonn, für die ausführliche Beratung zu Judiths Karriereplanung, für die Führung durch das Präsidium und die zahlreichen Informationen zum Polizeidienst.
... Martha Reif-Kändler und Wolfgang Kändler, Besitzer und Betreiber des Cafés »Nohner Mühle« in Nohn. Die auf dem Coverfoto abgebildeten Karussellpferde stehen in diesem Café und können bei einem Stück himmlischen Kuchens besichtigt werden.

... Frau Dr. Varchmin-Schultheiß, Institut für Rechtsmedizin der Uniklinik Münster, für die sehr ausführliche Telefonauskunft zum Thema Fettwachsleichen.

... Herrn Dr. Carsten Vorwig, Freilichtmuseum Kommern, für die Informationen zum Thema Dendrochronologie und Altersbestimmungen von Holzfunden.

... meine TestleserInnen Barbara Hentschel, Ralf Hergarten, Anke Hüls und Susanne Lepczynski, die durch ihr kritisches Feedback sehr zum Gelingen des Buches beigetragen haben. Ein besonderer Dank geht an Momo Edel, deren scharfen Blick für das Wesentliche ich sehr schätze und ohne deren Ratschläge dieses Buch ein anderes wäre.

... Marit Obsen, meine Lektorin im Emons Verlag, die mich nun schon zum dritten Mal ausgehalten und wunderbar unterstützt hat.

... das Team des Emons Verlags für das Vertrauen in mich und meine Bücher.

... meine Familie. Wie gut, zu euch zu gehören.

Elke Pistor im Herbst 2012

Elke Pistor
GEMÜNDER BLUT
Broschur, 208 Seiten
ISBN 978-3-89705-739-5
eBook 978-3-86358-017-9

»Elke Pistor hat mit der Kommisarin eine Hauptfigur geschaffen, die zur Identifikation einlädt. Gemünd ist eine
wunderbare Kulisse. Man merkt, dass Elke Pistor sich hier
auskennt.« Top Magazin Köln

»Landschaft und Leute werden liebevoll gezeichnet und
der Leser ist gefesselt von der Handlung.«
www.krimi-kiosk.de

www.emons-verlag.de

Elke Pistor
DAS PORTAL
Broschur, 240 Seiten
ISBN 978-3-89705-834-7

»Hervorragend recherchierter Mystery-Krimi auf zwei Zeitebenen.« www.krimi-kiosk.de

»Packende Story.« Bild Köln

www.emons-verlag.de

Elke Pistor
LUFTKURMORD
Broschur, 224 Seiten
ISBN 978-3-89705-883-5
eBook 978-3-86358-172-5

»Elke Pistor meuchelt literarisch und siedelt ihre Eifel Krimis dort an, wo sie sich bestens auskennt. Das Lokalkolorit ist bestens getroffen, sowohl bei den Personen als auch bei den Orten, an denen die Handlung spielt.«
Wochenspiegel Schleiden & Gemünd

»Gründlich recherchiert und detailgenau, ohne dabei den Spannungsbogen zu verlieren.«   Eifeler Presse Agentur

www.emons-verlag.de